SARAH NOFFKE
MICHAEL T. ANDERLE

DIE GEBORENE ANFÜHRERIN

UNZÄHMBARE LIV BEAUFONT
BUCH 12

Inhaltsverzeichnis

Impressum
Übersetzungsteam
Kapitel 1
Kapitel 2
Kapitel 3
Kapitel 4
Kapitel 5
Kapitel 6
Kapitel 7
Kapitel 8
Kapitel 9
Kapitel 10
Kapitel 11
Kapitel 12
Kapitel 13
Kapitel 14
Kapitel 15
Kapitel 16
Kapitel 17
Kapitel 18
Kapitel 19
Kapitel 20
Kapitel 21
Kapitel 22
Kapitel 23
Kapitel 24
Kapitel 25
Kapitel 26
Kapitel 27
Kapitel 28
Kapitel 29
Kapitel 30
Kapitel 31
Kapitel 32
Kapitel 33
Kapitel 34
Kapitel 35
Kapitel 36
Kapitel 37
Kapitel 38
Kapitel 39
Kapitel 40
Kapitel 41
Kapitel 42
Kapitel 43
Kapitel 44
Kapitel 45
Kapitel 46
Kapitel 47
Kapitel 48
Kapitel 49
Kapitel 50
Kapitel 51
Kapitel 52
Kapitel 53
Kapitel 54
Kapitel 55
Kapitel 56
Kapitel 57
Kapitel 58
Kapitel 59
Kapitel 60
Wie geht es weiter?
Astrids Übersetzernotizen
Sarahs Autorennotizen
Michaels Autorennotzien
Danksagungen von Sarah Noffke
Soziale Medien
Deutsche Bücher von
LMBPN Publishing

Für Trudy.
Am ersten Tag, als wir uns trafen,
nanntest du mich einen Tiger.
Immer noch meine Lieblings-College-Klasse überhaupt.
Und die, die mein Feuer zum Schreiben entfacht hat.
- Sarah

Für meine Familie, Freunde und alle
diejenigen, die es lieben zu lesen.
Mögen wir alle das Glück haben das Leben
zu leben für das wir bestimmt sind.
-Michael

Impressum

Die geborene Anführerin (dieses Buch) ist ein fiktives Werk.
Alle Charaktere, Organisationen, und Ereignisse, die in diesem Roman geschildert werden, sind entweder das Produkt der Fantasie des Autors oder frei erfunden. Manchmal beides.

Copyright der englischen Fassung: © 2019 LMBPN Publishing
Copyright der deutschen Fassung: © 2020 LMBPN Publishing
Titelbild Copyright © LMBPN Publishing
Eine Produktion von Michael Anderle

LMBPN Publishing unterstützt das Recht zur freien Rede und den Wert des Copyrights. Der Zweck des Copyrights ist es Autoren und Künstlern zu ermutigen die kreativen Werke zu produzieren, die unsere Kultur bereichern.

Die Verteilung von diesem Buch ohne Erlaubnis ist ein Diebstahl der intellektuellen Rechte des Autors. Wenn Du die Einwilligung suchst, um Material von diesem Buch zu verwenden (außer zu Prüfungszwecken), dann kontaktiere bitte international@lmbpn.com Vielen Dank für Deine Unterstützung der Rechte der Autoren.

LMBPN International ist ein Imprint von
LMBPN Publishing
PMB 196, 2540 South Maryland Pkwy
Las Vegas, NV 89109

Version 1.02 (basierend auf der englischen Version 1.02), Mai 2021
Deutsche Erstveröffentlichung als e-Book: Dezember 2020
Deutsche Erstveröffentlichung als Paperback: Dezember 2020

Übersetzung des Originals The born leader
(Unstoppable Liv Beaufont Book 12) ins Deutsche vom:
4media Verlag GmbH

Verantwortlich für Übersetzungen, Lektorat
und Satz der deutschen Version:
4media Verlag GmbH,
Hangweg 12, 34549 Edertal,
Deutschland

ISBN der Taschenbuch-Version:
978-1-64202-564-4

DE20-0043-00059

Übersetzungsteam

Primäres Lektorat
Astrid Handvest

Sekundäres Lektorat
Anna Hunger

Betaleser-Team
Jürgen Möders
Sascha Müllers
Esther Nemecek
Nicole Reiter
Jan-Philip Schmidt
Anita Völler

Kapitel 1

Es lief Liv Beaufont eiskalt den Rücken hinunter vor Schreck. Sie drückte sich gegen die Wand und versuchte langsam und gleichmäßig zu atmen.

Noch nie zuvor hatte sie solche Angst empfunden. Die Furcht lähmte sie. Sie wollte so schnell davonrennen, wie ihre Magie es gestatten würde und sich unter einer Decke verstecken. Aber es gab hier keine Decken, erinnerte sie sich. Nur Dunkelheit in diesem scheinbar endlosen Labyrinth.

Diese Angst war nicht real, nur eine Einbildung. Aber es war schwer, sich das bewusst zu machen, wenn man in die seelenlosen Augen des Schwarzen Mannes starrte.

Er war nur wenige Meter entfernt, in einer dunklen Ecke. Das rasselnde Geräusch seines Atems schien direkt neben ihr zu sein und sie könnte ihr Leben jederzeit sofort verlieren.

Er kann mir nicht wehtun, redete sie sich ein, aber es beruhigte sie nicht. Die Angst vor diesem Monster, das seit Jahrhunderten Kinder in Angst und Schrecken versetzte, war für Liv so real wie die Haare, die in ihrem Nacken zu Berge standen.

Die Überlieferungen im Zusammenhang mit dieser Bestie waren bestenfalls schwammig. Es war nirgendwo dokumentiert, dass jemals jemand durch den Schwarzen Mann verletzt worden wäre und doch gab es zahlreiche ungelöste Fälle von vermissten Personen, die in einem fadenscheinigen Zusammenhang mit diesem Monster standen.

Diese Kreatur war für manche ein Mythos, eine erfundene Figur, die Kinder erschrecken sollte, damit sie im Bett blieben. Liv wusste nun, dass das absolut nicht den Tatsachen entsprach. Er war absolut real. Sie hatte die schattenhafte schwarze Gestalt mit eigenen Augen gesehen. Wenn es ihn nicht gab, was war das dann? Konnte er ihr tatsächlich wehtun? Ihre Seele nehmen? Sie stehlen?

Plato hatte ihr den Trick verraten, wie man den Schwarzen Mann in seine Schranken wies, aber in der Realität war es so viel schwieriger. Wie konnte etwas so Einfaches so unglaublich schwer sein?

Das Schleifen auf dem Boden rückte immer näher. Der Schwarze Mann war nicht mehr weit entfernt.

Liv musste nur sechs Worte sagen. Das war alles. Sie musste das Biest nicht mit Bellator erschlagen oder einen anstrengenden und tödlichen Kampf mit ihm führen. Sie musste nur sechs Worte herausbringen. Die Krux an der Sache war, dass sie sie auch so meinen musste. In diesem Moment wusste sie, dass das unmöglich sein dürfte. Ihre Panik war zu real.

Ihr Herz klopfte so laut in der Brust, dass es schmerzte. Sie schaute den Schwarzen Mann nicht an. Als sie ihn zuvor gesehen hatte, war sie vor Angst fast in die Knie gegangen.

Da sie ihm nicht gegenübertreten konnte, sprintete sie los und fühlte, wie etwas nach ihren Schuhen griff, als sie startete. Liv schaute nicht zurück. Stattdessen rannte sie, als hinge ihr Leben davon ab und blieb nicht stehen, bis sie in dem dunklen Gebäude um eine Ecke kam.

Der fünfzigstöckige Wolkenkratzer stand in New York City. Es gab darin keine Zimmer, sondern nur Flure, die sich durch das Gebäude schlängelten, immer höher und höher führten und nirgendwo endeten. Das war das Haus

DIE GEBORENE ANFÜHRERIN

des Schwarzen Mannes, ein Ort, von dem außer Plato nur wenige wussten.

Die meisten würden den Schlupfwinkel des Schwarzen Mannes nicht freiwillig betreten, denn das wäre die Garantie für einen Adrenalinschub, der viele töten könnte. Liv wurde das vor Augen geführt, als sie sich an der nächsten Biegung mit dem Rücken gegen die Wand lehnte und auf eine Leiche starrte, die fast skelettiert war.

Sie hielt sich Nase und Mund wegen des schrecklichen Gestanks zu, aber es war der panische Ausdruck auf dem Gesicht des Toten, der sie zum Würgen veranlasste. Furcht brachte das Schlimmste im Menschen zum Vorschein. Sie tat ihnen schreckliche Dinge an und die Erwartung dessen, was kommen könnte, war schlimmer als die tatsächliche Erfahrung.

Franklin Delano Roosevelt hatte einmal gesagt: ›Das einzige, was wir zu fürchten haben, ist unsere eigene Furcht.‹

Liv fragte sich, ob er je selbst nur wenige Meter vom Schwarzen Mann entfernt gestanden und seinem rasselnden Atem gelauscht hatte, der scheinbar das grausamste Ende prophezeite. Vielleicht hätte er dann gesagt: ›Das einzige, was wir zu fürchten haben, ist die Furcht selbst … oh und den Schwarzen Mann. Flieht vor diesem Monster, bevor es euch erwischt.‹

Selbst ihre üblichen Versuche sich aufzuheitern, halfen nicht weiter. Sie hob die Hand und stellte fest, dass sie so heftig zitterte, als ob der Boden unter ihr stark beben würde. Liv schaute nach unten. Der Boden bewegte sich nicht. Sie zitterte wie Espenlaub und mit jedem Augenblick wurde es schlimmer.

Sie musste sich selbst in den Griff bekommen. Aber zuerst musste sie fliehen.

Liv sprintete um die nächste Kurve, wobei sie hoffentlich genug Platz zwischen sich und den Schwarzen Mann brachte, um sich die Zeit zu verschaffen, die sie zum Beruhigen brauchte.

Mit dem Rücken an die nächste Wand gedrückt, nahm Liv tiefe Atemzüge. Sie hatte von Akio, ihrem Kampftrainer, gelernt, dass ein Verhältnis von eins zu zwei die Erholungs- und Regenerationsphase im Körper aktivierte. Das war es, was sie jetzt brauchte – ihr Geist musste sich erholen, ihre Emotionen beruhigen und, was noch wichtiger war, ihr Körper regenerieren. Danach konnte sie den Schwarzen Mann erledigen, wenn sie diese sechs einfachen und doch magischen Worte sagte. Offenbar konnte er die Physiologie von jemandem beurteilen, wie ein monsterhafter Lügendetektor. Wenn sie diese sechs Worte nicht so meinte, würde er es erkennen und dann wäre es für Plan B zu spät.

Liv atmete aus, schloss die Augen und stellte sich vor, sie wäre als kleines Kind in ihrem Bett. Sie fühlte die Angst, die sie jetzt empfand. Sie erinnerte sich daran, sie gefühlt zu haben, als ihre Blase voll und das Badezimmer nur fünfzehn Meter entfernt war. Zu oft hätte sie lieber ins Bett gepinkelt, anstatt den Weg durch die dunkle Wohnung anzutreten. Sie zwang sich diese Erinnerung jetzt wieder zu erleben und mit ihrem jüngeren Ich zu sprechen.

Er besitzt dich nicht, stellte sie in Gedanken fest. *Er mag real sein, aber die Angst entspringt deiner Vorstellungskraft.*

Der Schwarze Mann kann dir nichts anhaben.

Sie beobachtete vor ihrem geistigen Auge, wie ihr jüngeres Ich die Decken beiseiteschob und die Füße aus dem Bett schwang. Die kleine Liv bekam fast Schluckauf, als ihre Fußsohlen den Boden berührten, als erwartete sie, dass etwas unter ihrem Bett zupacken würde.

DIE GEBORENE ANFÜHRERIN

Fürchte dich nicht vor ihm, sagte die erwachsene Liv laut in ihrem Kopf über das rasselnde Geräusch des sich nähernden schwarzen Mannes hinweg. Sie versuchte konzentriert zu bleiben.

Die kleine Liv machte einen Schritt vorwärts und beobachtete die Schatten in dem abgedunkelten Zimmer.

»Da ist nichts«, sprach Liv es laut aus, damit das dunkle Gebäude und der Schwarze Mann es hören konnten.

In ihren Gedanken ging die kleine Liv weiter in Richtung Badezimmer und atmete nicht, bis sie unversehrt dort ankam.

Livs Augen sprangen auf. Zu ihrer Überraschung hatte sich ihr Puls beruhigt. Auch ihr Atem. Ihr Geist war frei von der fürchterlichen Angst, die sie kontrolliert hatte.

Sie nickte der Dunkelheit zu, als hätte sie eine Vereinbarung mit ihr getroffen.

Dann ging sie um die Ecke, ohne auch nur einen Moment zu zögern und stand in dem langen Korridor, den sie vorhin fluchtartig durchquert hatte.

In der Mitte kroch er über den zerfetzten Teppich und war das schlimmste Monster, das sie je gesehen hatte. Er war schwarz und bewegte sich wie eine Schlange über den Boden, seine gelben Augen weit aufgerissen und sein Maul voller scharfer, gezackter Zähne.

Liv hob gleichzeitig ihr Kinn und ihre Hand und blickte dem seelenlosen Monster direkt in die Augen.

»Ich habe keine Angst vor dir!«, rief sie aus, die Hand nach oben gestreckt, die Finger weit gespreizt.

Einige Sekunden lang passierte nichts. Dann löste sich der Schwarze Mann auf, er schrie, dass es ihr unter die Haut ging. Dunkelheit flog auf ihre Hand zu und kroch in ihre Handfläche wie ein Spinnennetz, das sie aus einer Ecke geholt hatte. Als sie kaum mehr als zusammengedrückte Dunkelheit in ihrer Hand hatte, zog Liv eine Flasche aus ihrem Umhang und legte ihre Handfläche darauf.

Die klare Flasche füllte sich mit Schwärze. Bevor der Schwarze Mann entwischen konnte, steckte Liv den Korken hinein und hielt das Monster gefangen. Dort war er sicher verwahrt, bis sie ihn für hoffentlich den Rest aller Tage an seinen neuen Platz gebracht hatte.

Kapitel 2

Die Reparatur der Treppe zu den Toren in die Unterwelt hatte sowohl Livs als auch Clarks ganze Anstrengung gefordert. Das lag daran, dass die Magie unter dem Kunsthandwerker-Markt in Kanada stark war und den Eingang zu einem so mächtigen und gruseligen Ort schützen sollte. Liv benötigte einen Weg dorthin, damit sie den neuen Wächter hinbringen konnte. Deshalb mussten sie dafür sorgen, dass die Treppe wieder aufgebaut wurde, hoffentlich gut genug, um allen möglichen Belastungen standzuhalten.

Die Besitzerin des Kunsthandwerker-Marktes, Amity Buckwell, war nicht verärgert, als Liv ihr gesagt hatte, dass im Keller unter dem Gebäude größere Renovierungsarbeiten erforderlich waren. Sie hatte einfach nur genickt und ihre Hände gehoben. »Was immer ihr tun müsst, um die Geister wegzusperren, tut es einfach.«

Liv nickte und dachte, es war besser ihr nicht zu erzählen, dass sich unter ihrem Markt keine Geister aufhielten, sondern tonnenweise verlorene Seelen, die der Unterwelt am liebsten entfliehen wollten. Die Sterblichen hatten in ihrem Verständnis von Magie bereits einen langen Weg zurückgelegt, aber es gab immer noch einige Dinge, über die sie nichts wissen mussten.

So gab es zum Beispiel keinen Grund, der gutmütigen Amity zu verraten, dass unter dem Markt ein dreiköpfiger Hund gewohnt hatte. Auch gab es absolut *keinen* Grund, ihr zu erzählen, dass es jetzt das neue Zuhause für den Schwarzen Mann werden sollte.

»Ich habe letzte Nacht geträumt, dass ich mit Jack Nicholson bei Target einkaufen war«, erzählte Liv Plato auf dem Weg die Treppe hinunter. Sie verspürte ein nervöses Summen in ihrer Brust, das sie nicht abschütteln konnte. Vielleicht weil sie sich der Unterwelt näherten, die derzeit unbewacht war oder vielleicht, weil sie den Schwarzen Mann in einer Glasflasche in ihren Händen hielt.

»Was hast du gekauft?«, fragte Plato beiläufig und wirkte ebenso gestresst wie sie. Er wäre fast in diesen Ort hineingezogen worden, weil er viele Versuche unternommen hatte, dem Tod zu entkommen und die Chance war groß, dass es wieder geschehen könnte. Er sah besorgt aus.

»Wirklich?«, wunderte sich Liv. »Das ist deine Frage dazu? Nicht, *warum ausgerechnet Jack Nicholson* oder *war er cool* oder *warum seid ihr ausgerechnet zu Target gegangen?*«

»Ich weiß alles über Jack«, sagte Plato selbstgefällig. »Wir sind uns schon begegnet ... einige Male.«

»Natürlich tust du das.« Sie rollte mit den Augen. »Seid ihr Bridge-Partner oder so?«

»Vielleicht«, antwortete er schüchtern. »Übrigens, wir haben fast keinen Badezusatz mehr.«

Liv blieb stehen und blinzelte den Lynx an. »Warum sagst du mir das gerade jetzt?«

Er schüttelte den Kopf. »Weil du bei Target warst. Du hättest einen mitbringen können.«

Liv öffnete den Mund um zu antworten, erkannte aber, dass es sinnlos wäre. Sie ging weiter die Treppe hinunter in den höhlenartigen Keller unter dem Kunsthandwerker-Markt. »Der Badezusatz wäre nicht ausgegangen, wenn nicht *jemand* so viel davon verbrauchen würde.«

»Mir ist klar, dass du andeuten möchtest, dass ich das war, aber du irrst dich«, erklärte Plato. »Clark gibt Sophia immer wieder die Schuld, aber er ist derjenige, der zwei Stunden in der Badewanne liegt – mit Kerzenlicht – und währenddessen Schokolade futtert.«

Liv schnitt eine Grimasse. »Wie eklig.«

»Ich weiß, seifige Hände vertragen sich nicht gut mit Schokolade.«

»Nein«, argumentierte Liv grinsend. »Ich habe die Tatsache kommentiert, dass du Clark in der Badewanne ausspioniert hast.«

»Oh, na ja, das war ein reiner Zufall! Wenn man so lange lebt wie ich, sieht man die Dinge nicht so, wie wenn man jung ist. Das war keine Spionage, nur Unterhaltung.«

»Schau mir bloß nie beim Baden zu, Plato«, warnte sie.

»Die Sache ist die, dass du erst mal baden müsstest, um das tun zu können«, entgegnete er.

»Ach, sei still. Ich bade.«

»*Aber* du wäscht dich nicht hinter den Ohren und du denkst, das Wasser, das in den Abfluss läuft, reinigt eigentlich die Füße.«

Liv schüttelte den Kopf. »Irgendwie muss ich im Bad ein Anti-Lynx-Sicherheitssystem verbauen.«

Er zuckte die Achseln. »Du kannst es versuchen, aber bei den meisten klappt es nicht, habe ich festgestellt.«

»Du bist sehr seltsam.«

Als sie unten an der Treppe angekommen waren, blieb Liv stehen und starrte auf das Tor, das Russ herausgeschlagen hatte. Es war nun wieder sicher an seinem Platz, wenn auch geöffnet. Sie und Clark hatten alle Tore mit Magie versehen, um sie für den Fall zu verstärken, dass die Zeit gekommen war, sie wieder zu verschließen.

»Bist du sicher, dass der Schwarze Mann der richtige Wächter für die Unterwelt ist?«, fragte Liv zum millionsten Mal.

»Bei unseren zur Verfügung stehenden Möglichkeiten, ja«, antwortete Plato.

»Was bedeutet das?«, bohrte Liv.

»Nun, wir könnten auch ein Einhorn oder Pegasus oder etwas in der Art auswählen, aber der Welt würden sie in ihrem unendlichen Tiergarten fehlen«, erklärte er. »Der Schlüssel ist, sich etwas auszusuchen, das die Welt nicht braucht, das nur umherstreift und Verwüstung schafft. Hier kann sich der Schwarze Mann tatsächlich als nützlich erweisen und als Bonus belästigt er keine kleinen Kinder oder solche wie dich, die Jagd auf ihn machen.«

Liv nickte und ließ die Argumentation Revue passieren. »Okay, gut. Ich erweise der Welt auch einen Dienst. Meinetwegen wird der Schwarze Mann Russ' Platz als Wächter der Unterwelt einnehmen und die Unschuldigen in Ruhe lassen.«

»Denkst du daran, was du zu tun hast, nachdem du ihn hinter das fünfte Tor gebracht hast?«, stellte Plato die alles entscheidende Frage.

»Ich glaube, du sagtest: ›Renn wie der Teufel‹.«

Der Lynx nickte. »Ja. Ich kümmere mich um den Zauber, der ihn zum Wächter der Unterwelt macht.«

»Ich trete den Job gerne an dich ab, weil du derjenige warst, der Russ getötet hat«, erklärte Liv.

Plato senkte den Kopf, als könnte jemand zuhören. »Es ist nicht nötig, jeden möglichen Zuhörer immer wieder darauf aufmerksam zu machen, dass das so war oder dass ich nicht mehr tot bin.«

Liv senkte ihren Kopf ebenfalls. »Wer hört denn zu?«

DIE GEBORENE ANFÜHRERIN

Plato rückte näher heran, sein Gesicht nah an ihrem. »Das willst du nicht wissen.«

Liv schaute zu dem offenen Tor und machte sich auf den Weg. »Gut, behalte deine Geheimnisse für dich. Ich bin sicher, du hast recht.«

»Bist du bereit?«, fragte Plato im Sitzen.

»Kommst du nicht mit?«, fragte Liv über die Schulter.

Er warf ihr einen Blick zu und sie wusste sofort Bescheid. Plato musste zaubern und es war besser, wenn sie nicht dabei war. Ihre Aufgabe war es, den Schwarzen Mann abzuliefern und zu fliehen. Seine Aufgabe war es, ihn der Unterwelt zuzuweisen und die Tore hinter ihr zu verschließen. Sie durfte Plato dabei nicht zusehen.

Sie nickte und wanderte weiter in die Dunkelheit. »Ich rufe, wenn ich soweit bin.«

»Nicht nötig«, rief Plato. »Ich weiß immer, wo du bist und was du tust, auch wenn ich dich nicht sehe.«

»Ich werde dir nichts dazu sagen, wie unheimlich das ist.«

Er kicherte. »Ich glaube, das hast du gerade getan.«

Als Liv das fünfte Tor erreichte, atmete sie langsam aus, um sich auf die nächste Phase des Plans vorzubereiten. Es war relativ einfach. Die Flasche mit einem Wesen entkorken, das im Moment scheinbar nur flüssige Tinte war. Den Inhalt auf den Schmutz kippen, der sich nur wenige Meter vom Eingang zur Unterwelt entfernt befand, wo die schlimmsten und schrecklichsten Seelen residierten. Dann rennen, als hinge ihr Leben davon ab ... denn das tat es ganz sicher.

Liv spannte sich an, doch bevor sie den Korken aus der Flasche zog, hallte ein seltsames, gutturales Geräusch aus den Höllengruben wider. Nach einiger Weile gelang es ihr schließlich, ihre Augen von der Dunkelheit unten zu lösen.

»Okay, los geht's«, flüsterte sie sich selbst zu.

Platos Stimme hallte vom Eingang her wider. »Du schaffst das.«

Liv war dankbar für das Glucksen, das ihrem Mund entwich. Es machte den nächsten Teil einfacher. Sie zog den Korken heraus und warf die Flasche direkt in die scheinbar endlose Schwärze. Nicht weit, aber so, dass sie sich etwas Vorsprung verschaffte. Dann spurtete sie los.

Keine fünf Sekunden später spürte sie wieder das Ziehen an den Stiefeln und das Rauschen in den Ohren. Das ungute Gefühl in ihrem Magen. Aber wie Plato ihr geraten hatte, schaute sie nicht zurück. Stattdessen sprintete sie weiter, warf das erste Tor zu und lauschte gespannt auf das Schließgeräusch.

Liv entspannte sich ein wenig, als es klickte. Sie wurde aber nicht langsamer. Sie rannte weiter durch das Gewölbe und schloss die anderen Tore hinter sich. Jedes Klicken verschaffte ihr zusätzliche Erleichterung. Sie blieb nicht stehen, bis sie durch das letzte Tor gehechtet war und zu Boden stürzte. Sie hielt sich vor Plato die Augen zu, denn sie wusste, dass sie ihn in diesem Moment nicht anschauen durfte, damit er kein Leben verlor.

Wenn er zauberte, verwandelte er sich und allein das zu sehen, würde dem Lynx ein Leben nehmen. Er hatte nur hundert und sie wollte, dass er alle so lange wie möglich, wenn schon nicht für immer, behalten sollte.

Als das letzte Tor verschlossen war und sich das Rauschen in Livs Ohren gelegt hatte, wagte sie einen Blick nach oben.

Plato leckte lässig seine Pfote in Katzengestalt und betrachtete sie entspannt.

»Ist alles in Ordnung?«, fragte sie und sah sich um.

Plato senkte seine Pfote und lächelte. »Ich bin am Verhungern und ich vermute, du auch, aber ja. Die Unterwelt hat einen neuen Wächter, von dem ich glaube, dass er für sehr lange Zeit an Ort und Stelle bleiben wird.«

Liv lächelte erleichtert und stand auf. »Nun, das war doch einfach.«

Plato wurde wütend. »Das musstest du jetzt sagen, oder?«

»Oh, hörst du wohl auf, so abergläubisch zu sein?«, fragte Liv.

Er schüttelte den Kopf. »Nein, denn du hast uns total verhext und ich wollte an diesem einen Ort Halt machen, wo es den würzigen Bohnendip gibt.«

»Das werden wir auch, wenn du aufhörst, so pingelig zu sein. Alles ist in Ordnung.« Dann griff sie sich an die Seite. »Oh, warte …«

»Was?«, fragte Plato angespannt.

»Bellator! Ich muss es fallen gelassen haben …«

Platos Augen weiteten sich entsetzt. »Ich habe dir schon hundertmal gesagt, du sollst uns nicht verhexen. Jetzt müssen wir die Tore öffnen und alles noch einmal machen! Der Schwarze Mann wird sich befreien und wir müssen riskieren …«

»Oh, du bist so einfach gestrickt«, lachte Liv, als sie erhobenen Hauptes die neue Treppe hinaufschritt. »Ich habe Bellator gar nicht mitgebracht.«

Plato schien nicht amüsiert. »Nur damit du es weißt, ich erzähle Jack, dass du ein lausiger Einkaufspartner und ein schrecklicher Gesprächspartner bist.«

Kapitel 3

Seit sie den Schwarzen Mann gefangen hatte, konnte Liv die Angst nicht mehr abschütteln, die seine Anwesenheit ausgelöst hatte. Ja, sie hatte sie überwunden, um ihn zu besiegen, aber Furcht war nichts, das man für immer beherrschte. Es war ein Hin-und-Her, bei dem sie sich ihr manchmal überlegen fühlte und zu anderen Zeiten von ihr überwältigt. Für sie bedeutete Angst manchmal, alles zu vergessen und wegzulaufen und zu anderen Zeiten stand sie für ›sich allem stellen und zur Wehr setzen‹.

Eine Kriegerin für das Haus der Vierzehn zu sein, forderte Liv auf eine Weise heraus, die sie sich nicht hätte erträumen können. Sie hatte sich Dingen gestellt, die weit jenseits von Albträumen lagen. Sie hatte Dinge getan, von denen ihre Mutter gesprochen hatte, wie einer Armee von Verrückten allein gegenüberzutreten und sie war am Leben, um die Geschichte darüber zu erzählen. Sie hoffte, dass ihre Mutter stolz auf sie war, wo auch immer Guinevere Beaufont war.

Zu dieser Zeit wusste Liv noch nicht, was sie von ihrem Leben halten sollte. Etwas bewegte sich in ihr und es fühlte sich kurioserweise wie Evolution an. Das bedeutete Veränderung und Veränderung war … schwierig.

Aber tief in ihrem Inneren wusste sie, dass, egal was passierte … Liv blieb mitten auf dem Bürgersteig stehen, weshalb einige Typen mit zu viel Gesichtsbehaarung und schlechter Reaktionszeit in sie hineinliefen.

DIE GEBORENE ANFÜHRERIN

»Hey, du Zwerg, pass doch auf«, sagte einer der großen Jungs und schälte sich um Liv herum, als sei sie ein Linebacker, der ihn fast ausgeschaltet hätte.

Liv starrte die Idioten mit ihren hochgerollten Jeans und nagelneuen T-Shirts an, die sie schon durchlöchert gekauft hatten. »Warum passt du nicht auf, wo du hingehst oder ich werfe dich über die gelbe Backsteinstraße.«

Der Typ schüttelte den Kopf und tauschte mit seinem Freund irritierte Mienen aus. »Sie arbeitet in der Elektronikwerkstatt dort unten.«

Sein Kumpel schlug ihn auf den Arm. »Anscheinend ist die Elektronik nicht das Einzige, bei der eine Schraube locker ist.«

Liv wusste es besser, als sich mit Sterblichen anzulegen. Sie hatte jedoch kein Problem damit Arschlöcher zu bestrafen. Diskret zeigte sie mit dem Finger auf die beiden Typen und murmelte nur ein einziges Wort. Ihre Bärte verschwanden und ihre Kleidung wurde durch gestärkte Khakihosen und gebügelte Polohemden ersetzt.

»Was zum Teufel?«, schrie der erste Typ und fuhr sich mit den Händen übers Kinn. »Es hat ein ganzes Jahr gedauert, um mir den Bart wachsen zu lassen. Was zum Teufel ist damit passiert?«

Der andere Kerl glotzte seinen Freund an, bevor er an sich selbst herunterblickte. »Im Ernst, wo sind unsere Klamotten? Wir sehen aus wie ... unsere Eltern!«

»Jetzt geht und sucht euch richtige Jobs, Jungs«, rief Liv und ging bei Rot über die Straße. »Denn Podcasts und das Posten von Bildern eures Essens auf Instagram sind kein Beruf.«

Die Jungs machten sich auf den Weg und schauten wie benommen auf ihre Outfits hinunter. Sie wunderte sich über den Gedanken, der sie überhaupt erst zum Innehalten gebracht hatte.

Tief im Inneren ...

In letzter Zeit tauchten diese Worte immer wieder auf und ihnen folgte der Gedanke, dass alles gut werden würde. Oberflächlich betrachtet war da diese Angst vor der Zukunft, in Bezug auf die Menschen, die sie liebte und vor ihrer sich ständig verändernden Rolle als Kriegerin für das Haus. Doch nachdem sie sich mit diesen Sorgen beschäftigt hatte, zuckte Liv immer mit den Achseln und dachte: *Tief im Inneren weiß ich, dass alles gut werden wird.*

Warum? Sie ertappte sich im Weitergehen beim Nachdenken. Was steckte tief in ihr, das ihr so viel Selbstvertrauen gab? Wie konnte sie damit mehr Zeit verbringen, anstatt mit Ängsten und Sorgen zu kämpfen? Liv wusste es nicht, aber sie hoffte, es herauszufinden.

Gerade jetzt brauchte sie es, sich in ein Reparaturprojekt im Geschäft zu stürzen. Nur wenn sie Dinge reparierte, überwältigten sie ihre unmittelbaren Sorgen nicht. Sie dachte nicht über Sophias Zukunft nach oder fragte sich, ob sie und Stefan jemals zusammen sein könnten oder machte sich Sorgen, dass Rory nie sein Glück finden würde oder dass Rudolf wahrscheinlich seinen Finger in eine Steckdose stecken würde.

Liv atmete tief durch, riss die Ladentür auf und erwartete den vertrauten Geruch von Metall und Rost, der Johns Laden immer erfüllte.

Aber er war weg.

Liv blieb stehen und sah sich in der Werkstatt um, die sauberer war, als sie sie je gesehen hatte. Sie hätte schwören können, dass ein paar Funken aus den Regalen strahlten, während sie sich umsah.

DIE GEBORENE ANFÜHRERIN

Eine ganze Minute lang stand Liv völlig ruhig da und fragte sich, ob sie die Elektronikwerkstatt in einer falschen Dimension betreten hatte. Dieses verzerrte Weltbild hatte sie schon immer, obwohl sie sich ziemlich sicher war, dass das unmöglich sein sollte ... wahrscheinlich.

Johns Lachen holte sie aus ihrer Benommenheit, als er mit einem Plattenspieler durch die hintere Tür schritt, den ein Hipster zur Reparatur abgegeben hatte. Vinyl war heutzutage wieder in. Liv könnte mit der Reparatur von Schreibmaschinen und dem Verkauf an die Kundschaft in West Hollywood, die scharf auf Vintage-Dinge war, ein Vermögen verdienen.

»Sag mir zuerst, was dein Lieblingssong der Beatles ist«, forderte er über die Schulter.

Alicia trat hinter ihm ein und trug ebenfalls ein solches Gerät. »Wie wäre es, wenn ich es dir vorspiele«, sagte sie und auf der alten Jukebox, die Liv für John besorgt hatte, begann das Lied *I Want to Hold Your Hand* zu laufen.

John lächelte breit, seine Aufmerksamkeit auf die Wissenschaftlerin neben ihm gerichtet. »Das gefällt mir. Auch eines meiner Lieblingsstücke.«

»Aber nicht dein absoluter Favorit?«, erkundigte sich Alicia. Weder sie noch John hatten Liv im Laden bemerkt.

Sie schnippte mit dem Finger Richtung Jukebox und schaltete auf das Lied *Hey Jude* um.

John und Alicia tauschten verwirrte Blicke aus und bemerkten Liv noch immer nicht. Sie schienen nur sich zu sehen.

»Das ist Johns Lieblingssong der Beatles«, meinte Liv und fand, dass ihre Stimme mürrisch klang.

Die beiden drehten sich um. Alicia jubelte, stellte den Plattenspieler ab und lief herüber, um sie zu umarmen.

23

John strahlte einfach. »Sie hat völlig recht. Liv kennt mich am besten. Das ist mein Lieblingslied.«

Liv ließ Alicia frei und fühlte sich nicht wie sonst. »Warum ist der Laden so sauber?«

Alicia beäugte sie genau. »Ich habe von John über all deine jüngsten Abenteuer gehört. Er war so stolz auf dich. Das bin ich auch und ich bin froh, dass es dir gut geht.«

Liv zwang sich ein Lächeln auf und huschte mit den Augen über die blitzblanken Regale. »Danke. Machen die Brownies Überstunden?«

Alicia folgte ihrem Blick. »Oh, nein. Ich habe nur beschlossen, ein bisschen aufzuräumen, da ich etwas Freizeit hatte.«

»Sieht schön aus, nicht wahr?« John blickte stolz durch den Laden.

»Sieht irgendwie steril aus«, maulte Liv bitter. Sie war sich nicht sicher, was der Grund für ihren plötzlichen Stimmungsumschwung war. Irgendetwas ging in ihr vor, dessen sie sich nicht völlig bewusst war und das gefiel ihr überhaupt nicht. Vielleicht musste sie ein paar Mal durch die Tür der Reflexion hin- und hergehen, bis sie sich all ihrer vergrabenen Dämonen entledigt hatte.

John gluckste. »So habe ich am Anfang auch reagiert. Ich bin an ein paar Staubmäuse hier und da gewöhnt, aber ich könnte mich auch an den sauberen Geruch gewöhnen. Er hält meine Allergien in Grenzen.«

Liv seufzte, als Plato durch die noch offene Tür hinten eintrat und zu ihr hinüberging. Er rieb sich an ihrem Bein, sah spritzig und jung aus, woran sie sich jedes Mal, wenn sie ihn ansah, erst noch gewöhnen musste. »Ja, da hast du wohl recht. Gute Arbeit, Alicia. Es ist einfach anders, als ich es gewohnt war und ich hatte auf ein wenig Nostalgie nach meiner letzten Mission gehofft.«

DIE GEBORENE ANFÜHRERIN

Alicia und John tauschten besorgte Blicke aus.

Liv winkte ab, bevor sie ihr ihre Zuwendung anbieten konnten. »Es geht mir gut. Ich musste nur gegen den Schwarzen Mann kämpfen und ihn am Eingang zur Hölle absetzen.«

John zwinkerte Alicia zu. »Als sie früher solche Dinge erzählt hat, dachte ich, sie würde scherzen oder übertreiben, aber seit ich im Rat bin, merke ich, dass sie wahrscheinlich alles eher herunterspielt.« Er zeigte auf Plato. »Anders bei der Katze. Liv versucht immer wieder mir zu zeigen, dass sie sprechen kann.«

»Das tut er«, sagte Liv trocken.

John lachte, als wäre das ein Witz.

»Sieht er nicht ein bisschen jünger aus als früher?«, argumentierte Liv.

»Nun, ja«, antwortete John und schlug sich auf das Knie. Pickles sprang sofort in Terriergestalt von hinten herein, kläffend und aufgeregt. »Aber das ist nicht sonderlich beeindruckend. Magische Kreaturen können sich verändern. Schau dir nur Pickles an.«

Auf sein Stichwort wechselte der Hund zur Chimärengestalt, sein kleiner Kopf verwandelte sich in den eines Löwen und auch der Rest von ihm veränderte sich.

»Aber du kannst dir nicht vorstellen, dass Plato sprechen kann?« Liv senkte ihr Kinn.

John klopfte Pickles auf den Kopf. »Manche Dinge sind einfach zu schwer zu glauben. Ich schätze, ich müsste es sehen.«

Liv brummte dem Lynx zu: »Sag etwas, Junge.«

Plato gähnte, ließ sich auf seinen Pfoten nieder und legte den Kopf darauf. Er schien im Begriff zu sein, ein improvisiertes Nickerchen einzulegen.

Sowohl John als auch Alicia lachten, als ob dies alles zu einem gut einstudierten Sketch gehörte.

»Gut«, erklärte Liv. »Die Katze kann nicht sprechen. Ich bin bereit etwas zu tun. Welche Projekte sind heute reingekommen?«

»Sie sind alle erledigt«, erwähnte John stolz.

»Ach, wirklich?«, fragte Liv ungläubig. »Also nicht so viel?«

»Oh, tonnenweise«, antwortete er. »Das Geschäft boomt. Aber Alicia hat sich bereits darum gekümmert.«

»Gibt es größere Dinge, an denen ich arbeiten könnte? Wie eine Waschmaschine oder so etwas?«

John dachte einen Moment lang nach und schüttelte dann den Kopf. »Nein, wir sind durch.«

Liv konnte ihre Enttäuschung kaum verbergen. Alles änderte sich und sie sollte glücklich sein. Die Elektronikwerkstatt war sauber, erfolgreich und die Arbeit bereits erledigt. Sie fühlte sich aber überflüssig und hilflos. Was sollte sie tun, wenn sie in ihrer Freizeit nichts mehr reparieren konnte?

Der Gedanke war so merkwürdig und faszinierend, dass sie schwankte. Wenn John sie nicht länger brauchte, müsste sie Vollzeitkriegerin werden. Dieser Job verlangte ihr mehr als genug Zeit ab, aber sie hatte nie erwartet, ihn *ausschließlich* erledigen zu müssen. Aus irgendeinem Grund hatte das Festhalten an ihrem alten Leben, in dem sie vorgab eine Sterbliche zu sein, ihr immer Halt gegeben. Als sie ein paar Minuten zuvor das Geschäft betrat, hatte sie sich auf die Ablenkungen gefreut, die ihr die Reparatur der Geräte verschaffte. Die Ruhe. Aber wenn sie sie dort nicht mehr bekam ... dann musste sie sie woanders finden. Vielleicht in ihr selbst. Das war ein verwirrender Gedanke.

Liv drehte sich plötzlich um, schaute auf die Straße und war sich nicht sicher, was ihre Aufmerksamkeit erregt hatte.

DIE GEBORENE ANFÜHRERIN

Sie studierte nicht wirklich die Straße und vorbeifahrenden Autos, sondern eher die Vorstellung von ›da draußen‹. Irgendwo da draußen gab es eine Welt, von der sie dachte, dass sie mehr war als nur die Werkstatt. Das war kein tröstlicher Gedanke – ganz im Gegenteil: Er war geradezu verängstigend.

Und mit diesem Gedanken entstand ein weiterer. *Irgendwo da draußen konnte es noch etwas anderes als die Reparaturwerkstatt geben, das ihr Frieden bescheren konnte.*

Aber Liv hatte keine Vorstellung, was es sein könnte.

Die Dinge hier, in den Mauern ihres alten Rückzugsortes, waren deutlich zu sehen, während die Musik der Beatles aus der Jukebox erklang. John und Alicia lachten zusammen und hatten offensichtlich vergessen, dass sie immer noch dort war.

Sie wurde nicht mehr gebraucht. Das sollte eigentlich gut so sein.

John war glücklich und sie liebte ihn wie einen Vater.

Alicia war glücklich und Liv liebte sie wie eine alte Freundin.

Das Geschäft florierte und sie liebte diesen Ort wie … nun, es *war* ihr Zuhause.

Doch weder John noch Alicia noch das Geschäft brauchten sie zu diesem Zeitpunkt und das war gut so, redete sie sich ein.

Ging es im Leben nicht darum, den Menschen, die man liebte, genügend Raum zu geben, damit sie glücklich sein konnten? Anderen zu helfen, ihren Weg zu finden? Das war im Wesentlichen ihre Aufgabe als Kriegerin. Wenn sie eine Mission erfolgreich abgeschlossen hatte, war sie nie enttäuscht über das Happy End.

Als Liv Renswick Shoshawnawalla geholfen hatte die Dämonen zu besiegen, die seine Frau entführt hatten, trauerte sie nicht. Als sie dem Musiker Rooster geholfen hatte sein gebrochenes Herz zu reparieren, war sie nicht traurig gewesen. Als sie Fane, dem neuen Alpha des ursprünglichen Werwolfrudels, geholfen hatte sein eigenes Rudel zu beschützen, hatte Liv es nicht bereut. Dennoch fiel es ihr schwer, plötzlich erkennen zu müssen, dass die Reparaturwerkstatt auch ohne sie zurechtkommen würde. John brauchte sie nicht mehr und sie musste weiterziehen.

Tief in ihrem Inneren wusste sie, dass dies eine gute Sache war. Aber sie wollte diesen Ort in ihrem Inneren auch verfluchen, weil er Dinge zu ahnen schien, denn genau jetzt wollte Liv ihr altes Leben zurück. Sie wollte, dass alles so blieb, wie es immer war.

Johns aufrichtiges Lachen holte sie zurück in die Realität. Er beugte sich vor und wollte Alicia gerade auf die Wange küssen, doch plötzlich wanderten seine Augen nach oben, als er bemerkte, dass Liv sie beobachtete.

Sie senkte den Kopf und wandte sich zur Tür. »Ich muss nach Sophia sehen. Wir treffen uns später im Haus, John.«

Liv wartete nicht auf seine Antwort, bevor sie aus der Tür flitzte und sich schwer und doch eigenartig glücklich fühlte. Sie war verwirrt über ihren neuen emotionalen Zustand. Wie konnte sie sich glücklich fühlen für die, die sie liebte und gleichzeitig auch traurig wegen sich selbst?

Sicher wusste sie nur, dass sich ihr Leben ändern musste. Alles entwickelte sich weiter.

Wenn sie also tief in ihrem Inneren leben könnte, würde die Angst vor dem Was-wäre-wenn und der Zukunft nicht ständig versuchen, ihre Aufmerksamkeit in Beschlag zu nehmen.

Kapitel 4

Liv könnte auf dem besten Weg sein, verrückt zu werden, dachte Sophia Beaufont, als sie ihr Bild im Teich neben ihrem Drachenei betrachtete.

Nein, sie wird traurig sein, antwortete der Drache, der noch immer namenlos war, in ihrem Kopf.

Sie wird am Boden zerstört sein, korrigierte Sophia.

Sie wird darüber hinwegkommen, meinte der Drache sachlich, ohne jegliches Mitgefühl in seinem Tonfall.

Du wirst darüber hinwegkommen, spuckte die junge Magierin gedanklich aus und erkannte, wie unreif ihr Verhalten war. Das war ironisch, denn sie war in der letzten Stunde um etwa fünf Jahre gealtert. Es lief nicht wie die anderen Male, als sie einfach morgens aufgewacht und größer geworden war. Das Gefühl war entsetzlich schmerzhaft, ihre Knochen wuchsen schnell und ihre Haut dehnte sich entsprechend.

Das schnelle Wachstum hatte sie völlig erschöpft und sie wartete darauf, dass sich ihre magischen Reserven nach dieser Tortur regenerieren würden, damit sie ihr Outfit in Ordnung bringen konnte. Ihr Kleid war nun viele Zentimeter zu kurz und drückte erbärmlich um die Taille.

Ihr Drache war wieder einmal nicht sehr wohlwollend gewesen und hatte einfach gesagt: ›*Willkommen im Club*‹. Anscheinend wuchs er die meiste Zeit über in dieser Geschwindigkeit, außer dass ihm Hörner und scharfe Krallen sprießen mussten, was angeblich wirklich anstrengend und schmerzhaft war.

Das war deine Reaktion?, fragte der Drache. *Du hast einfach zurückgewettert, dass ich darüber hinwegkommen muss? Ich habe nichts, worüber ich hinwegkommen könnte. Ich war derjenige, der auf dieses schnelle Wachstum gedrängt hat. Der Witz ergab keinen Sinn.*

Das war das erste, was mir eingefallen ist, erklärte Sophia, die Arme vor der Brust verschränkt – eine völlig neue Erfahrung. Sie hatte Brüste! Sie war sehr reif geworden.

Die zu formen, war immer noch nicht schmerzhafter als das Wachsen von Hörnern, schoss der Drache zurück, nachdem er ihre ungläubigen Gedanken gelesen hatte. Für sie gab es keine Privatsphäre vor ihm und er hatte behauptet, das sei am besten so. Zwischen Drache und Reiter gab es nie Geheimnisse.

Sophia drehte sich zu dem blau schimmernden Ei um, das jetzt auch viel größer war. »Was meinst du damit, dass du auf das schnelle Wachstum gedrängt hast?«, fragte sie laut.

Die Zeit war reif, da wir jetzt zusammen sind und wir haben nicht mehr viele Gelegenheiten, weil du nur jeden zweiten Tag zu Besuch kommst, erklärte er.

Sophia seufzte und sah ein, dass er recht hatte. Sie hatte sich tagelang von ihrem Drachenei fernhalten müssen, um seine Anwesenheit vor der Elite geheim zu halten. Als Sophia und ihr Drache zusammen waren, pulsierte ihre Magie auf dem Radar der Elite wie eine Atomexplosion. Ihn bei Rory zu wissen, wo er zufrieden war, half ein wenig. Der wahre Trick das Ei zu verstecken, bestand aber darin, die Riesen Rory, Maddie und Bermuda um den Drachen zu haben. Ihre Magie war in der Lage, die normalen Signale zu verzerren, die ein Drache und ein Reiter für die Elite ausstrahlten.

DIE GEBORENE ANFÜHRERIN

Sophia hatte gemischte Gefühle, als Liv ihr gesagt hatte, sie wolle sie für eine Weile vor der Elite verstecken. Die zukünftige Drachenreiterin hatte gedacht, es wäre an der Zeit, dass sie sich den ihren anschloss und ihren Drachen in die Gegenwart seiner Artgenossen brachte. Derzeit hatte kein Drache Einfluss auf ihn. Sie war sich nicht sicher, ob das so in Ordnung war, aber er hatte bestätigt, dass es ihm nichts ausmachen würde.

Eigentlich war es der Drache gewesen, der Liv recht gegeben hatte. Sobald er geschlüpft wäre, würde es kein Verstecken mehr geben, hatte er Sophia erzählt. Die Elite würde auftauchen und sie mitnehmen. Sie wären fassungslos, da seit über hundert Jahren kein neuer Drache geschlüpft war und es gäbe noch andere Dinge, die sie schockieren müssten, wie Sophia – zum einen ein Mädchen und dann noch so jung.

Bis zu diesem Zeitpunkt waren Reiter immer männlich gewesen. Da ihr Drache mit einem genetischen Gedächtnis für die Geschichte der Drachen geboren wurde, wusste er das nicht erst aus Rorys Erzählungen.

Hinzu kam, dass die meisten Eier sich erst dann mit einem Reiter verbanden, wenn sie viel, viel älter waren, etwa fünfzig Jahre oder mehr. Das lag daran, dass Drachen wollten, dass ihre Reiter reif waren, da sie dann über die Lebenserfahrung verfügten, die die Reife des Drachen kurz nach dem Schlüpfen ergänzen konnte.

Aber ihr Drache hatte behauptet, Sophia wäre anders. An sich keine wirklich alte Seele, aber anscheinend hatte sie ein besonderes Gespür für Magie, das die Erwartungen an jemanden in ihrem Alter bei weitem übertraf. Sie wusste das schon eine Weile, da sie ihre Magie vor dem Haus der Vierzehn verbergen musste, um nicht registriert zu werden und mit dem Unterricht beginnen zu müssen.

Ihre Ausbildung verlief in einer besonderen Form, die es ihr erlaubte, ihr eigenes Tempo einzuschlagen. Sie würde nicht wollen, dass das aufhörte, aber sobald jemand im Rat herausfand, dass sie schon Magie besaß, wäre sie Kontrollen und Grenzen unterworfen. Sophia unterschied sich von ihrem Bruder Clark darin, dass sie Regeln nicht mochte. Durch sie fühlte sie sich immer eingeengt und sie widersetzte sich ihnen bei vielen Gelegenheiten.

Da sie sich schon in so jungen Jahren an das Ei gebunden hatte, musste sie dieses rasche Altern durchstehen. Andernfalls müsste das Ei mit dem Schlüpfen warten, bis sie den Drachen eingeholt hätte. Sophia hatte ihm erzählt, dass sie nicht sieben oder acht Jahre warten wollte. Sie erinnerte sich in Rorys Garten daran, dass sie darum gebeten hatte. Sie hatte bereitwillig einen Teil ihrer Kindheit aufgegeben, um ihren Drachen früher zu erhalten. Sie vermutete, dass sie das später vielleicht ein bisschen bereuen könnte, aber im Moment freute sie sich darauf, dass sie ihrem Gefährten bald von Angesicht zu Angesicht begegnen würde. Sie konnte sich nicht vorstellen, fast ein Jahrzehnt auf diese Erfahrung warten zu müssen.

Du bist jetzt ausgewachsen, erklärte ihr der Drache.

Sophia blickte nach unten und zauberte sich ein neues Outfit, das viel besser passte als das Kleid. Aus irgendeinem Grund hatte sie keine Lust mehr auf eines ihrer üblichen Rüschenkleider. Stattdessen entschied sie sich für eine eng anliegende Hose, wie Liv sie immer trug und ein gepanzertes Oberteil, das leicht und flexibel war. Vielleicht hatte sie dieses Outfit gewählt, weil in ihrer Brust etwas pulsierte, das ihr das Gefühl vermittelte zu rennen, zu springen und zu kämpfen.

Das Chi des Drachen ist in dir erwacht, erklärte der Drache prompt.

DIE GEBORENE ANFÜHRERIN

»Das was?«, fragte sie.

Das ist der Geist, der uns als Drache und Reiter verbindet, erläuterte er. *Er macht dich stärker, schneller und rundum besser als jeden normalen Magier. Er erhöht deine Lebenserwartung um das Zehnfache. Er sorgt dafür, dass ich dich immer finden kann, egal wohin du gehst.*

»Wenn ich jetzt ausgewachsen bin, heißt das, dass du bald schlüpfen wirst?«, wollte Sophia von ihrem Ei wissen.

Sie stellte sich sein Achselzucken vor ihrem geistigen Auge vor. *Vielleicht,* antwortete er vage. *Innerhalb eines Jahres.*

Sophia seufzte. »Kannst du es nicht ein bisschen beschleunigen?«

Obwohl Sophia sich nicht darauf freute, ihre Freunde und ihre Familie zu verlassen, fühlte sich ein Teil von ihr nicht vollständig, solange ihr Drache noch in seiner Hülle steckte. Sie verstand, dass sie immer noch die geistige Reife einer Neunjährigen hatte und in einem erwachsenen Körper steckte. Normalerweise wollte ein Mädchen in ihrem Alter so nah wie möglich bei ihrer Familie bleiben, aber Sophia war ein völlig anderes Kind. Sie war für etwas Einzigartiges ausgewählt worden und sie hatte keine Angst davor, wohin es sie führen würde, obwohl etwas ihr zuflüsterte, dass sie sich fürchten sollte.

Geschwindigkeit ist wichtig für den Kampf, aber sie sollte nicht in der Entwicklung eingesetzt werden, belehrte sie der Drache. *Ich werde schlüpfen, wenn ich bereit bin und wenn ich spüre, dass du es bist.*

»Ich habe Hüften«, argumentierte Sophia. »Ich glaube, ich bin bereit!«

Sie ahnte, wie der Drache seinen Kopf schüttelte. So funktionierte es bei ihnen. Sie konnte ihn spüren, wenn er nicht in ihrer Nähe war. Sie kannte seine Reaktionen, ohne ihn zu sehen. Sie fühlte seine Stimmung. Das war besonders verwirrend, wenn sie nicht der ihren entsprach.

Du bist noch nicht bereit, antwortete der Drache. *Und, was noch wichtiger ist, die, die dich am meisten lieben, sind es auch nicht.*

Sophia wurde wütend. »Meine Kindheit war vor einer Stunde vorbei. Ich glaube, die, die mich lieben, werden auch ziemlich schnell damit fertig. Ich habe einfach ein paar Jahre übersprungen und wurde innerhalb von Minuten ins Teenageralter geschubst.«

Bist du deshalb so widerspenstig?, fragte ihr Drache.

Sophia rollte mit den Augen.

Das habe ich gesehen, sagte der Drache sofort.

»Ich mache auf die Schnelle eine Menge durch. Deshalb bin ich so«, erklärte sie.

Hörner, bellte er in ihrem Kopf. *Noch einmal: Du musstest dir keine Hörner wachsen lassen.*

»Und du bist nicht durch die Pubertät geflogen und einfach so eine Frau geworden!«

Ich erinnere dich daran, dass alles was du erlebst, auch ich erlebe! Also weiß ich ein wenig über das, was du durchmachst, belehrte der Drache sie.

»Oh, gut«, scherzte Sophia. »Der kleine Drache kann erzählen, wie es sich anfühlt, eine Frau zu sein. Das dürfte interessant werden.«

Heute Nacht ist Vollmond, erwähnte er beiläufig, als würde das in irgendeinem Zusammenhang mit dem stehen, worüber sie sprachen.

»Danke, ich werde es meinen Werwolf-Freunden mitteilen.«

Du kennst keine Werwölfe, antwortete er. *Ich sage dir das, weil der Vollmond dich stärker beeinflussen wird. Deshalb habe ich den heutigen Tag gewählt, um dich schneller altern zu lassen, aber der Mond wird deine Emotionen verstärken.*

»Damit rückst du erst jetzt raus?«, fragte Sophia.

Halte dich so weit wie möglich von Menschen fern, riet er. *Sonst könntest du die Dinge, die du ihnen sagst, bereuen.*

Sophia nickte und fühlte, wie sich in ihr irrationale Emotionen aufbauten. »Warum hast du dafür den Vollmond gewählt?«

Manche Drachen haben eine besondere Verbindung zur Erde, erzählte ihr Drache. *Einige werden von den Jahreszeiten beeinflusst, andere von den Gezeiten und es gibt noch tausende andere Möglichkeiten. Meine Kraft ist an den Mond gebunden. Er kann uns beide stärker oder schwächer machen, je nach seinem Zustand.*

Sophia nickte und erkannte, dass diese Information unglaublich wichtig war. Sie wusste noch nicht genau auf welche Weise, aber irgendetwas sagte ihr, dass die Verbindung des Drachen zum Mond sie eines Tages entweder retten oder in tödliche Gefahr bringen könnte … oder beides.

Kapitel 5

»Du zerfließt in Selbstmitleid«, beobachtete Plato, als sie sich Rorys Haus näherten.

»Das tue ich nicht«, argumentierte Liv und wünschte, ihre Stimme würde nicht so niedergeschlagen klingen.

»Nun, ich denke, ich würde mich in deiner Situation ähnlich fühlen«, erklärte Plato sachlich.

»In meiner Situation?«, maulte Liv. »Ich bin in keiner Situation. Ich bin nur ein Mädchen mit einem Schwert und einer Aufgabe, die es zu erledigen gilt. Es gibt keine Situation.«

»Richtig! Dass John deine Hilfe im Elektronikgeschäft nicht mehr braucht, stört dich überhaupt nicht«, konterte Plato.

»Ich meine, es ist anders, aber ich freue mich für ihn. Für Alicia. Sie sind scheinbar glücklich, so als befänden sie sich in den Flitterwochen, ohne geheiratet zu haben.«

»Sicher«, stimmte Plato zu. »Aber das heißt nicht, dass du dich nicht ausgeschlossen fühlen darfst. Ich weiß, wie sehr dich das Reparieren von Dingen entspannt.«

»Es ist in Ordnung. So habe ich mehr Zeit, an meiner Bräune zu arbeiten und mein Französisch aufzufrischen«, erklärte Liv.

»*Comment se fait-il que ton cul pâle ne connaisse pas le sort de l'apprentissage des langues étrangères?*«, fragte Plato.

»Ich vermute, dass du gerade etwas über meine vornehme Blässe gesagt hast«, sagte Liv mit Blick auf den Lynx.

Er zuckte die Achseln. »*Peut-être.*«

»Nun, wenn wir das nächste Mal auf dem französischen Markt am Sunset Boulevard sind, warum versuchst du dann nicht, für mich etwas zu bestellen?«, schlug Liv vor.

»Ich würde es tun, aber sie würden deine Bestellung immer noch durcheinander bringen, da eine sprechende Katze die Leute normalerweise nervös macht, selbst diejenigen, die an die magische Welt gewöhnt sind.«

Liv rollte mit den Augen. »Und *deshalb* willst du vor John nicht reden?«

Er kicherte. »Oh, nein. Das mache ich nur, weil ich dich gerne quäle.«

»Du bist so eine gütige und sanftmütige Seele.«

Plato nickte. »Dann ist da noch die Geschichte mit Sophia.«

Liv wurde sauer. »Das stört mich nicht. Na und, was bedeutet es schon, wenn meine kleine Schwester ein Drachenei hat, das kurz vor dem Schlüpfen steht und sie sich zu einem Geheimbund gesellt und ich sie nie wieder sehe? Damit bin ich völlig einverstanden. Möchtest du Sushi zum Abendessen?«

Plato schoss ihr einen verschlagenen Blick zu. »Seit wann isst du Sushi?«

»Seit es mir egal ist, was ich mir in den Mund schiebe«, brummte sie niedergeschlagen.

»Das liegt daran, dass du dich über den Laden und Sophia aufregst. Dann ist da noch die ganze Sache mit Stefan«, bemerkte Plato.

Liv blieb stehen. »Da ist nichts mit Stefan. Wir sind besser dran, als je zuvor!«

»Auch wenn ihr nicht zusammen sein könnt?«, bohrte Plato nach.

»Ja«, argumentierte sie und setzte den Weg zu Rorys Haus fort. »Denn dann käme er ständig vorbei und würde mich zum Lachen bringen und wir würden wahrscheinlich zusammen kugelrund werden, denn das tun Paare, wenn sie verliebt sind. Meine Arbeit würde darunter leiden, was gleichbedeutend damit wäre, dass die ganze Welt schnell zur Hölle fahren müsste. Also ja, es ist das Beste, wenn wir nicht zusammen sind.«

»Ich glaube, du hast gerade das böse L-Wort gesagt«, bemerkte Plato beiläufig.

»Nun, er bringt mich zum Lachen. Jedenfalls mehr als die meisten Menschen. Für gewöhnlich lache ich mit ihm und nicht über ihn, was sonst auch eher selten vorkommt.«

»Ja, ›Lachen‹!«, nickte Plato. »Das ist genau das L-Wort, auf das ich mich bezogen habe.«

»Wie auch immer. Was soll's, wenn sich in meinem Leben viele Veränderungen vollziehen?«, meinte Liv. »Vielleicht fühle ich mich ein wenig niedergeschlagen deswegen.«

»Weißt du, du kannst im Regen lachen oder weinen, aber nass wirst du trotzdem.«

Liv schaute in den klaren blauen Himmel. »Ich weiß nicht, wovon du sprichst. Es wird nicht regnen.«

Plato schüttelte den Kopf. »Es regnet in diesem Augenblick über dir.«

Liv blickte weiter in den wolkenlosen Himmel und versuchte die Emotionen zu verbergen, die an die Oberfläche drängten. Als sie sich schließlich ruhig genug fühlte, um zu antworten, sagte sie: »Nun, ich hoffe, dass es bald aufhört zu regnen, aber ich werde versuchen, solange darüber zu lachen, bis es aufhört.«

»Es wäre auch hilfreich, die Halluzinogene zu reduzieren«, kommentierte Bermuda von der vorderen Veranda aus.

DIE GEBORENE ANFÜHRERIN

Liv senkte ihr Kinn und entdeckte die Riesin, die in der einen Hand einen Besen hielt und die andere an die Hüfte presste. Plato war überraschenderweise verschwunden, sodass sie aussehen musste, als würde sie Selbstgespräche führen. »Oh, mir ist klar, dass es nicht wirklich regnet. Ich hatte eine metaphorische Unterhaltung.«

Bermuda schaute sich ausdruckslos um. »Mit wem?«

»Die Halluzinogene«, stimmte Liv mit einem Seufzer zu. »Ich werde sie reduzieren.«

Bermuda nickte und begann die vordere Veranda zu fegen, obwohl diese augenscheinlich vollkommen sauber war.

»Ist Rory da?«, fragte Liv und spürte eine neue Anspannung in der Riesin. Sie musste über die Veranda zur Haustür, nahm aber an, Bermuda könnte versuchen ihr die Füße wegzufegen.

»Ja, ist er«, sagte sie rundheraus.

»Oh, großartig. Ist er beschäftigt?«

»Offensichtlich«, antwortete Bermuda sofort, ihre Augen auf die Arbeit gerichtet.

»Sophia hat erwähnt, dass sie später vorbeikommen wollte. Ich hatte gehofft, sie zu erwischen. Weißt du, ob sie hier ist?«, fragte Liv.

»Das glaube ich nicht«, antwortete Bermuda.

»Vielleicht warte ich einfach im Garten, bis sie kommt.«

Die Riesin hörte auf zu fegen und stierte Liv mit einem langen, durchdringenden Blick an. »Du hast dich eingemischt.«

Liv öffnete ihren Mund, bereit sich zu verteidigen. Um Bermuda zu sagen, dass Rory für seine Entscheidungen nicht herabgewürdigt werden durfte und dass Maddie ein netter Mensch war. Auch, dass sie es leid war, von der Riesin schikaniert zu werden. Aber plötzlich war sie nicht mehr in der Lage zu sprechen. Ihre Lippen bewegten sich, aber es kam kein Ton heraus. Liv griff sich an die Kehle und fragte sich, was mit ihr los war.

Bermuda lächelte tatsächlich, aber nur ein wenig. »Ich weiß, wie gerne du redest und das hätte das, was ich zu sagen habe, sehr viel schwieriger gemacht. Verzeih mir, dass ich dich mit einem Schweigezauber belegt habe. Es ist nichts, was ich anderen gerne antue, aber bei dir ist es eine Art Verbesserung, wenn ich das so sagen darf.«

Liv ließ die Hände von der Kehle fallen und neigte den Kopf zur Seite, wobei sie der Riesin einen verärgerten Blick zuwarf.

»Nun«, begann Bermuda und machte einen Schritt vorwärts, den Besen dabei, »es war ein ziemlicher Schock für mich, dass mein Rory das Familiengeschäft nicht gern geführt hat.«

Oh, die Witze, die Liv reißen würde, wenn sie nur sprechen könnte...

»Dann war da noch die Sache mit diesem Mädchen, das du in unser Haus geschleppt hast, unter dem Vorwand, sie könnte uns mit dem Drachenei helfen«, fuhr Bermuda fort.

Die Riesin hatte recht. Es war besser, dass Liv nichts sagen konnte. Sonst hätte sie sie schon mehrfach unterbrochen und wahrscheinlich ein blaues Auge oder so bekommen.

»Seit ich dich kennengelernt habe, Liv Beaufont, bist du...« Bermuda hielt inne und kaute auf ihrer Lippe, als ob sie innerlich um das richtige Wort kämpfen müsste.

Liv hätte einige Optionen bereitstellen können, wenn sie hätte sprechen können.

»Du bist mir von vorne bis hinten nur auf die Nerven gegangen«, erklärte Bermuda, wobei ihre Finger um den Besenstiel weiß wurden.

DIE GEBORENE ANFÜHRERIN

Liv nickte. *Ja, dieses Gespräch verlief genau wie erwartet.*

»Du hast diesen Lynx hierhergebracht, der meiner Meinung nach völlig hinterhältig ist«, fuhr Bermuda fort. »Du hast meinem Rory all diese Ideen eingepflanzt, die ihn gegen mich rebellieren lassen. Dann hast du noch andere fragwürdige Gestalten hergebracht, wie Rudolf, dem ich nie erlaubt hätte, einen Fuß auf unser Grundstück zu setzen. Als ob das nicht genug wäre, haben wir jetzt auch noch ein Drachenei in unserem Garten, das wir mit unserer Magie vor der Elite im Verborgenen halten müssen. Ganz zu schweigen von all der Gefahr, in die du uns gebracht hast, weil du die Sterblichen Sieben suchen und gegen Adler Sinclair antreten wolltest.«

Liv bewegte ihren Kopf hin und her und zuckte mit den Schultern. Was hätte sie sonst tun sollen, wenn sie nichts sagen konnte?

»Weißt du, wie unser Leben war, bevor du auf der Bildfläche erschienen bist?«, fragte Bermuda und hielt lange inne, als ob Liv antworten könnte.

Reibungslos? Sicher? Weniger ärgerlich?, fragte sich Liv.

»Langweilig«, antwortete Bermuda sich selbst.

Liv lehnte sich zurück und dachte, sie müsste umkippen.

»Ich habe meine Arbeit getan, meinen Kopf gesenkt und meinen Mund gehalten«, erklärte Bermuda. »Ich wusste von den Sterblichen Sieben, aber ich war nicht bereit Nachforschungen anzustellen, aus Angst, Adler würde seine Drohungen wahr machen. Ich schrieb meine Bücher und übertrug Rory die Leitung des Familienunternehmens. Wir weigerten uns mit jemandem außerhalb unseres Kreises zu sprechen, denn so arbeiten alle Riesen. Ich hatte mich selbst davon überzeugt, dass es das Beste wäre. So waren wir sicher. Ich habe geglaubt, dass es uns bei Laune halten sollte.«

Liv schielte die Riesin an und fragte sich, ob sie weglaufen sollte. Sie konnte nicht sprechen, aber sie konnte ihre Beine immer noch benutzen. Sie wusste genau, dass Bermuda langweilig war und Liv hatte diese Balance durch ›Einmischung‹ durcheinandergebracht. Sie betrachtete den Besen in ihrer Hand und fragte sich, ob sie Bellator vielleicht ziehen müsste, um sich zu verteidigen, wenn sie nicht losrennen würde.

»Dann kamst du mit deiner großen Klappe und den Ideen, die du Rory und all deinen seltsamen Freunden in den Kopf gesetzt hast.«

Livs Augen huschten herum. Wenn sie weglief, konnte sie vielleicht weit genug kommen, um ein Portal zu öffnen und zu fliehen, bevor die Riesin sie in die Hände bekam.

Bermuda lehnte den Besen an die Seite des Hauses und machte einen Schritt vorwärts, wobei die Sonne auf ihr Gesicht fiel und die Riesin seltsam unheilvoll erscheinen ließ. »Wie ich gehört habe, hast du dem Lynx geholfen, weitere hundert Leben zu erhalten.«

Liv machte einen kleinen Schritt zurück, in der Hoffnung, Bermuda würde es nicht bemerken.

»Davor hast du Rudolf geholfen, die Königin der Fae zu besiegen und jetzt ist er König«, stellte Bermuda fest, während sie einen Schritt die Treppe der Veranda hinunterging, was das Holz unter ihr zum Ächzen brachte.

Liv machte einen weiteren Schritt zurück.

»Rory ist offiziell aus dem Familienunternehmen ausgestiegen«, betonte Bermuda, während ihre Stimme an Intensität zunahm. »Er hat es den Kindern meiner Schwester übergeben.«

Okay, jetzt heißt es rennen, dachte Liv. Sie stellte jedoch fest, dass ihre Füße sich nicht bewegen wollten. Stattdessen stand sie aufrecht, der Riesin zugewandt. Bermuda hatte mit allem recht. Liv *hatte* sich eingemischt. Sie hatte die Familie Laurens in Gefahr gebracht. Sie hatte sie in jede ihrer Angelegenheiten hineingezogen. Was auch immer als Nächstes geschah, Liv hatte es verdient. Sie bereitete sich auf das vor, was die Riesin ihr antun wollte.

»Liv, wenn du nicht gewesen wärst ...« Bermuda schüttelte den Kopf, ihr Gesicht zeigte den Kampf, der im Inneren ausgefochten wurde. »Was ich dir zu sagen versuche, ist, dass unser Leben ohne dich ... nun ja, nicht so reich und wunderbar wäre.«

Liv war völlig sprachlos, sowohl weil sie verzaubert war als auch keine Ahnung hatte, wie sie auf diese Aussage reagieren sollte.

»Ich weiß, was du jetzt gerade denken musst.« Bermuda senkte ihr Kinn und schüttelte den Kopf.

Nein, das glaube ich nicht, dachte Liv.

»Wenn du nicht gewesen wärst, hätte ich vielleicht keine andere Seite von Plato kennengelernt«, begann die Riesin, ihr Gesicht wurde weicher. »Rory hat mir erzählt, dass er sein letztes Leben verloren hat, um dich zu retten. So haben sich die Lynxe, die ich kenne, nie verhalten. Dann ist da noch Rudolf. Für die meisten wirkt er wie ein unbeholfener Idiot, aber du hast es irgendwie geschafft, den Helden in ihm zum Vorschein zu bringen. Obwohl ich weiß, dass er noch einen langen Weg vor sich hat, glaube ich, dass er eines Tages ein großer König der Fae sein könnte. Auch wenn Maddie nicht meine erste Wahl gewesen wäre, um unsere Familie zu unterstützen, so ist sie doch aufgeschlossen und freigeistig, was keine Begriffe sind, die ich früher jemals benutzt hätte, um einen anderen Riesen zu beschreiben. Weißt du was?«

Liv öffnete den Mund, um zu antworten, merkte aber schnell, dass der Bann nicht aufgehoben war und zuckte nur mit den Achseln.

»Sie bringt Rory öfter zum Lächeln, als ich ihn je habe lächeln sehen«, erklärte Bermuda. »Ganz wie Maddie ist auch Rory nicht wie die meisten Riesen. Diese beiden, nun ja, sie könnten gut füreinander sein.«

Liv wollte vor Freude in die Höhe springen, aber sie ließ ihr Gesicht ausdruckslos.

»Dann ist da noch das Buchhaltungsgeschäft«, fuhr Bermuda fort. »Ich versuche immer noch, das zu verarbeiten und ich scheue mich nicht zuzugeben, dass mich die Sache wahnsinnig macht. Rory hat mir berichtet, dass du das Ganze angezettelt und ihn ermutigt hast, aufzuhören.«

Danke, Rory, dachte Liv. *Ich werde dich heimsuchen, nachdem deine Mutter mich umgebracht hat.*

»Ich bin so wütend, dass ...« Bermudas Gesicht nahm einen tiefen Rotton an. Sie stampfte und ließ den Boden unter Livs Füßen beben. »Ich meine, ich habe nichts davon an meinem Sohn bemerkt. Ich war in meinem ganzen Leben noch nie so wütend auf mich selbst.«

Von all den Dingen, die Liv nie erwartet hätte, Bermuda sagen zu hören, war dies das Höchste. Ihre Lippen formten das Wort ›Was?‹.

Bermuda nickte. »Es ist wahr und es fällt mir schwer, das zuzugeben. Ich war so damit beschäftigt, meinem Sohn zu sagen, wie er sein Leben führen soll und jede seiner Entscheidungen zu missbilligen, dass ich nicht erkannt habe, wie unglücklich er war. Aber jetzt, da er das Familienunternehmen übergeben hat, ist er glücklich. Ich sehe, wie anders er ist und das verdankt er alles dir. Wenn du nicht gewesen wärst, Liv, gäbe es die Sterblichen Sieben nicht, das Haus hätte sich nicht verändert und so vieles wäre so geblieben, wie es seit Jahrhunderten war.«

Liv war sich nicht sicher, ob es zu früh war, ihre Arme für Bermuda zu öffnen und ihr eine Umarmung anzubieten.

Das Gesicht der Riesin nahm wieder den gewohnt frustrierten Ausdruck an. »Ich meine, du bist immer noch höchst nervig mit deinem ständigen Sarkasmus und der totalen Missachtung angemessener Kleidung.«

Vielleicht war es doch zu früh für eine Umarmung, dachte Liv und machte einen weiteren Schritt zurück.

»Aber mir ist klar, dass das nicht wichtig ist und obwohl ich keine Versprechungen machen möchte, werde ich daran arbeiten, dich in dieser Hinsicht mehr zu akzeptieren«, Bermudas Stimmung beruhigte sich wieder. »Was ich zu sagen versuche, ist… Dankeschön.«

Liv hustete plötzlich, überrascht von dem Geräusch, das ihr Mund von sich gab. Bermuda musste den Schweigezauber aufgehoben haben. Da sie den Moment nicht verderben wollte, nickte Liv einfach. »Nun, vielen Dank. Du hättest das alles nicht sagen müssen.«

»Und wenn ich dich nicht zum Schweigen gebracht hätte, wage ich zu behaupten, dass ich es nicht hätte tun können«, erklärte Bermuda, ihr Gesicht ernst, aber ein Lächeln blitzte in ihren Augen.

»Nun, ich hoffe, dass ich weiterhin Gutes in dein und Rorys Leben bringen kann«, sagte Liv. »Er ist mein Freund und ich will nur, dass ihr beide glücklich werdet.«

Die Riesin schaute sie ausdrucksvoll an, bevor sie ihr Kinn in den Himmel hob. »Ja, ich glaube, ich möchte das Gleiche für dich. Hoffentlich hört der Regen bald für dich auf.«

Liv erkannte, dass es jetzt am besten war, das Gespräch zu beenden. »Ja, das hoffe ich auch. Ich danke dir, Misses

Laurens.« Sie schlüpfte um sie herum und ging auf die Haustür zu.

»Bermuda«, brummte die Riesin von hinten.

Liv blieb stehen und drehte sich um. »Entschuldigung, was hast du gesagt?«

»Nenn mich ab sofort Bermuda«, erklärte sie. »Ich meine, ich weiß, dass du und Rory Freunde seid. Aber vielleicht kannst du nach allem was passiert ist, anfangen auch mich als eine Freundin zu betrachten.«

Liv lächelte. »Das würde mir gefallen. Danke, Bermuda.«

Kapitel 6

Ein Summen begrüßte Liv, als sie das Haus betrat. Maddie streckte ihren Kopf um die Ecke und lächelte sie aus der Küche an.

»Hey! Wie geht's dir, Liv?«

»Großartig«, log sie. »Was duftet denn hier so gut?«

»Oh, das ist Maisbrot – ein geheimes Familienrezept«, erklärte Maddie. »Ich dachte, ich backe eine Portion, während Misses Laurens draußen fegt und Rory arbeitet. Ich kann nicht zulassen, dass jemand die Zutaten erfährt. Papa könnte sonst wütend werden.«

»Ändert sich das, wenn sie zur Familie gehören?«, wagte Liv zu fragen.

Die Riesin errötete. Dadurch traten die Sommersprossen auf ihrer Nase deutlicher hervor. »Nun, ich denke schon. Aber es ist nicht so ... ich meine, ich hatte nicht wirklich ...«

Liv winkte ab. »Entschuldigung, ich habe einfach diese Art, Dinge zu sagen, die anderen unangenehm sind. Du kannst einfach jeden fragen! Wie auch immer, vergiss, dass ich etwas gesagt habe.«

»Bist du auf der Suche nach Rory?«, fragte Maddie.

»Ist Sophia hier?«, erkundigte sich Liv.

»Ich glaube nicht«, vermutete Maddie. »Aber Rory ist hinten.«

»Danke.« Liv ging zurück in den Flur. Sie war noch nie bei den Schlafräumen gewesen und bemerkte, dass sich dort ein kleines Büro befand, nachdem sie ihren Kopf in verschiedene Schlafzimmer gesteckt hatte.

Rory beugte sich über einen alten Schreibtisch und schielte auf einen Computer. An der Wand über dem Schreibtisch befanden sich mehrere Pinnwände mit aus Zeitschriften ausgeschnittenen Bildern. In der Ecke lagen Kalender und andere Zeitungen, die scheinbar mit Steuern zu tun hatten.

»Du hast also deiner Mutter gepetzt, dass ich hinter dieser ganzen Sache mit dem Aufgeben des Familiengeschäfts stecke.« Liv verschränkte die Arme über der Brust und blickte den Riesen an.

Er schaute ruckartig auf, als hätte sie ihn aus tiefer Konzentration gerissen. »Was? Ach, das. Nun ja, ja.«

Liv starrte ihn weiter an und tat ihr Bestes, um wütend auszusehen.

»Das war die Wahrheit«, argumentierte er und warf die Hände entschuldigend nach oben. »Sie war ohnehin schon wütend auf dich, einfach weil du existierst, also dachte ich …«

»Ich wäre ein passabler Sündenbock«, unterbrach Liv.

»Nein, das nicht«, erklärte Rory. »Aber im Moment ist die Lage mit ihr ziemlich angespannt. Ich meine, dass Maddie hier ist, bringt sie zur Weißglut und dann ist da noch der ganze Druck durch die Veränderungen in der magischen Welt. Die Elfen wollen sich nicht an die Gesetze des Hauses der Vierzehn halten und haben die Riesen in die Verhandlungen hineingezogen, da wir uns noch nie an dessen Regeln gehalten haben. Das sorgt für eine Menge Spannungen.«

Liv konnte die Nummer nicht länger durchhalten. Sie ließ das erleichterte Lachen endlich zu, das seit dem Gespräch mit Bermuda herausdrängte. »Rory, es ist schon gut. Deine Mutter und ich hatten ein sehr nettes Gespräch. Na ja, nicht so sehr ein Gespräch, in dem jeder zu Wort kommt, sondern sie führte einen Monolog und ich war der beste Zuhörer überhaupt.«

Sein Kopf wackelte ungläubig hin und her. »Da hätte ich dabei sein müssen, um es zu glauben.«

»Ich kann wirklich gut zuhören«, argumentierte Liv und gab vor, beleidigt zu sein.

»Jedenfalls tut es mir leid, dass ich die Hauptschuld auf dich abgewälzt habe«, entschuldigte sich Rory, der nicht so betrübt wie sonst aussah. Es war tatsächlich ein neuer Glanz in seinen Augen. »Es war in der Vergangenheit schwer für mich, meiner Mutter die Stirn zu bieten, weil, na ja …«

»Sie verdammt einschüchternd ist?«, vermutete Liv.

Er nickte. »Ja und ich wollte sie nicht enttäuschen. Aber du tust, was du willst und es funktioniert für dich. Na ja, ich weiß nicht … ich schätze, du hast mich irgendwie beeinflusst.«

Liv wusste nicht, was sie mit all dem Lob der Riesen anfangen sollte. Dadurch fühlte sich der Dauerregen über ihr eher wie ein leichtes Nieseln an. Sie zeigte auf seinen Laptop. »Woran arbeitest du gerade?«

Rory errötete sofort. »Es ist nichts. Nur etwas Dummes.«

Sie lehnte sich über seine Schulter und las die erste Zeile des Dokuments auf seinem Bildschirm. »Kriege werden durch ein Augenzwinkern, eine Geste oder ein Ereignis, das weit entfernt von der Schlacht stattfindet, gewonnen. Die Menschheit wurde schon immer durch kleine Taten gerettet, dadurch dass jemand ein Puzzleteil an der richtigen Stelle eingefügt hat, nicht dadurch, dass ein Held auf dem Schlachtfeld bis zum bitteren Ende in Stellung geblieben ist.«

Rory hatte sich tatsächlich in seinem Stuhl zurückgelehnt und Liv lesen lassen, obwohl sein Rücken die ganze Zeit angespannt und sein Gesicht vor Nervosität verkniffen war.

Sie schaute vom Bildschirm weg und blickte ihren Freund an. »Rory, das ist gut. Ist dies das Buch, das du schreibst?«

Er nickte. »Ja.«

»Worum geht es?«, fragte Liv.

Er errötete erneut und klappte den Bildschirm herunter, sodass sie nicht weiterlesen konnte. »Es geht um nichts Besonderes. Nur um dieses junge Mädchen.«

»Junges Mädchen?«, bohrte Liv nach.

»Nun, junge Erwachsene, denke ich«, korrigierte er.

Liv ermutigte ihn und nickte. »Erzähl weiter.«

»So lange arbeite ich noch nicht an diesem Buch«, begann er und hatte die Augen gesenkt. »Die Hauptfigur ist in eine Rolle geworfen worden, die sie in dieser Gesellschaft von verbohrten Leuten nicht wollte. Aber im Laufe der Zeit findet sie einen Platz, wo sie hingehört und stellt sich den Herausforderungen, auch wenn sie tödlich sind.«

Liv senkte ihr Kinn. »Klingt irgendwie vertraut.«

Rory rollte auf seinem Stuhl zurück und tat so, als durchsuchte er das Bücherregal neben seinem Schreibtisch. »Tut es das? Oh, na ja, mir ist das alles durch einen Traum in den Sinn gekommen.«

»Ich schätze, ich hätte davon ausgehen sollen, dass du ›junge Erwachsene‹ schreiben würdest«, meinte Liv jetzt einfühlsamer, da sie erkannte, wie unwohl er sich fühlte.

»Wirklich? Warum?«, fragte er.

»Ich weiß es nicht«, antwortete Liv und studierte die Pinnwände über seinem Schreibtisch, auf denen Bilder und Zitate angebracht waren. »Du bist sensibel und anständig. Es ergibt einfach Sinn.«

Er seufzte laut. »Ich weiß es nicht. Geschichten zu erfinden ist schwierig für mich. Alles, was ich je gekannt habe, war Buchhaltung.«

»Wirklich?«, hakte Liv nach. »Du hast mehr Hobbys als jeder andere, den ich kenne. Ich finde es sinnvoller, dass *du* ein Buch schreibst, als bei jedem anderen aus meinem Umfeld, der es versuchen könnte.«

Rory blickte sie hoffnungsvoll an. »Wirklich?«

Liv nickte. »Ja und ich weiß es zu würdigen, dass du so geprüft wirst, wie du es dir wünschst.«

Er schüttelte den Kopf. »Oh, wow. Ich hätte diesen Witz erwarten sollen.«

»Das hättest du wirklich.« Livs Blick huschte zum Fenster hinter Rorys Schreibtisch und sie bemerkte, wie dunkel der Garten plötzlich geworden war. Sie schaute hinaus und erspähte eine große Regenwolke, die seltsamerweise darüber schwebte. »Das ist komisch.«

»Was ist komisch?«, fragte er.

Liv wollte gerade auf die bedrohliche Regenwolke über dem Garten zeigen, als ihr etwas neben dem Teich auffiel. Neben dem großen, blauen Drachenei stand eine ... Frau.

Liv schnappte nach Luft, ihr Herz raste. Sie und Rory sahen sich ängstlich an, weil sich eine Fremde in seinen Garten geschlichen hatte und nur Zentimeter von Sophias Drachenei entfernt war.

Kapitel 7

Liv riss Bellator aus der Scheide und sprintete in den Garten. Fast wäre sie in Maddie gerannt, als sie durch die Küche hetzte, konnte ihr aber gerade noch ausweichen, indem sie sich unter der frisch aus dem Backofen gekommenen Maisbrotform in der Hand der Riesin durchduckte.

Ohne einen Augenblick zu zögern, trat Liv die Hintertür auf, sprang über das Geländer und ging direkt auf den Wilderer oder denjenigen zu, der es geschafft hatte, bei Rory Laurens einzubrechen.

Als sich die Gestalt umdrehte, verharrte Liv und fühlte sich, als hätte man ihr einen Tritt in die Magengrube versetzt. Mehrere Sekunden lang konnte sie nicht atmen, weil sie in das Gesicht der Person vor ihr starrte. Bellator fiel aus ihren Händen und zum zweiten Mal an diesem Tag dachte sie, sie müsste umkippen. Deshalb war sie dankbar, als Rory, nachdem er hinter ihr hinausgestürmt war, mit fester Hand an ihre Schulter griff, die sie scheinbar hochgezogen hatte.

»Es ist okay, Liv«, meinte er von hinten.

Liv schüttelte den Kopf. »Wusstest du das?«

»Nein«, antwortete er erschrocken, als er die Frau neben dem Drachenei anstarrte.

»Liv, ich bin's«, versicherte ihr die Stimme ihrer Schwester aus nur wenigen Metern Entfernung. Das klang aber nicht nach Sophia. Nicht nach der Sophia, von der sie sich an diesem Morgen verabschiedet hatte, ohne zu wissen, dass sie beim nächsten Mal, wenn Liv sie sehen würde, erwachsen sein würde.

»Ich weiß, dass du es bist«, sagte Liv mit zitternder Stimme. »Aber was … ich meine, warum? ›Wie‹ ist eigentlich die passendste Frage.«

Bermuda und Maddie stürzten hinter ihnen aus dem Haus. Liv drehte sich um und sah die beiden neben Rory stehen, die Augen weit aufgerissen vor Schock über den Anblick vor ihnen.

»Das hätte ich kommen sehen müssen«, brachte Bermuda heraus und unternahm noch einige Schritte, bis sie direkt bei Liv stand.

»*Das?*«, fragte Liv. »Ist *das* normal?«

Bermuda schüttelte den Kopf. »Nichts an Sophia Beaufont und ihrem Drachenei ist normal. Die beiden setzen aktuell jede geltende Regel außer Kraft.«

»Wie hättest du das dann kommen sehen wollen?« Livs Stimmlage grenzte an Feindseligkeit. Wie sollte sie das auch nicht sein? Ihre kleine Schwester war um einige Jahre gealtert, seit sie sich am Morgen voneinander verabschiedet hatten.

Sie fühlte sich plötzlich wie eingesperrt und die Zeit mit Sophia war verloren. Aber dann erinnerte sie sich daran, dass es noch gar nicht so lange her war, dass sie selbst ihre kleine Schwester und die anderen Geschwister verlassen hatte, in dem Gefühl, dass sie sich nach dem Tod ihrer Eltern nicht mehr auf die magische Welt einlassen konnte.

Aber Liv *war zurückgekommen*. Sie hatte sich ihrer Familie gewidmet und jetzt war noch mehr Zeit einfach verloren. Es war zu viel für sie, aber vielleicht hatte sie es auch absolut verdient, redete sie sich ein und fühlte Kälte in der Luft, weil die Regenwolke über ihr noch dunkler wurde.

Bermuda machte einen Schritt zurück und warf einen Blick auf Liv. »Deine Schwester musste sich weiterentwickeln, um mit ihrem Drachen mithalten zu können. Wenn er wächst, muss sie das auch tun.«

Liv schluckte und wollte zu ihrer Schwester eilen, während sie das Gefühl hatte, dass sie nicht mehr ihre kleine Schwester war. Vielleicht kannte sie das Mädchen nicht mehr so gut wie heute Morgen. Dieser Gedanke schnürte ihr die Luft ab.

Bermuda studierte die Ungewissheit in Livs Augen und überraschenderweise legte die Riesin der Kriegerin die große Hand auf die Schulter, als sie an ihr vorbeiging.

Kurz beugte sie sich vor und flüsterte Liv ins Ohr. »Sie ist immer noch die gleiche Person. Nichts hat sich an ihr verändert, außer ihrem Aussehen.«

»Aber wie kann das sein?« Liv starrte die Riesin an.

Bermuda warf einen Blick auf Sophia und dann auf Liv, ein sanftes Lächeln auf ihrem Gesicht. »Sophia Beaufont war ihrer Zeit immer einen Schritt voraus. Sie war von Anfang an weiter. Ihr Körper hat sie jetzt vermutlich nur eingeholt. Wenn man darüber nachdenkt, war es wohl schon immer so vorgesehen. Warum hätte sie sonst schon lange vor allen anderen jungen Magiern in der Geschichte ihre Kräfte besessen?«

Das ergab Sinn, mehr als die meisten Dinge, von denen Liv wusste, dass sie der Wahrheit entsprachen. Aber es war nicht das, was sie hören wollte. Liv wollte, dass jemand sagte, dass das, was mit Sophia passiert war, ungerecht war. Dass es falsch war. Dass es korrigiert werden musste. Gegen solche Argumente konnte sie ankämpfen, aber zu wissen, dass es richtig war, machte alles schwieriger, was als nächstes folgen musste.

DIE GEBORENE ANFÜHRERIN

»Es wird alles gut werden«, meinte Bermuda seltsam nachdenklich. Liv war es nicht gewohnt, das bei der Riesin zu sehen.

Dennoch nickte sie, während sie beobachtete, wie Bermuda und die beiden anderen Riesen sich ins Haus zurückzogen.

Als Liv ihre Schwester hinter ihr oder die dunkle Wolke über ihrem Kopf nicht mehr ignorieren konnte, richtete sie sich schließlich auf. Sie drehte sich um. Sie sah das kleine Mädchen an, das nicht mehr so klein war.

»Du bist groß geworden«, würgte Liv die vier kurzen Worte hervor.

»In einer Stunde«, stimmte Sophia zu und hustete.

»Ich wusste, dass sich die Dinge ändern ...«

»Aber nicht so schnell«, beendete Sophia ihren Satz.

»Heißt das, dass du gehst?«, fragte Liv mit einem Blick auf das noch unversehrte Ei.

»Noch nicht«, antwortete Sophia. Sie trug eine schwarze Hose und ein gepanzertes Oberteil. Seltsamerweise ähnelte ihr Outfit zum ersten Mal überhaupt dem von Liv, obwohl es Flair hatte. Bei Sophia hatte die Kleidung immer das gewisse Etwas, das sie ausgefallen und zeitlos schön erscheinen ließ.

Nachdem sie Liv einen Moment lang dabei beobachtet hatte, wie sie ihre Kleidung taxierte, warf Sophia einen Blick nach unten. »Ich dachte, das wäre praktischer als ein Kleid, obwohl ich die noch nicht endgültig abgeschrieben habe. Ich wollte vor allem Eines, die Brüste bedecken.«

Liv konnte nicht glauben, wie erwachsen ihre Schwester klang. Sie wusste aber, dass sie schon immer erwachsen geklungen hatte. Nur ihre quietschige Stimme hatte diesem Eindruck die meiste Zeit widersprochen.

»Ja, du hast jetzt zwei Brüste.« Liv wandte ihren Blick von Sophias Oberweite ab.

Ihre Schwester kicherte. »Machen sie die Dinge schwieriger?«

»Sie machen sie anders«, erklärte Liv. »Aber ein Mädchen zu sein ... nun, eine Frau, ist erstaunlich. Du musst dich einfach annehmen, wie du bist.«

Sophia machte einen Schritt nach vorn. »Das ist schwer, wenn sich alles so schnell ändert.«

Auch Liv machte einen Schritt nach vorne. »Ja, aber du bist viel zu wunderbar, als dass wir dich nicht dafür lieben könnten, zu wem du wirst, selbst wenn du mit dieser Entwicklung nicht unserem erwarteten Zeitplan folgst.«

»Bist du irre?«, fragte Sophia, als sie nur noch ein paar Meter von Liv entfernt war.

Da sie inzwischen nah genug war, konnte Liv die Feinheiten ihres Gesichts erkennen. Die Babybäckchen und die kindlichen Züge waren verschwunden. Als hätte Liv das nicht schon längst geahnt, sah Sophia ihrer Mutter, Guinevere Beaufont, sehr ähnlich. Sie war absolut hinreißend. Anders als zuvor waren ihre Gesichtszüge glatt, ihre Wangenknochen markant und ihre Lippen voll. Ihre Augen waren mandelförmig und ihre Nase war schön rund wie ein Knopf.

»Soph, wie könnte ich irre sein?«, fragte Liv und meinte es ernst. »Du hast darauf keinen Einfluss. Selbst wenn du es kontrollieren könntest, würdest du es aufhalten wollen?«

Ihre Schwester schüttelte den Kopf.

»Alles, was ich mir je für dich gewünscht habe, war ein Leben, das dich glücklich macht«, erklärte Liv. »Ich werde mir Sorgen machen. Ich werde dich vermissen. Vielleicht wünschte ich mir, wie jetzt in diesem Moment, dass die Dinge anders gelaufen wären. Aber ich bin zuversichtlich, dass ich in Zukunft absolut dankbar sein werde, dass die Dinge genau so geschehen sind, wie sie geschehen sind. Sophia Beaufont, was immer du tust, wird die Welt zum

DIE GEBORENE ANFÜHRERIN

Besseren verändern. Du wirst die unglaublichste Drachenreiterin der Geschichte sein und ich bin dankbar, dass ich deine Entwicklung beobachten darf.«

Als ihre kleine Schwester zu Liv eilte, war sie verblüfft, wie klein sie eigentlich *nicht mehr war*. Die Stärke von Sophias Umarmung brachte Liv fast aus dem Gleichgewicht, aber sie erholte sich schnell, hielt ihre Schwester fest und bemerkte, dass sie beide jetzt genau gleich groß waren.

Liv liefen ein paar Tränen herunter, ebenso Sophia, deren Schluchzen sowohl die Angst als auch die Aufregung über ihre Zukunft ausdrückte.

Als der Sturm über ihren Köpfen losbrach, war Liv nicht traurig, dass der Regen sie zu durchweichen begann. Regenschauer konnten überschwemmen oder ertränken, aber sie taten so viel mehr. Der Regen brachte, was die Natur brauchte, um sich zu regenerieren und neu aufzublühen.

Kapitel 8

Liv stürmte mit ihrer Kapuze auf dem Kopf in das Haus der Vierzehn, völlig durchnässt von dem kurzen Weg vom Portal dorthin. Deshalb nahm sie an, sie wäre in den falschen Handleseladen gekommen, als sie den regennassen Umhang ausschüttelte. Das war ihr schon einige Male zuvor passiert. Sie steckte ihren Kopf aus der Tür und vergewisserte sich, dass es der richtige war. Es war der richtige.

Als sie das Haus in der Vergangenheit nicht wiedererkannte, lag es daran, dass eine große Veränderung eingetreten war. Nachdem sie die Wahrheit über die Sterblichen Sieben enthüllt hatte, war das Foyer des Hauses erweitert worden. Als der erste der Sterblichen Sieben, John Carraway, das Haus betrat, waren die Statuen der ursprünglichen Vierzehn erschienen und säumten den Hauptgang. Aber jetzt … Das ergab keinen Sinn mehr.

Der normalerweise große Eingangsbereich mit goldenen Wänden und hohen Decken wirkte wie eine Abrissbude. Der Fußboden war kaputt und schmutzig. Der Flur war kurz und schmal, mit vielen Löchern in der Wand. Das Schlimmste war der schreckliche Gestank, als läge unter den Bodenbrettern etwas Verwesendes.

Liv bedeckte ihre Nase und blinzelte in die Dunkelheit.

»Nun, das kann nichts Gutes bedeuten.« Plato hatte sich an ihrer Seite materialisiert.

»Was soll das?«, fragte Liv und fand es schwierig, zu sprechen, ohne die schmutzige Luft einzuatmen.

»Vielleicht hat jemand vergessen eine Hypothekenzahlung zu leisten«, bot Plato an.

Liv schüttelte den Kopf. »Das glaube ich nicht. Ich verstehe es einfach nicht. Ich habe Kayla getötet. Sie ist tot.«

»Es scheint, dass du noch mehr Feinde loswerden musst«, erklärte Plato.

Liv machte einen vorsichtigen Schritt nach vorn, unfähig, ihren Weg zu sehen. Als sie den Flur betrat, wehte eine kühle Brise durch das Haus. Die Wände, die normalerweise die Sprache der Gründer zeigten, waren dunkel und mit irgendetwas beschmiert.

»Was ist das?« Liv versuchte einen genaueren Blick darauf zu werfen.

»Das würde ich nicht tun«, warnte Plato.

Liv sprang einen Moment später zurück und verstand die Warnung. »Blut? Die Wände sind mit Blut beschmiert?«

»Ich glaube nicht, dass das zufällig entstanden ist«, fuhr Plato fort.

Liv trat einen Schritt zurück, konnte aber in der Enge nicht so leicht einen guten Blick erhaschen. »Sind das Symbole?«

Plato nickte. »Ich glaube, es ist die Sprache der Gründer.«

Liv zog den Ring ihrer Mutter heraus. Eigentlich den Ring des Kriegers, den sie immer bei sich trug. Es fiel ihr schwer, das Schmuckstück als ihres anzusehen, vielleicht weil es sie ihr ganzes Leben lang mit ihrer Mutter in Verbindung brachte.

Der große Edelstein in der Mitte leuchtete hell, als sie mit ihm über eine Reihe von Symbolen fuhr, was ihr dringend benötigtes Licht verschaffte. Doch das dunkle, purpurrote Blut, das von den Wänden heruntertropfte, war kein einladender Anblick, nicht wie die Wand, an der früher die goldenen Symbole unter ihren Fingern getanzt hatten.

Der Ring schien, anders als zuvor, Schwierigkeiten mit der Deutung der Symbole zu haben.

»Es muss daran liegen, dass alles übereinander geschmiert ist«, beobachtete Liv und sah zu, wie Blut von oben auf die Symbole tropfte.

»Ich frage mich, ob da ›roter Rum‹ steht«, schlug Plato vor.

Liv seufzte und rollte mit den Augen wegen des Lynx. »Wirklich? Du machst jetzt gerade Witze?«

»Nun, der Witz wird keinen Sinn mehr ergeben, wenn ich bis später warte.«

Liv fuhr fort, mit dem Ring über die Symbole zu fahren und wünschte sich, sie könnte wenigstens eines davon deuten. Als sie jedoch den kurzen Flur hinter sich hatte, wurde ihr klar, dass der Ring nutzlos war. Was immer das Haus ihr sagen wollte, war verloren.

Ein eiskalter Schauer lief Liv über den Rücken, als sie sich dem Weg, den sie gekommen war, wieder zuwandte. Sie verstand es nicht. Alle Räte und Krieger waren durch einen Lügendetektor getestet worden und sie hatten alle bestanden. Es hatte jedoch den Anschein, dass sich noch immer jemand oder etwas Trügerisches im Haus befand.

Was auch immer hier vor sich ging, es war nicht gut. Nein, eigentlich war es fürchterlich.

Vielleicht viel schlimmer als zu Adlers Regierungszeit, als er die Sterblichen einer Gehirnwäsche unterzogen und jeden ermordet hatte, der ihm in die Quere kam. Liv wollte nicht darüber nachdenken, was noch schlimmer sein könnte als das.

»Hmmm, das solltest du dir vielleicht ansehen«, meinte Plato hinter ihr.

Liv war sich sicher, dass sie aufgrund des angespannten Tons seiner Stimme *nicht* sehen wollte, worauf er sich bezog.

DIE GEBORENE ANFÜHRERIN

Sie holte tief Luft und wandte sich dem nächsten Raum zu. Überraschenderweise war er nicht viel anders als sonst.

Die große Tür, die in den Wohntrakt führte, war genau die gleiche. Zu ihrer Erleichterung war auch die Tür der Reflexion dieselbe, an die sie sich erinnerte. Der Raum zwischen den Türen war nur eine leere, unbeschriebene Wand.

Livs Hand flog zum Mund, als die Auswirkung deutlich wurde. »Die schwarze Leere! Sie ist verschwunden!«

Kapitel 9

Liv drehte sich um und suchte verzweifelt, weil sie dachte, dass die Schwarze Leere vielleicht noch irgendwo vorhanden wäre. Vielleicht hatte sie sie einfach übersehen. Ein kurzer Blick bestätigte ihr allerdings, dass das nicht so war.

»Was könnte das bedeuten?« Liv hatte einen Knoten im Hals.

»Erinnerst du dich daran, wie du dich durch die schwarze Leere immer gefühlt hast?«, fragte Plato.

»Wie könnte ich das je vergessen?«, antwortete Liv. »Es fühlte sich an wie der bevorstehende Tod. Der Untergang. Verzweiflung. Gier. Hass.«

»Und wie fühlst du dich, wenn du jetzt auf den Eingang blickst?«, fragte Plato.

»E-e-es fühlt sich an, als wäre die Schwarze Leere explodiert«, gestand Liv und erkannte, dass es so sein musste.

»Nochmals, ich glaube nicht, dass das gut ist«, erklärte Plato.

»Aber was könnte die Ursache dafür sein?«, wollte Liv wissen.

»Leider fürchte ich, dass wir das sehr bald herausfinden werden.« Er wies auf die Tür der Reflexion.

Liv war angespannt. Noch nie zuvor hatte sie so sehr nicht durch die spiegelnde Oberfläche treten wollen, die ihr ihre schlimmsten Ängste zeigte. Sie war sich sicher, dass alles, was sie zu sehen bekommen würde, sie ein Leben lang traumatisieren dürfte. Dennoch war sie noch nie davor zurückgeschreckt, sich ihren Ängsten zu stellen und sie würde auch jetzt nicht damit beginnen. Wenn das Haus in Schwierigkeiten war, würde sie es retten – was auch immer nötig wäre.

»Wünsch mir Glück«, meinte sie über die Schulter zu Plato.

Er seufzte. »Ich glaube, du wirst mehr als Glück brauchen.«

»Danke«, sagte Liv stumpfsinnig, als sie durch die Tür der Reflexion trat.

Schwärze umgab Liv. Sie stand auf einer Bergkuppe und blickte auf die Stadt hinunter, die sie ihr Zuhause nannte. Los Angeles lag in Trümmern. Meilenweit wüteten Brände, Rauch wehte durch die Luft und Sirenen heulten. Die Stadt war nicht mehr zu retten. Schreie überall um Liv herum sagten ihr, dass fast jeder in Gefahr war. Sie konnte sie nicht alle erreichen. Sie konnte ihre Stadt nicht retten und tief in ihrer Seele wusste sie, wenn Los Angeles so aussah, dann auch viele andere Städte auf der ganzen Welt.

Die Welt stand in Flammen und die Magie war schuld.

Etwas war sehr, sehr gründlich schiefgelaufen.

✶ ✶ ✶

Wie Liv erwartet hatte, fühlten sich die Bilder, die sie in der Tür der Reflexion gesehen hatte so an, als blieben sie für immer in ihr erhalten. Als sie die Kammer des Baumes betrat, konnte sie die Ruinen, die sie in ihrer Vision gesehen hatte, nicht mehr abschütteln. In ihrem Innersten fühlte sie sich zerschlagen, als hätte sie bereits um das Ende der Welt, wie sie sie gekannt hatte, getrauert.

Die Gesichter der Krieger und Ratsmitglieder bestätigten Liv, dass auch sie den zerstörten Eingangsbereich gesehen hatten. Alle starrten sie aus düsteren Augen an, viele blinzelten wie betäubt. Jude ging in der Mitte des Raumes auf und ab, während er wie unter großer Hitze keuchte. Die schwarze Krähe war nirgendwo zu entdecken, was die böse Vorahnung in Livs Brust noch verstärkte.

John sprang bei ihrem Anblick auf. »Hast du gesehen? Sie ist weg.«

Liv schluckte. »Ich weiß und der Hauptgang ...«

»Wovon redest du?«, fragte Bianca John. »Warum sagst du immer wieder, dass etwas weg ist?«

»Die schwarze Leere«, antwortete Liv mit Blick auf ihren Freund. »Die anderen können sie nicht sehen, erinnerst du dich? Sie wussten nicht, dass sie da war und jetzt ist sie weg.«

Er nickte, nahm Platz und hob Pickles hoch.

»Wirst du uns erklären, wovon du sprichst?«, fragte Lorenzo und blickte zu John, Ireland und Cassie hinüber. Die Sterblichen schauten Liv mit alarmierender Besorgnis im Gesicht an.

»Da ist ... nun, da *war* eine große, wirbelnde Schwärze, die ich die Schwarze Leere nannte«, begann Liv zu erklären.

»Denn so sah sie aus«, fügte John hinzu.

»Ja«, bekräftigte Liv. »Aber die Bezeichnung hat auch einfach gepasst.«

»Weil sie richtig ist«, bestätigte Clark und blätterte wütend die Seiten der *Vergessenen Archive* um, die er überall dabei hatte, wohin er auch ging. Er studierte das Buch von Anfang bis Ende, wofür er fast sein ganzes Leben brauchen würde, wenn er alles lesen wollte. »Ich habe hier drin eine Erwähnung der Schwarzen Leere gefunden. Es handelte sich um eine Zuflucht im Haus der Vierzehn, die nur die Gründer nutzen konnten, wenn sie einen schützenden Ort brauchten. In früheren Zeiten waren sie besorgt, dass andere magische Rassen sie nicht akzeptieren würden. Irgendwann dachten sie, es könnte Krieg geben und sie müssten Schutz suchen.«

»Was ist passiert?«, fragte Stefan. Er wusste besser als die meisten anderen, dass die Geschichte, die sie alle kannten, sich von dem unterschied, was sich tatsächlich zugetragen hatte. Sie war verändert worden, als das Verständnis der Sterblichen für Magie ausgelöscht worden war.

»Ich bin mir nicht sicher«, antwortete Clark. »Alles, was ich weiß, ist, dass nur Gründerfamilien sie sehen konnten und auch nur diejenigen unter ihnen, die mit Sterblichen in Verbindung standen oder die selbst tatsächlich Gründer waren oder die von einem von ihnen dorthin eingeladen wurden.«

Nun, das erklärte, warum Clark sie nicht sehen konnte, obwohl Liv es konnte und warum auch die Takahashi-Brüder sie nicht sehen konnten. Liv war von Anfang an mit John verbunden. Nun, nicht als sie ein Kind war, aber sie hatte die Leere schon damals gespürt.

»Diese schwarze Leere ist also verschwunden«, spekulierte Hester. »Was bedeutet das? Und was bedeutet es, dass der Korridor zerstört wurde?«

»Könnte einer der Gründer zurückgekommen sein?«, gab Raina zu bedenken.

Liv schaute Stefan an, mehr zur Unterstützung als alles andere. Er nickte ihr zu und erfüllte sie mit einem Vertrauen, das ihr nur wenige geben konnten. Seine strahlend blauen Augen waren voller Überzeugung.

»Ich glaube, keiner von uns kann darüber spekulieren, was das bedeuten könnte«, sagte Liv. »Ich glaube, wir müssen alle auf der Hut sein. Die Geschehnisse im Flur bedeuten, dass ein neues Übel da draußen ist. Das Beste, was wir tun können, ist, den Rest der Sterblichen Sieben zu finden. Auf diese Weise können wir diese Organisation schützen.«

Liv war von ihren eigenen Worten überrascht, aber sie fühlten sich seltsam richtig an.

»Ich glaube, Liv hat recht.« Trudy DeVries trat vor. »Sie werden uns beschützen und wir werden sie beschützen. Das Haus so zu versammeln, wie es ursprünglich war, hat oberste Priorität.«

»Okay, also machen wir uns auf die Suche nach den Sterblichen Sieben.« Haro schaute auf sein Tablet. »Es gibt noch vier weitere Familien.«

»Es wird zu lange dauern, wenn ich sie allein holen muss«, merkte Liv an und war wieder einmal überrascht von ihren Worten, aber sie spürte ihre Wahrheit. »Die anderen Krieger sollten zur Unterstützung abgestellt werden, aber ich muss ihnen erst das Chimären-Lied beibringen. Das ist der einzige Weg, sie zu befreien.«

»Okay«, sagte Raina. »Weißt du, wo man suchen muss?«

Liv zog ein Stück Pergament aus ihrer Tasche. »Ja, ich habe die Liste von …«

Sie ließ den Satz ausklingen, bevor sie irgendjemandem erzählte, dass Mortimer, der Chef der Brownies, ihr gesagt hatte, wo sich der Rest der Sterblichen Sieben befand.

»Gut«, begann Hester und ließ die Liste zu ihren Fingern fliegen. »Also weisen wir drei der Krieger entsprechend zu. Aber dann …«

Livs Telefon klingelte in ihrer Tasche, obwohl es stumm geschaltet war. Sie warf dem Rat einen entschuldigenden Blick zu und holte das Telefon heraus. »Entschuldigung«, murmelte sie und hielt das Telefon an ihr Ohr.

»Ja«, antwortete sie.

Die Stimme am anderen Ende ihres Telefons war dringend, frustriert und gab ihr keinen Raum für Diskussionen.

»Okay«, meinte sie, als sie eine Minute Redezeit gewährt hatte. »Ich werde da sein.«

Als sie das Gespräch beendete, warf sie dem Rat einen weiteren entschuldigenden Blick zu. »Entschuldigung, das ist wichtig und ich muss jetzt sofort los.«

»Ja, um einen der Sterblichen Sieben zu holen«, sagte Raina.

Liv wich zur Tür zurück. »Eigentlich nicht. Ihr alle werdet den Rest der Sterblichen Sieben allein wiederfinden müssen.« Ihr Herz schlug schneller, als sie sich je daran erinnern konnte. In ihrer Welt stimmte nichts mehr. Sophia hatte sich innerhalb einer Stunde verändert. Das Haus zerfiel. Jetzt das.

Stefan wandte sich ihr mit einem Blick zu, der ihr Hoffnung schenkte, dass die Dinge wieder in Ordnung kommen könnten.

Sie sah ihm direkt in die Augen und nickte ihm zuversichtlich zu. »Es ist alles in Ordnung.«

»Das kann es nicht sein, wenn du weg musst, Liv«, rief Clark und sah dabei so aus, als wollte er aus seinem Stuhl springen.

»Nein, ist es auch nicht, Clark. Aber das wird es wieder. Ich verspreche es«, erklärte Liv. »Vater Zeit ist verschwunden. Ich werde zurückkehren, sobald ich kann.«

Kapitel 10

Subner hatte Liv nicht viele Informationen gegeben. Er hatte lediglich gesagt, dass Papa Creola vermisst wurde und dass sie zu den *Fantastischen Waffen* kommen sollte, aber pronto.

Liv konnte nicht nachvollziehen, wie das mächtigste Wesen der Erde einfach verschwinden konnte. Sie wusste, dass in letzter Zeit jemand hinter Papa Creola her war, aber sie hatte nie die Möglichkeit in Betracht gezogen, dass er ihn tatsächlich erwischen könnte.

Plötzlich fühlte sie sich wieder wie ein kleines Kind, als sie die Roya Lane hinunterflitzte und den Salbei verkaufenden Elfen auswich und den Gnomen, die auf der Straße dubiose Geschäfte machten. Sie konnte sich lebhaft daran erinnern, dass sie mit sechs Jahren mitten in der Nacht aufgewacht und ohne ersichtlichen Grund aus dem Bett gestiegen war.

Ihre kleinen Füße hatten sie geräuschlos zum Arbeitszimmer getragen, wo ihr Vater vor dem Kamin herumstapfte, die Hände am Hinterkopf zusammengeballt. Sie hatte einen langen Moment lang beobachtet, wie sich der Stress auf seinen Zügen niederließ. Seine Schritte wurden mit jeder Runde im Arbeitszimmer schwerer. Die kleine Liv wusste, dass mit ihrem Vater etwas nicht stimmte. Sie hatte ihn noch nie so besorgt gesehen und doch konnte sie nichts tun. Wenn er wüsste, dass sie nicht im Bett war, könnte er wütend werden. Sie könnte ihn sogar noch wütender machen. Sie konnte diesen Gedanken nicht ertragen.

Bevor sie sich zurückziehen oder den Mund aufmachen konnte, klingelte das Telefon. Theodore Beaufont eilte zum Schreibtisch und nahm ab.

»Hallo«, sagte er drängend.

Er schwieg einen Moment lang, seine Augen verengten sich.

»Wird sie immer noch vermisst?«, fragte er am Telefon. »Und keiner hat sie gesehen? Es sieht Guinevere gar nicht ähnlich, so lange weg zu bleiben.«

Ein Schluchzen, das sie nicht zurückhalten konnte, entwich Livs Mund. Ihr Vater blickte auf, Panik im Gesicht.

»Olivia«, sagte ihr Vater, seine Stimme bebte bei ihrem Namen. »Oh, nein. Du hast es gehört?«

Liv machte einen Schritt rückwärts, schüttelte den Kopf, aber nicht als Antwort auf die Frage ihres Vaters. In diesem Moment hatte sie zum ersten Mal daran gedacht, dass ihren Eltern etwas Schlimmes zustoßen könnte. Sie waren immer da. Immer stark. Das Fundament ihrer Welt.

In diesem zarten Alter hatte Liv erfahren müssen, dass ihre Mutter, so unglaublich sie auch war, verletzlich war. Sie könnte verschwinden. Sie könnte für immer verschwinden.

Während sie zu den *Fantastischen Waffen* eilte, fühlte sich Liv plötzlich wieder wie dieses kleine, zerbrechliche Kind. Sie hatte nie darüber nachgedacht, dass Papa Creola etwas passieren könnte und doch war er verschwunden. Was würde ohne ihn mit der Welt geschehen? Was würde mit der Zeit geschehen? Die Folgen jemanden zu verlieren, der so viel ausbalancierte, waren erschreckend.

Glücklicherweise war Guinevere am nächsten Morgen aufgetaucht. Ihr Gesicht war an mehreren Stellen zerkratzt und ihre Kleidung in Fetzen gerissen, aber sie war am Leben. Anscheinend war sie einer Gruppe von abtrünnigen Magiern begegnet, die sich nicht an die Gesetze des Hauses halten wollten, weil es sie davon abhielt, die Sterblichen zu betrügen.

Liv keuchte wegen dieser Erinnerung, die in ihrem Kopf abgespult wurde. Sie hatte den letzten Teil völlig verdrängt. Die Gruppe, die ihre Mutter nicht hatte besiegen können, die Gruppe, die sie fast getötet hätte, hieß Renegades.

Es fiel Liv schwer zu glauben, dass die Gruppe, die sie, John und Alicia verfolgt hatten, die gleiche war, die vor all den Jahren fast ihre Mutter umgebracht hätte. Alicia hatte Chloe aufgespürt, Johns Ex-Frau, und die drei hatten die Hoffnung, dass sie sie zur Basis der Rebellengruppe führen würde. Aber das musste warten. Liv konzentrierte sich jetzt ganz auf Papa Creola. Sie hoffte, dass er, genau wie ihre Mutter, wieder auftauchen würde. Wenn nicht, würde sie alles geben, um ihn zu finden.

Sie hatte dem Rat ein Versprechen gegeben und sie hatte die volle Absicht, es zu halten. Liv würde Papa Creola zurückbekommen, koste es, was es wolle.

* * *

Ironischerweise stapfte Subner mit der Hand am Hinterkopf – wie damals ihr Vater – durch den Laden, als Liv ihn betrat.

Er blickte auf, erschrocken über ihren Anblick. »Du hast aber lange gebraucht.«

Normalerweise hätte sie direkt zurückgeschossen, aber jetzt war nicht der richtige Zeitpunkt.

»Was ist passiert?« Liv durchsuchte den Laden nach Hinweisen. Er war so makellos wie eh und je, alle Vitrinen waren poliert und die Waffen darin funkelten.

»Ich weiß es nicht«, antwortete Subner und marschierte weiter.

Liv senkte ihr Kinn und versuchte ihren Frust zu unterdrücken. Es war typisch für Subner oder Papa Creola ihr wenig Informationen zu einem Fall zu geben, aber jetzt war es einfach nur beleidigend.

»Was soll das heißen, du weißt es nicht?«, fragte Liv. »Woher weißt du dann, dass er vermisst wird?«

Subner blieb stehen, seine Augen schauten zögernd. »Es gibt einen einzigartigen Zauber, der mich mit Papa Creola verbindet. Es ist schwer zu erklären, aber ich weiß, was er fühlt und denkt und was mit ihm geschieht, wenn auch nicht in allen Einzelheiten.«

»Du weißt also, dass er vermisst wird, weil du es spüren kannst?«, vermutete Liv.

Er nickte. »Außerdem hat er keinen meiner Anrufe beantwortet, was normalerweise nie passiert.«

Liv warf ihm einen skeptischen Blick zu.

»Nun und ja, ich weiß, dass er in Gefahr ist«, fuhr Subner fort. »Aber dieses Gefühl habe ich schon seit einer Weile. In letzter Zeit hat es sich jedoch verstärkt. Ich weiß nicht, was mit ihm passiert ist. Ich weiß nicht einmal, was ich dir sagen soll, wo du anfangen kannst zu suchen, aber ich weiß, dass, wenn du ihn nicht findest, alles auf dieser Welt in der Schwebe hängt.«

Liv holte tief Luft. »Okay. Ich werde ihn finden.«

Sie drehte sich um und ging auf die Tür zu.

»Oh und Liv?«, rief Subner ihr hinterher.

Sie wandte sich dem Gnom zu. »Was?«

Er schnipste mit den Fingern und ein kleines Paket erschien in seinen Händen. »Papa bat mich, dir das zu geben, sollte ihm jemals etwas zustoßen.«

Liv machte einen vorsichtigen Schritt nach vorn. »Was ist das?«

Er reichte es ihr. »Ich habe keine Ahnung. Er sagte nur, dass, wenn ihm jemals etwas passieren sollte, ich es dir übergeben müsse und dass du es nicht öffnen darfst, bis alle anderen Möglichkeiten ausgeschöpft wären, ihn zu retten.«

Liv nahm es an sich. »Du weißt also, was er fühlt und denkt und viele andere Dinge, aber nicht, was in dem kleinen Paket ist, das er dir mit einer ominösen Botschaft bezüglich seines möglichen Ablebens übergeben hat?«

Subner seufzte und lenkte ein wenig ein. »Okay, obwohl ich nicht unbedingt weiß, was es ist, spüre ich, dass es etwas von großer Macht sein muss. Wenn Papa wollte, dass du es bekommst, wenn er nicht mehr da ist, nehme ich an, dass es ein Stück von ihm ist.«

Liv schnitt eine Grimasse. »Ihh, wie ein Zeh oder so was?«

Subner rollte mit seinen kleinen Augen. »Nein, eher ein Teil seiner Macht. In der Vergangenheit, als er um sich selbst fürchtete, hat er einen Teil seiner Magie versiegelt, für den Fall, dass sie gebraucht würde, um ihn zu retten oder die Welt wieder in die richtige Bahn zu lenken. Ich kann dir nicht bestätigen, dass diesmal dasselbe gilt, aber ich vermute, dass es so ist.«

»Ich darf es nicht öffnen, es sei denn, es gibt keine andere Option mehr?«, vergewisserte sich Liv und hatte das Gefühl, dass das eine fragwürdige Anordnung war.

Subner nickte. »Es ist praktisch der letzte Ausweg, was mich glauben lässt, dass das, was es ist, unglaubliche Macht besitzt. Es könnte das Potenzial haben, deine Magie zu verbrennen, dich altern zu lassen oder dein Leben vollständig zu beenden.«

Liv beäugte das Paket nun mit viel weniger Interesse und hielt es von sich weg.

»Hoffentlich brauchst du es nicht«, hoffte Subner.

»Ja, ich mag meine Magie irgendwie. Nun und mein Leben auch«, gestand sie und schob das Paket in ihren Umhang.

»Aber Papa Creola hätte dich nicht zu einem der seinen gemacht, wenn er nicht gewusst hätte, dass du im schlimmsten Fall das Zeug dazu hast«, erklärte Subner. »Er weiß, dass du, falls nötig, alles riskieren wirst, um das Allgemeinwohl zu bewahren.«

Liv nickte, fühlte sich bedrückt und hoffte, dass Papa Creola sein Vertrauen in die richtige Person gesetzt hatte.

Kapitel 11

Livs Füße trugen sie ohne ihren Einfluss genau an den Ort, wohin sie als Nächstes musste. Sie war nicht überrascht, als sie am Hauptsitz der Brownies per Autopilot ankam.

Pricilla begrüßte sie beim Betreten des Gebäudes sehr herzlich. Ticker hingegen lief auf sie zu, seine Ohren flatterten und er winkte wild mit den Armen über dem Kopf. »Biv Leaufont! Biv Leaufont! Biv Leaufont!«

Liv nahm den kleinen Brownie fröhlich in die Arme und drückte ihn fest an ihre Brust. Sie hatte bis jetzt nicht bemerkt, wie sehr sie ihn vermisst hatte. Es könnte auch die Vorahnung auf den drohenden Untergang gewesen sein, der über ihren Leuten im Haus und Papa Creola zu schweben schien. Sie musste zugeben, dass sie viel nötiger als sonst eine Umarmung brauchte.

Sie gab Ticker an seine Mutter weiter, deren Bauch mit einem weiteren Baby fast zu platzen schien. »Es tut mir leid. Ich würde mir gerne mehr Zeit nehmen, aber ich muss sofort mit Mortimer sprechen.«

Pricilla verstand das, aber Ticker wollte mehr Zeit mit ihr verbringen. Er jammerte in den Armen seiner Mutter.

Liv ging in Mortimers Büro und tauschte nicht die gleichen Höflichkeitsfloskeln wie sonst aus. »Mort, ich brauche deine Hilfe. Es geht um Papa Creola.«

Der leitende Beamte der Brownies schaute nach oben. »Was ist los, Kriegerin Beaufont für das Haus der Vierzehn?«

Vielleicht war es die Umarmung von Ticker, die sie erweicht hatte oder die Anhäufung all der anderen Gefühle, die an die Oberfläche traten, aber aus irgendeinem Grund fühlte sich Liv zerbrechlich, als ob sie weinen müsste. Sie wusste, dass Emotionen nicht immer einfach abgeschüttelt werden konnten.

Sie erinnerte sich an die Aussage ihrer Mutter, als sie geweint hatte. ›Die Fähigkeit zu fühlen ist kein Zeichen von Schwäche. Wenn überhaupt, dann bedeutet das, dass das Leben dich auf etwas vorbereitet, für das die meisten nicht stark genug sind, um damit umzugehen.‹

Liv ließ die Worte ihrer Mutter in sich wirken, als sie den Mund zum Sprechen öffnete. »Es geht um Papa Creola. Er ist ... nun, ich weiß nicht so genau. Ich hatte gehofft, du könntest es mir sagen. Er ist verschwunden, aber wir wissen nicht, wo wir suchen sollen.«

Mortimers Augen weiteten sich schockiert. Liv hatte den Brownie noch nie so ängstlich gesehen. »Ich wusste, dass dieser Tag kommen sollte, aber ich dachte nicht, dass er tatsächlich kommen würde.«

»Kannst du mir helfen?«, fragte Liv.

Der Brownie ging direkt an die Arbeit und tippte auf seiner Tastatur. »Ich kann es versuchen.«

Liv wusste nicht, was das zu bedeuten hatte und befürchtete, es könnte nicht ausreichen, aber dann fügte er hinzu. »Ich habe jeden Brownie von seinem Job abberufen und sie gebeten nach Papa Creola zu suchen«, erklärte er selbstbewusst. »Wenn er da draußen ist, wird ihn einer von meinen Brownies finden.«

»Aber was ist mit ...«

Mortimer hob seine kleine Hand und ließ sie innehalten. »Ja, die Häuser der Sterblichen werden darunter leiden. Ja, mein erklärtes Ziel wird warten müssen. Aber wenn Papa Creola etwas zustößt, spielt es ohnehin keine große Rolle mehr. Er hat absolute Priorität.«

Liv verbeugte sich, dankbar für die Hilfe der Brownies. »Sagst du mir Bescheid, wenn du etwas hörst?«

Er nickte. »In der Sekunde, in der ich etwas erfahre. In der Zwischenzeit tust du das, was du am besten kannst: Sorge dafür, dass diese Welt sicher ist.«

Liv nickte zu ihm zurück. »Vielen Dank. Ich werde mein Bestes geben.«

Kapitel 12

Liv hatte das Gefühl, dass sie etwas tun musste. Etwas anderes als in Johns Elektronikwerkstatt auf und ab zu tigern. Aber eigenartigerweise gab es nie etwas zu tun, wenn sie sich nach einer Aufgabe sehnte. In der Regel wäre sie für die Pause dankbar gewesen, aber die Dinge hatten sich drastisch geändert.

Papa Creola wurde vermisst und mehr als alles andere wollte Liv etwas tun, um bei der Suche nach ihm zu helfen. Aber das war jetzt Mortimers Aufgabe. Sie konnte nur warten, die schlimmste Beschäftigung aller Zeiten.

Die anderen Krieger waren losgezogen, um den Rest der Sterblichen Sieben zu finden. Alicia hatte jedes elektronische Gerät repariert, das in das Geschäft gebracht wurde. Tragischerweise gab es keine anderen dringenden Fälle für sie.

Liv fühlte sich wie Subner und ihr Vater, während sie durch den Laden marschierte und die nervöse Energie in ihrer Brust zu vertreiben versuchte.

Als die Türglocke beim Öffnen ertönte, sprang sie tatsächlich zur Seite wie eine verschreckte Katze, deren Nebenniere Überstunden machte.

John schaute sie vorsichtig an, als er eintrat. »Geht es dir gut? Was ist mit Papa Creola? Geht es *ihm* gut?«

Sie schüttelte den Kopf, als Alicia hinter ihm hereinkam. »Ich weiß noch nichts. Ich warte noch immer auf Informationen.«

»Okay, nun, jetzt ist vielleicht nicht der beste Zeitpunkt dafür, aber Alicia hat den Aufenthaltsort der Renegades entdeckt«, erklärte John und bezog sich dabei auf die Rebellengruppe, zu der seine Ex-Frau Chloe gehörte.

Liv flitzte hinüber, die Wissenschaftlerin mit den Augen fixiert. »Wo sind sie? Hast du die Information hier? Lass hören! Ich mache mich sofort auf den Weg.«

Alicia zog ein Tablet heraus. »Ja, ich kenne den Ort. Ich konnte Chloe aufspüren und herausfinden, wo sie die meiste Zeit verbringt. Das muss der Aufenthaltsort der Renegades sein. Es handelt sich um ein Lagerhaus und wenn die Wärmesignaturen korrekt sind, die ich überwacht habe, befinden sich dort ein paar Dutzend Magier.«

»Her damit.« Liv schnippte mit den Fingern.

John hob beschwichtigend eine Hand. »Der Kampf gegen die Renegades ist wichtig, aber Papa Creola ist wichtiger. Solltest du deinen Fokus nicht auf ihn ausrichten, falls sich etwas ergibt?«

Seit er seine Rolle als Mitglied der Sterblichen Sieben übernommen hatte, zeigte er neues Selbstvertrauen, das durch uralte Weisheit gestärkt wurde. Das passte zu ihm, aber in diesem Moment konnte Liv auf seinen weisen Rat gut verzichten.

»Nein, ich muss mich beschäftigen«, argumentierte sie. »Die Warterei macht mich wahnsinnig und wenn etwas über Papa Creola hereinkommt, lasse ich alles stehen und liegen. Er hat oberste Priorität. Ich habe jedoch das Gefühl, dass er nicht leicht zu finden sein wird. Wer immer ihn wollte, ist mächtig, sonst hätten sie ihn nicht aufspüren und entführen können oder was immer sie dem kleinen Kerl angetan haben. Außerdem vermute ich, dass er extrem gut bewacht wird, was es noch problematischer macht, ihn zu finden. In der Zwischenzeit muss ich etwas tun. Also kann ich die Renegades hochnehmen.«

»Okay, dann lass es meine Sorge sein, die Angelegenheit beim Rat durchzudrücken«, meinte John.

»Das hält nur auf«, konterte Liv. »Wenn sie einen Fall daraus konstruierten, wem würden sie ihn übertragen?«

»Nun, du bist im Moment der einzige freie Krieger, da die anderen den Rest der Sterblichen Sieben ausfindig machen«, antwortete John. »Also dir natürlich.«

»Exakt!«, bestätigte Liv.

»Aber wenn meine Erinnerung an die Renegades richtig ist, sind sie eine sehr mächtige Truppe«, erklärte John. »Ich weiß, dass du stark bist und das Beste, was wir haben, aber ich bin mir nicht sicher, ob du diesen Fall allein angehen solltest. Alicia sagt, es sind ein paar Dutzend Zauberer da drin.«

Liv erinnerte sich deutlich an den Morgen, an dem ihre Mutter nach dem Kampf gegen die Renegades nach Hause kam. Sie hatte sie noch nie so zerschunden und zerfleddert gesehen. »Ich schaffe das. Ich *muss es* wirklich machen.«

John atmete aus. »Liv, ich weiß, dass du dich unbedingt ablenken willst, aber …«

»Ich stand Sid Encore gegenüber und er war einer der Renegades«, argumentierte Liv.

»Wenn ich mich richtig erinnere, hast du das mit Stefan zusammen erledigt«, sagte er.

Das war die eigentliche Aufgabe eines Ratsmitglieds und John verstand sich sehr gut darauf. Er sorgte für die erforderliche Objektivität, wenn Livs Kriegergeist Rachedurst verspürte.

Sie schloss ihre Augen für eine Sekunde und versuchte klar zu denken.

»Und wenn ich mit ihr gehe?«, bot Alicia an.

»Was?« John drehte sich zu der Wissenschaftlerin um, Überraschung im Gesicht.

»Liv und ich arbeiten gut zusammen«, antwortete Alicia. »Wir haben in Venedig großartige Arbeit geleistet und ich habe eine Tonne magischer Technik, die ich schon lange testen wollte. Ich bin die perfekte Begleitung für Liv, weil ich diesen Ort beobachtet habe und einige Ideen zur Sicherheit habe.«

»Aber du bist nicht für den Kampf ausgebildet«, warf John ein.

»Schon, aber das muss ich auch nicht sein«, argumentierte Alicia. »Ich kann meine Geräte benutzen. Sie sollten uns in das Lagerhaus bringen und uns unentdeckt bleiben lassen, bis Liv alle Schurken zusammengetrieben hat.«

John dachte einen Moment darüber nach. »Ich bin immer noch nicht überzeugt.«

»Schau«, begann Liv, »ich muss das tun. Nicht nur, weil ich verzweifelt einen Fall brauche, sondern auch, weil diese Gruppe meiner Mutter entwischt ist. Ich bin es ihrem Andenken schuldig, diese Schurken ein für alle Mal zu Fall zu bringen.«

»Okay«, willigte John ein. »Aber wenn Chloe euch beide sieht, wird sie euch wiedererkennen. Ihr müsst nicht nur dort hinein, sondern auch unbemerkt bleiben, bis du den Anführer zur Strecke bringen kannst. So werden alle Organisationen zu Fall gebracht.«

Liv war noch nie so stolz auf ihren Freund gewesen. Er dachte strategisch, als wäre er der geborene Ratsherr für das Haus der Vierzehn – was er buchstäblich ja auch war.

Liv betrachtete Alicia. »Ich hätte einen Hut. Wird das reichen?«

Sie lachte. »Ich bin mir nicht sicher, ob das genug ist. John hat recht. Nach allem was ich weiß, ist das Lagerhaus voller Magier. Mehr kann ich dazu nicht sagen. Es wäre also gut, wenn wir etwas Zeit vor Ort hätten, bevor wir sie hochnehmen.«

Verkleidungen waren nicht so Livs Ding. Sie waren …

Wie gerufen betrat Sophia den Laden, sah erwachsen und wunderschön aus und war ihrer Mutter sehr ähnlich. Liv hatte sich noch nicht daran gewöhnt, die erwachsene Sophia zu sehen. Sie hatte keine Ahnung, wie lange es dauern würde bis sie mit der Veränderung klarkam. Jetzt wurde ihr eine sehr wichtige Sache bewusst: Sie hatte vergessen, es John zu sagen.

Der Ladenbesitzer schenkte Sophia ein einladendes Lächeln. »Hallo, junge Dame. Wie kann ich helfen?«

Obwohl sie um einige Jahre gealtert war, klang dieses markante Kichern immer noch wie das von Sophia, als sie noch kleiner war. »John, ich bin es! Sophia!«

Er wandte sich Liv zu, als könnte sie ihm sagen, dass alles nur ein Scherz war.

Sie nickte. »Es ist wahr. Anscheinend ist ihr Körper schnell gereift, damit sie mit Charles mithalten kann.«

»Du meinst ihren Drachen?«, fragte Alicia.

»Ja«, antwortete Liv.

»Oh, wow«, sagte John, während er mit der Hand über seinen Kopf strich. »Das ist … Nun, schau … Du bist einfach …«

»Wunderschön«, half ihm Alicia.

»Als jemand, der auf der Altersskala zurückgerutscht ist, weiß ich, wie seltsam es für andere ist, dich zu sehen«, sagte John zu Sophia. »Es tut mir daher leid, wenn ich dich komisch anstarre. Ich komme einfach nicht darüber hinweg, dass das kleine Mädchen, das vor nicht allzu langer Zeit an meiner Schulter geschlafen hat, plötzlich erwachsen geworden ist.«

»Ich auch nicht«, gestand Liv stumpfsinnig.

Sophia lächelte sie an. »Das Positive daran ist, dass wir jetzt unsere Klamotten tauschen können.«

»Du wirst nichts aus meinem Schrank haben wollen. Es ist alles schwarz und langweilig«, verdeutlichte Liv, aber dann kam ihr ein Gedanke. »Aber hey, wir könnten deine Hilfe bei einer Verkleidung brauchen, wenn du Lust dazu hast.«

Kapitel 13

»Meine Nase fühlt sich anders an«, brummte Liv, drückte ihren Finger gegen ein Nasenloch und atmete aus.

»Das liegt daran, dass es so ist«, erklärte Sophia und schlug die Hand weg. »Fummle nicht daran herum, bis sie fertig ist.«

Liv gaffte sie an. »Als ob die Farbe noch nass wäre?«

»Irgendwie«, antwortete Sophia.

»Ich verstehe, dass es anders aussehen muss, aber ich kann nicht so gut damit atmen«, stellte sie ihrer kleinen Schwester gegenüber fest.

»Nun, das liegt daran, dass Rocky, die Person, die ich dir als Verkleidung gegeben habe, eine Verkrümmung der Nasenscheidewand hat«, informierte Sophia und richtete ihre Aufmerksamkeit auf Alicia.

»Erfindest du immer eine ganze Hintergrundgeschichte für diese Verkleidungen, die du dir ausdenkst?«, fragte Liv amüsiert.

Sophia nickte und verwandelte Alicias dunkelbraunes Haar in einen weißen Dutt auf ihrem Kopf. Ihre normalerweise glatte Haut war plötzlich von Falten durchzogen, die sie alt erscheinen ließen. »Ja, Verkleidungen funktionieren am besten, wenn man sich in den Charakter hineinversetzt. So war Rocky zum Beispiel Türsteher in einem Club und in seinem Job wurde ihm die Nase gebrochen. Er hat versucht einen guten Heiler zu finden, aber er traut dieser Art von

Magie nicht mehr, seit er einen Freund verloren hat, der sich einer einfachen Operation unterziehen wollte.«

»Wow, das ist ja ein ganzes Buch über diesen Rocky-Typen.« Liv schaute in den Spiegel und zog verschiedene Grimassen. Die krumme Nase ließ sie nicht nur unattraktiv erscheinen, sondern Rocky hatte auch einige Narben im Gesicht und auf dem Kopf, die zwischen seinen kurzen schwarzen Haaren zu sehen waren. »Dieser Typ hat als Türsteher ziemlich viele Kämpfe miterlebt.«

»Nun, ja. Das liegt daran, dass er in einer der schlimmsten Magierbars gearbeitet hat«, antwortete Sophia. »Die an der East Side, die Bier in Totenköpfen serviert.«

Liv seufzte und warf John einen Blick zu. »Sie werden so schnell erwachsen, nicht wahr?«

John lachte. »Buchstäblich.«

»Was ist die Geschichte zu meiner Person?« Alicia schlich neben Liv, um ihr Bild im Spiegel zu betrachten.

»Du bist Louise. Du arbeitest tagsüber in der Bibliothek, aber nachts bist du eine Spionin für die Renegades und versuchst Informationen über das Haus zu bekommen«, erklärte Sophia. »Du hast drei Katzen namens Schnurri, Flauschi und Pfötchen.«

»Es fehlt ihr an Fantasie, wenn es um Namen geht«, meinte Liv zu Alicia.

»Wie lange werden eure Verwandlungen anhalten?«, fragte John besorgt.

»Für ein paar Stunden oder bis sie sie mit Magie auflösen«, erklärte Sophia.

»Das sollte genug Zeit sein«, bestätigte Liv und versuchte Bellator an ihrer Taille zu befestigen, stellte aber fest, dass ihr Umfang zu groß für den Gürtel war. »Hmmm, musstest du mich so rund machen?«

»Nun, ich habe angenommen, das zusätzliche Gewicht könnte sich als nützlich erweisen, weil Alicia doch gesagt hat, du wärst für den Kampf zuständig und sie würde den technischen Teil übernehmen«, erläuterte Sophia, drehte einen Finger und deutete auf Liv. An ihrer Taille erschien ein Gürtel und eine Scheide. »Versuch es damit und schau, ob es funktioniert.«

Liv versenkte Bellator in der Scheide und entspannte sich. Sie fühlte sich jetzt besser, da sie ihr Schwert an ihrer Seite hatte. »Ich schätze, ich werde wohl ein paar andere Klamotten für mich zaubern müssen, wenn ich wieder zu mir selbst werde.«

»Ist das in Ordnung für dich?«, fragte Sophia.

Liv nickte. »Ich bin keine Sophia Beaufont, wenn es um Verkleidungen geht, aber einen einfachen Klamottenwechsel kann ich bewerkstelligen …«

Alicia griff in eine Kiste auf dem Ladentisch und holte mehrere Geräte heraus und verstaute sie. »Ich glaube, ich habe genug Zeug, um uns da reinzubringen und uns Ablenkung zu verschaffen.«

Liv sah sich um und versuchte herauszufinden, ob sie etwas vergessen hatte. »Dann denke ich, dass wir bereit sind. John, bleibst du bei Sophia? Obwohl sie aussieht als hätte sie den Führerschein, ist sie immer noch erst neun Jahre alt.«

Er nickte, die Besorgnis in seinen Augen war groß. »Ja, Pickles und ich werden gut auf sie aufpassen. Aber ihr beide müsst besonders vorsichtig sein. Die Renegades sind wirklich tödlich.«

Liv lächelte siegreich. »Deshalb werden wir sie auch zur Strecke bringen.«

Kapitel 14

Das Lager befand sich in einem Industriegebiet mit minimalem Verkehrsaufkommen. Liv überprüfte die Umgebung, während Alicia ein Gerät in ihren Händen studierte. Bislang waren in den letzten zwanzig Minuten nur wenige Magier in dem Gebäude verschwunden und keiner hatte es verlassen. Sie alle hatten diesen verschlagenen Blick, genau wie Chloe.

»Es sind etwa zwei Dutzend Leute im Hauptquartier«, teilte Alicia ihr mit. »Ich glaube aber nicht, dass alle Magier sind.«

»Nun, die Gnome und Elfen haben im Moment auch nicht viel mit dem Haus am Hut«, erklärte Liv. »Es ist nicht auszuschließen, dass sie sich mit den Renegades zusammengetan haben.«

Alicia schüttelte den Kopf. »Gnome möglicherweise, aber das sind definitiv keine Elfen. Sie wären zu klein.«

Sie zeigte Liv den Bildschirm, auf dem die Wärmesignaturen aller im Gebäude befindlichen Personen angezeigt wurden. Liv erkannte viele verschiedene rote und orangefarbene Kleckse, die leicht Magiern gehören könnten, aber sie sah sofort, was Alicia meinte. Da gab es einige Kleckse, die zu klein waren, um ausgewachsene erwachsene Magier anzuzeigen.

»Könnten es Kinder sein?«, fragte Liv.

Alicia schielte auf den Bildschirm. »Ich bin mir nicht sicher. Der Grundriss des Gebäudes wirkt wie ein Komplex.

Es könnte eine Art Gemeinschaftsgebäude sein, in dem mehrere Familien untergebracht sind.«

Liv seufzte. Kinder hatte sie nicht berücksichtigt. Das würde die Dinge komplizierter machen. Die Renegades waren Bösewichte, die ihre Magie missbrauchten um Sterbliche oder andere Rassen auszunutzen. Ihre Kinder waren aber unschuldig und durften nicht zusammen mit ihren Eltern bestraft werden.

»Okay, das ist genau der Grund, warum wir unerkannt dort hinein müssen.« Liv starrte auf den Eingang. »Sobald wir drinnen sind, bekommen wir mehr Informationen.«

Alicia hielt eine einfach aussehende Karte hoch. »Ich habe genau das, was wir brauchen, um reinzukommen.«

»Ist das eine Kreditkarte?« Liv fragte sich, ob die Wissenschaftlerin sich ihren Weg in das Lagerhaus durch Bestechung erkaufen wollte.

Sie schüttelte den Kopf. »Nein, das ist eine Universal-Schlüsselkarte. Vorhin, als ich auf der Pirsch war … ich meine, als ich Chloe beobachtet habe, konnte ich sehen, dass sie eine Karte hatte, die ihr Zutritt zum Gebäude verschaffte. Ich habe eine gebastelt und sie sollte funktionieren.«

Liv lächelte ihre Freundin an. »Mir ist klar, dass du Chloe gestalkt … ich meine, Chloe beobachtet hast, weil ich dich darum gebeten habe. Aber du hattest nicht zufällig ein persönlicheres Interesse daran, die böse Magierin im Auge zu behalten, oder?«

»Nun, es war definitiv nicht so, dass ich herausfinden wollte, wo das Flittchen ihre Klamotten kauft«, antwortete Alicia aggressiv und wurde dann weicher. »Na ja, ich war vielleicht neugierig auf diese Magierin, die einmal mit John verheiratet gewesen ist.«

Liv nickte. »Dieses Flittchen trägt Absätze, die mich in einer Sekunde umhauen würden. Sie lässt auch tief blicken, als wollte sie nicht, dass ihr jemals ein Mann direkt in die Augen starrt. Aber ich denke, es ist völlig normal, neugierig auf die Ex deines Typen zu sein.«

Alicias Gesicht glühte rot. »Ich glaube nicht wirklich, dass er ›mein Typ‹ ist. Ich meine, wir haben noch nicht darüber gesprochen oder so.«

»Aber ihr verbringt jeden Augenblick zusammen, wenn er nicht im Haus ist und betet euch gegenseitig an, nicht wahr?«, bohrte Liv nach.

Wenn überhaupt möglich, so wurde die karminrote Farbe auf Alicias Gesicht noch tiefer und stand im Kontrast zu ihrem weißen Haar. »Du hast es also bemerkt.«

»Selbst Astronauten im Weltraum haben es bemerkt«, erklärte Liv. »Ich könnte mich nicht mehr für euch beide freuen. Mir ist bewusst, dass John in letzter Zeit eine Menge Veränderungen durchmacht und vielleicht versucht die Dinge langsam anzugehen, aus Angst, dass er es vermasselt. Das ist der einzige Grund. Es hat nichts mit der Hexe zu tun, mit der er mal verheiratet war.«

Alicia nickte und starrte auf den Boden. »Ich weiß. Es ist einfach so eigenartig, an ihn zusammen mit ihr zu denken. Er ist so liebevoll und rein und sie ist so eine manipulative …«

»Schlampe«, ergänzte Liv. »Das ist das Wort, nach dem du suchst und das am Besten passt. Aber denk daran, dass John immer versuchen wird das Beste im Menschen zu sehen. Als einer der Sterblichen Sieben konnte er Chloes Magie sehen, die ihn in ihren Bann gezogen hatte, bevor er die Wahrheit über sich selbst erfuhr. Trotzdem ist Chloe von innen heraus korrupt. Ich glaube, sie hat John immer ausgenutzt. Wahrscheinlich hat sie gespürt, dass ihre Kräfte zunahmen, wenn sie in seiner Nähe war und benutzte ihn dafür. Als sie dann genug Macht erlangt hatte, ließ sie ihn fallen und hat ihm verkündet, er würde ihre Welt nie verstehen.«

Alicia lachte und rieb ihre Hände rachsüchtig aneinander. »Tja, ironischerweise ist er jetzt ein nicht unerheblicher Teil dessen, was ihre erfundene Welt zerstören wird.«

Liv klopfte ihrer Freundin auf die Schulter. »Für eine Bibliothekarin machst du mir irgendwie Angst.«

Mit einem verschmitzten Grinsen meinte Alicia: »Nun, für diese Mission bin ich lieber in dieser Gestalt, als in der eines Huhns.«

»Oh ja, ich bin dankbar, dass ich dich diesmal nicht herumschleppen muss«, stimmte Liv zu.

Alicia öffnete die Tasche voller Geräte und lächelte. »Oh, ich habe vor, viel hilfreicher zu sein als damals, als ich ein dummes Huhn war. Ich werde dir helfen, diese Gesetzesbrecher zur Strecke zu bringen.«

Liv nickte und fokussierte dann ihren Blick auf das Gebäude voller Abtrünniger. »Ja, ein für alle Mal, die Renegades stehen kurz vor ihrem Ende.«

Kapitel 15

»Verhalte dich einfach ganz natürlich«, riet Alicia, die neben Liv über den Parkplatz rund um das Lagerhaus marschierte.

»Du haſt leicht reden«, konterte Liv, immer noch abgeschreckt von ihrer Stimmtiefe. Sie klang wie Rory. »Du haſt keinen Bierbauch und pfeifſt, wenn du atmeſt.«

»Das iſt wahr«, erklärte Alicia. »Aber Louise hat einen Unterbiss und ich erwische immer wieder die Zunge mit den Zähnen, wenn ich rede.«

»Dafür hätte ich eine einfache Lösung«, bot Liv an, während sie die Außenseite des Gebäudes scannte und mehrere Sicherheitskameras bemerkte.

»Gut«, antwortete Alicia. »Ich halte den Mund. Mach dir keine Sorgen über die Dinger. Ich habe sie in einer Sekunde blockiert.«

Liv bemerkte einen kleinen Schalter in Alicias knöchernen Fingern. Sie zeigte damit in Richtung der nächstgelegenen Kamera und klickte einmal, dann noch dreimal, während sie das Gerät auf die anderen Kameras ausrichtete.

»Sind sie …«, wagte Liv zu fragen.

»Sie sind in einer Schleife von vor zwei Minuten«, beſtätigte Alicia. »Lange bevor wir in Sichtweite schlenderten.«

»Ich bin mir sicher, dass ich das in der nächſten Stunde noch sehr oft sagen werde, aber du biſt ein Genie.« Liv ging zur Tür, ihre Augen ruhten auf dem Kartenleser daneben. Sie schaute beiläufig über die Schulter, als wollte sie überprüfen, ob sie die Scheinwerfer am Auto ausgeschaltet hatte, als Alicia die Universal-Schlüsselkarte vor das Lesegerät hielt. Es piepte einmal und gewährte ihnen Einlass.

Mit einem tiefen Atemzug riss Liv die Tür auf und versuchte sich an Rockys Charakter zu erinnern. So wie Sophia ihn gebraucht hatte, um die Verkleidung realistischer zu gestalten, brauchte Liv ihn, um andere Leute davon zu überzeugen, dass sie Rocky war.

Sie betraten einen kleinen Raum mit einem Wachmann, der mit einer abgebrochenen Klinge in den Zähnen bohrte. Er richtete sich auf und sah sie an. »Wer seid ihr?«

Liv schenkte ihm wenig Beachtung, ihre Augen hatten die Tür auf der anderen Seite entdeckt. »Renegades. Was denkst du denn?«

»Ich kenne euch nicht«, brummte der Wächter und tastete sie mit seinen Knopfaugen ab.

»Und ich kenne dich nicht«, sagte Alicia mit hoher Stimme und an den Bauch gepressten Händen, als sei ihr kalt.

»Ich muss nachsehen, was in der Tasche ist«, verlangte der Wachmann und zeigte auf Alicia. Dann sah er Liv an. »Und du wirst abgetastet, wobei du davon ausgehen kannst, dass es mir keinen Spaß machen wird.«

Bevor Liv antworten konnte, trat Alicia vor. »Wir sind vom anderen Büro und wir müssen mit deinem Boss reden.«

»Meinem Boss?«, fragte der Wächter und hatte ein verschmitztes Grinsen im Gesicht, als hätte er sie erwischt.

Livs Hand glitt zu Bellator.

»Ja, mit Lucian natürlich«, erklärte Alicia selbstbewusst. »Und falls du dich fragen solltest, es geht um das Büro in New York.«

»Oh, nun«, sagte der Wächter erleichtert. »Dich muss ich noch abtasten. Ich lasse aber deine Tasche in Ruhe. Meine

Mutter sagte mir immer, es sei unhöflich, in die Handtasche einer Frau zu schauen.«

Alicia nickte, ihr Kinn behielt sie oben. »Er hat nur das Zeug für Lucian dabei.«

Liv hatte keine Ahnung, wer Lucian war und woher Alicia etwas über diese Person wusste. Als ihre Freundin ihr jedoch aufmunternd zunickte, hob Liv ihre Arme und erlaubte der Wache, sie zu durchsuchen. Er zog Bellator sofort heraus, seine Augen liefen hungrig über die Klinge.

»Wow, ist das ein Preis, den unser Büro bekommen wird?«, fragte der Wachmann.

Liv schnappte sich das Schwert. »Ja, aber es ist nicht für dich.«

Die Wache schreckte vor der Wucht ihres Griffs zurück. Sie hatte nicht gemerkt, wie stark sie war. Das dürfte Spaß machen. »Richtig. Ihr habt recht. Lucian würde sich über einen solchen Preis freuen. Eure ›Chauns‹ haben wohl viel mehr Glück als wir. Ich glaube, wir sind ein kaputter Haufen.«

»Können wir jetzt weiter?«, drängte Alicia ungeduldig, als würde die Bibliothek bald schließen und sie wollte nach Hause zu ihren Katzen.

Die Wache nickte und wirkte plötzlich hilfsbereit. »Geht rein. Lucian ist geradeaus durch den Flur, die Treppe hinauf und rechts in seinem Büro.«

Liv grunzte und folgte Alicia durch die Tür. Sobald sie durch waren, wartete Liv einen Augenblick, um sicherzustellen, dass sie allein waren. Der Flur war lang, etwa neunzig Meter, mit mehreren Türen auf beiden Seiten. Am anderen Ende befand sich eine Treppe. Hinter den Türen der verschiedenen Räume herrschte Lärm. Oben waren Lampen zu sehen, die schwankten, als wehte ein Luftzug durch die Dachsparren und es roch nach Schweiß und Schmutz.

»Wie?«, fragte Liv einfach.

Alicia hob ihren Kopf, während sie den langen Flur hinunter eilten. Sie tippte an eine Seite ihres Gesichts. »Ich trage eine Kontaktlinse, die es mir erlaubt, Gedanken zu lesen.«

Liv war beleidigt. »Okay, das hättest du mir sagen können, bevor wir hier reingekommen sind.«

Alicia grinste spitzbübisch. »Ich mag es manchmal, dich zu überraschen. Du machst das immer wieder. Aber ich normalerweise nicht.«

»Du hast also seine Gedanken gelesen?« Liv zeigte auf die Tür, durch die sie gerade gekommen waren.

»Nun, ich musste eine bestimmte Frage stellen und darauf warten, dass er sie in seinem Kopf beantwortet«, flüsterte Alicia. »Also habe ich die Informationen geliefert, auf die ich ihn antworten lassen wollte. Dann dachte er an seinen Boss, Lucian, und ich konnte so tun, als ob ich ihn kannte.«

Der Krach aus den Räumen, an denen sie vorbeikamen, war so laut, dass Liv es für unwahrscheinlich hielt, dass jemand sie hören konnte. Immer wieder klickte Alicia auf das Gerät, das die Kameras störte, sodass sie hoffentlich weiter in Sicherheit waren.

»Also, wer sind die ›Chauns‹?«, wollte Liv wissen. »Es gibt ein New Yorker Büro?«

»Ich weiß es nicht mit Sicherheit«, antwortete Alicia. »Es sieht so aus. Die Gedanken des Wachmanns haben mir den Eindruck vermittelt, dass sie winzig und eher harmlos sind.«

»Nochmals, du bist ein Genie.« Liv war beeindruckt davon, dass Alicia magische Technik erfunden hatte, die es ihr ermöglichte, Gedanken zu lesen.

Als sie die Treppe erreichten, wollten Liv und Alicia nebeneinander nach oben gehen, rammten sich aber dank Rockys breiter Schultern. Liv streckte ihren Arm aus. »Ladies first.«

Alicia nickte anerkennend. »Bist du bereit?«

Liv dachte an das zerschundene Gesicht ihrer Mutter, als sie nach dieser schrecklichen Nacht zurückgekehrt war. »Absolut! Darauf habe ich die meiste Zeit meines Lebens gewartet.«

Kapitel 16

Drei geschlossene Türen empfingen sie, als Liv und Alicia das obere Ende der Treppe erreichten. Alicia deaktivierte die Kameras mit ein paar schnellen Klicks, zog dann ihr Tablet heraus und scannte die Räume nach Wärmesignaturen.

Lautlos zeigte sie auf die zwei Türen links und formte das Wort ›Kinder‹ mit dem Mund.

Liv nickte und war nicht darauf vorbereitet, es in diesem Kampf mit kleinen Kindern zu tun zu bekommen. Sie musste besonders vorsichtig vorgehen, fühlte sich aber unbeholfen in Rockys Körper. Seine langen Arme baumelten gegen die Wände und vermittelten ihr das Gefühl, sich nicht sehr anmutig zu bewegen.

Alicia studierte das Tablet erneut. Sie betrachtete die Tür auf der rechten Seite und deutete mit ihrem Daumen darauf. »Lucian«, murmelte sie.

Noch hatte Liv keine herausragende Idee, wie man die komplette Truppe der Gesetzesbrecher systematisch zu Fall bringen könnte. Sie hatte auf eine brillante Eingebung gehofft. Wie auch immer, das Lagerhaus verfügte nur über eine begrenzte Anzahl an Ein- und Ausgängen. Es war ein langer, schmaler Flur vorhanden, der sich schnell zu einem Engpass entwickeln konnte, wenn das Chaos ausbrach.

In dem Gebäude konnte kein Portal geschaffen werden, sagte ihr ein schneller Test, was Lucian eine Flucht erschweren sollte. Es bedeutete aber auch, dass sie und Alicia nicht entkommen konnten, wenn sie in die Enge getrieben wurden. Um die Angelegenheit noch komplizierter zu gestalten, gab es ein Zimmer voller Kinder, die Liv unverletzt aus dem Gebäude bekommen wollte.

Das Beste, was sie sich erhoffen konnte, war auf Lucian zu treffen, um mehr Informationen zu erhalten und ihn und alle seine Schläger zu verhaften. Der ursprüngliche Gedanke hatte immer noch Bestand: Den Anführer schnappen und das Rudel wird fallen. Doch jetzt musste Liv auch über die New Yorker Zweigstelle nachdenken. Wer wusste schon, wie viele Renegade-Gruppen es insgesamt gab?

Liv wandte sich wieder den Räumen zu, in denen sich die Kinder befanden. Seltsamerweise vernahm sie eher tiefe Stimmen hinter diesen Türen. Es herrschte ein Gemurmel, das wie Zählen klang.

»Zurück an die Arbeit!«, schrie jemand und Liv erschrak.

Sie blickte Alicia mit großen Augen an. Die Wissenschaftlerin sah auf ihr Tablet hinunter und hob einen einzigen Finger. »Ein Magier in jedem Raum«, teilte Alicia mit.

Liv nickte und drückte ihr Ohr an eine der Türen. Das erwies sich als völlig unnötig, denn einen Augenblick später brachte eine dröhnende Stimme den Boden unter ihr zum Beben. »Zurück an die Arbeit oder ich hole den Chef!«

Liv wich zurück, als donnernde Schritte über den Boden hallten. Sie schoss Alicia einen ängstlichen Blick zu und beobachtete, wie die Wissenschaftlerin in ihrer Trickkiste wühlte. Eine Sekunde später reichte sie Liv eine kleine Scheibe.

»Sperrvorrichtung«, flüsterte Alicia.

Liv verstand sofort. »Du bist ein Genie«, murmelte sie und klebte die Scheibe so an die erste Tür, wie Alicia es an der anderen tat.

DIE GEBORENE ANFÜHRERIN

Sie durften die Kinder noch nicht aus dem Raum lassen. Sie würde sie alle retten, aber erst, wenn sie Lucian in den Händen hatte. Obwohl es ihr nicht behagte, die Kleinen mit ihren Entführern in den Räumen einzusperren, war es besser so – bis die Lage unter Kontrolle war.

Zu ihrer Erleichterung verschmolz die schwarze Scheibe mit der Tür. Auf diese Weise blieb sie unbemerkt von jedem, der nicht wusste, dass sie sich dort befand. In der Mitte der Scheibe lag ein grauer Punkt. Alicia zeigte darauf. »So entriegelt man sie«, flüsterte sie.

Liv nickte, dankbar dafür, dass sie nun den Mechanismus kannte, falls es kritisch werden sollte.

Sie bereitete sich auf die nächste Phase des Plans vor, indem sie ihre Aufmerksamkeit auf die Tür rechts richtete. Lucian hätte auch schon der Anführer sein können, als ihre Mutter vor Jahren versuchte, die Renegades zur Strecke zu bringen. Es gab nur eine Möglichkeit, das mit Sicherheit festzustellen. Sie machte einen Schritt nach vorne, ihre große Hand ruhte knapp über dem Türknauf. Wenn Lucian tatsächlich derjenige war, der ihre Mutter so zugerichtet hatte, sollte seine Strafe noch viel intensiver und härter ausfallen.

Kapitel 17

Kommt rein!«, verlangte eine laute, nasale Stimme, nachdem Liv angeklopft hatte. Sie fragte sich, ob Lucian auch an einer Verkrümmung der Nasenscheidewand litt.

Sie warf Alicia einen erwartungsvollen Blick zu. »Du bringst ihn zum Reden. Ich übernehme das Kämpfen.«

Ihre Freundin nickte. Liv stieß die Tür auf und wollte einen spektakulären Auftritt hinlegen. Jetzt wünschte sie sich, sie hätte es nicht getan, denn die Tür kam schwungvoll zurück und knallte gegen ihre bereits gebrochene Nase. Anscheinend war sie gegen etwas an der Wand geschlagen und von dort zurückgeprallt.

Um dem Ganzen die Krone aufzusetzen, hatte die Tür den Gestank von Schweiß und Rauch in ihr Gesicht geweht. Im Moment wäre ihr lieber, Rocky hätte seinen Geruchssinn komplett eingebüßt, anstatt nur eine teilweise verstopfte Nase.

Lucian befand sich an einem Stehtisch in der Mitte des Raumes, ein wütender finsterer Ausdruck auf seinem blassen Gesicht. Liv sah sofort, woher der Gestank kam. Das Zentrum des Raumes bildete ein großes Metallfass und sein Inhalt qualmte immer noch, als hätte er vor kurzem lichterloh gebrannt.

Liv wollte den Barbaren schon auf die sicherheitstechnischen Auswirkungen eines Brandes in einem schlecht belüfteten Raum hinweisen, aber sie ahnte, dass ihn das nicht interessieren dürfte.

Lucian huschte mit seinen dunkelbraunen Augen über sie und Alicia und beobachtete sie. Liv ging davon aus, dass alle Renegades nur Kriminelle waren und starrte zurück. Aktuell war sie einen Kopf größer als dieser Typ.

Der zu klein geratene Anführer dieser Renegades hatte eine Glatze und einen dichten Bart, dadurch sah er vielen Gnomen seltsam ähnlich. Sofort musste sie an Papa Creola denken, schmerzhaft zog sich ihr Magen zusammen. Sie schluckte und erinnerte sich an ihr Hauptaugenmerk.

»Dusty hat mir berichtet, dass ihr aus der New Yorker Niederlassung seid«, begann Lucian und klopfte mit den Fingern auf sein Stehpult. »Warum seid ihr hier?«

Alicia machte einen Schritt nach vorne und hielt ihre Tasche an der Seite. »Was glaubst du denn, warum wir hier sind?«

Der Verrückte verengte seine Augen. »Ich stelle hier die Fragen, Missy.«

Alicia streckte ihr spitzes Kinn in die Luft und antwortete: »Du darfst mich Miss Louise nennen. Ich glaube, du weißt ganz genau, dass wir hier sind, weil Jason uns geschickt hat. Er kämpft mit der Rekrutierung neuer Mitglieder und braucht Rat.«

Lucian lachte, ein Geräusch, so unaufrichtig wie der Blick in seinen dunklen Augen. »Jason braucht meine Hilfe, oder? Ich wusste es. Als wir uns getrennt haben, dachte er, er wüsste schon alles und ich wäre überflüssig. Es war nur eine Frage der Zeit, bis er um mein Fachwissen betteln würde.«

»Er würde ja jemand anderen fragen«, lieferte Liv, die wissen wollte, wie viele dieser Schurkentruppen es noch gab.

»Aber es gibt sonst keinen«, stellte Lucian siegreich fest. »Ich bin der Einzige, der in der Lage war, eine erfolgreiche

Operation durchzuführen, die das Haus der Dummheit nicht hochgenommen hat. Ich habe vielleicht klein angefangen, aber dreißig Jahre später tun wir immer noch Dinge, die von diesen armseligen Kriegern unbemerkt bleiben.«

Das war alles, was Liv wissen musste. Er war ihr Mann. Nun, der Mann, den sie bestrafen wollte, bis er heulte.

Alicia musste Livs plötzliche Anspannung gespürt haben, denn sie trat vor und hielt die Kriegerin von ihrem nächsten Zug ab, der darin bestand, Bellator zu ziehen und durch das Herz des Mannes zu rammen. »Was würdest du sagen, ist das Geheimnis deines Erfolges hier?«

Lucian schüttelte den Kopf und verzog sein Gesicht. »Oh, nein. Wenn ihr Informationen wollt, zahlt lieber. Dusty behauptet, ihr habt mir etwas mitgebracht?«

Neeeeeeeeeeiiiiin, schrie Liv in Gedanken.

Anscheinend konnte Alicia mit ihrer Speziallinse Livs Gedanken nicht lesen, denn sie sagte: »Ja, wir haben ein Schwert für dich.«

Liv erstarrte und fragte sich, ob sie Alicia vor oder nach Lucian töten sollte.

Die Person, die früher ihre Freundin war, schaute sie an und wagte es, mit den Fingern zu schnippen. »Lass Lucian nicht warten. Das mag er nicht«, meinte sie, mit Betonung auf dem zweiten Satz.

Gut, dachte Liv. Alicia musste in den Gedanken dieses Verrückten etwas gelesen haben, von dem sie nichts ahnte. Sollte Bellator jedoch etwas zustoßen, würde sie beide aufhängen und mit den Köpfen so lange zusammenschlagen, bis sie zufrieden war.

Widerwillig zog sie Bellator aus der Scheide an ihrer Taille und bemerkte, wie winzig das von einem Riesen gefertigte Schwert in Rockys Hand doch war. Nicht viel größer als ein Teigschaber, obwohl es sich immer noch wie eine bedrohliche Waffe anfühlte, die fast jeden Gegner vernichten konnte.

Liv legte das Schwert vor den Anführer der Renegades und trat einen Schritt zurück. Lucian beäugte die Klinge hungrig. »Das ist sehr beeindruckend. Eure ›Chauns‹ waren in der Lage, das zu finden?«

Alicia nickte.

Der Verbrecher hob die Klinge an und Liv zuckte wegen ihrer fast unkontrollierbaren Wut.

Alicia bemerkte es, was ihr einen strafenden Blick bescherte.

Glücklicherweise registrierte Lucian die Reaktion nicht, da seine eifrigen Augen auf die Klinge gerichtet waren. »Es ist von feinster Qualität. Von Elfen geschmiedet?«

»Riesen«, brummte Liv viel zu schnell.

Neugierig schaute er sie an. »Richtig, natürlich. Ich nehme an, die ›Chauns‹ haben das von einem Riesen geklaut?«

»So etwas in der Art«, antwortete Alicia.

Lucian ließ das Schwert auf seinen Tisch scheppern, anscheinend war er mit der Inspektion fertig und hatte keinen Respekt vor dieser Handwerkskunst. »Nun, Jason hatte wohl irgendwie Glück. Unsere ›Chauns‹ besorgen alle möglichen Reichtümer, aber hauptsächlich Bares. Nichts war bisher so einzigartig wie das hier.«

»Dennoch glaube ich, dass wir aus der Art und Weise, wie ihr eure Operationen durchführt, etwas lernen können«, erklärte Alicia.

Lucian öffnete den Mund, doch dann huschte Livs Blick sehnsüchtig zu Bellator.

»Bewunderst du meinen Tisch?«, fragte er und erkannte nicht, wonach sie gierte.

»Ja«, antwortete Liv kurz angebunden und erstickte fast an dem Wort.

Stolz fuhr er mit seinen kurzen Fingern über die Oberfläche des Schreibtisches. »Ich hatte Probleme mit meinen Hüften, also schlug meine Liebste vor, dass ich ein Stehpult bekommen sollte. Die beste Investition des Geldes anderer Leute, die ich je gemacht habe.« Der Schurke lachte, ließ es aber schnell, als er bemerkte, dass Alicia und Liv nicht mit ihm lachten. Sie verstanden den Wink und brachen in falsches Gelächter aus.

»Ja, ja, diese Sterblichen verschwenden ihr Geld nur für dummes Zeug, das sie nicht verdienen«, bestätigte Alicia mit ihrer Piepsstimme.

Lucian senkte sein Kinn und studierte sie. »Genau das dachte ich auch gerade!«

Alicia lachte wieder. »Das liegt daran, dass es die richtige Art zu denken ist. Die Sterblichen sollten unsere Sklaven sein, aber das Haus der Unfähigkeit schützt sie! Besonders jetzt, da sie sie wieder in ihre Reihen aufgenommen haben.«

Lucian lächelte, was ihn nur noch mehr wie einen zu groß geratenen Gnom wirken ließ. »Ich verstehe, warum Jason euch zu mir geschickt hat. Ihr seid wahrscheinlich die kompetentesten Anhänger, die er hat. Ich könnte definitiv jemanden gebrauchen, der diese Dinge so gut versteht.« Dann zeigte er auf Rocky. »Ich hätte sicher auch nichts dagegen, Muskeln wie deine um mich herum zu haben. Wie wäre es, wenn ihr beide darüber nachdenken würdet, den Standort zu wechseln und für mich zu arbeiten?«

Natürlich musste dieser niederträchtige Hund versuchen, Jasons Leute abzuwerben. Das entsprach der Mentalität der Renegades. Sie hielten nichts von Loyalität, sondern hatten nur ihre eigene Agenda vor Augen, die auf der Grundlage von Gier und Betrug aufgebaut war.

»Wir wären eventuell interessiert«, verkündete Alicia. »Was macht ihr hier so?«

Lucian überlegte einen Moment, Skepsis lag auf seinen Zügen. »Das Gleiche wie ihr in New York.«

»Oh, aber so viel tun wir nicht«, sagte Alicia. »Wir sind zu beschäftigt mit den Anwerbungen.«

Das war offensichtlich die erwartete Antwort. Das Gedankenlesegerät schien perfekt zu funktionieren. Lucian lachte. »Ja, das hat mir meine ersten Jahre auch versaut, bis ich meinen zweiten Kommandanten angeworben habe. Sie kümmert sich jetzt um die Rekrutierungen, mit der Jason auch noch jetzt, Jahre später, zu kämpfen hat.«

»Ja, nun, wir könnten in Betracht ziehen, uns euch anzuschließen, wenn du uns ein bisschen mehr darüber erzählen würdest, was ihr tut und was wir für euch tun sollten«, hakte Alicia nach und wieder wollte Liv ihr sagen, wie genial sie war. Das war genau das, worüber Liv Informationen brauchte, bevor sie dieser Organisation das Wasser abgraben konnte. Zu wissen, womit sich die Renegades beschäftigten, sollte die Aufräumarbeiten erleichtern, denn sie war sich sicher, dass Lucian nicht mehr reden würde, wenn sie ihn zu Fall gebracht hatte.

»Nun, wir haben auch die ›Chauns‹, wie ihr schon wisst«, begann Lucian, legte die Hände hinter den Kopf und lehnte sich zurück, um seinen angespannten Bizeps zu zeigen. »Und dann sind da die Pflegeheime, aus denen wir Energie absaugen.«

»Pflegeheime?«, fragte Liv und klang viel wütender als ein Möchtegern-Anhänger. Sie richtete sich auf, schüttelte den Kopf und arbeitete daran, ihren Fehler zu korrigieren. »Das ist schlau. Warum ist uns das nicht eingefallen?«

»Nun, ja«, fuhr Lucian fort. »Als meine Liebste erkannte, dass unsere Magie zunahm, wenn wir uns in der Nähe von Sterblichen befanden, kamen wir auf die Idee. Niemand will lange in der Nähe dieser lästigen Sterblichen bleiben, aber mit Pflegeheimen funktioniert es gut, denn dort leben nur alte Säcke voller Knochen, die wir zu unserem Vorteil nutzen können.«

Liv musste den Renegades Anerkennung zollen, sie wussten verdammt viel mehr als die meisten Magier. Das Haus hatte erst vor kurzem erfahren, dass die Nähe von Sterblichen die magischen Kräfte steigern konnte, da sie die Kontrolle über dieses Element hatten. Auf der anderen Seite hatten Magier den Wind, Elfen Wasser, Fae Eis, Gnome Feuer und Riesen Erde.

»Also wie? Ihr geht in Pflegeheime und arbeitet ehrenamtlich?«, fragte Alicia hinterlistig.

Lucian lachte. »Du bist witzig. Wir gehen nachts rein, saugen ihnen die Energie aus und erledigen sie in der Regel etwas schneller, als es ohne unsere Besuche passieren würde. Wir betrachten das als Wohltätigkeit. Wir erlösen sie von ihrem Elend und aus reiner Wohltätigkeit werden alle meine Renegades viel stärkere Magier. Sie sind auch nicht registriert, was bedeutet, dass das Haus der Inkompetenz uns nicht am Wickel haben kann.«

Liv war nie ein Fan der Registrierung von Magiern gewesen, vor allem weil Adler die Bemühungen angestachelt und die Krieger gedrängt hatte, tödliche Mittel zur Durchsetzung dieser Regel anzuwenden. Viele, auch Stefan und Trudy, hatten die Durchführung verweigert. Jetzt musste sie allerdings erkennen, wie wichtig es war, Magier zu registrieren. Nur auf diese Weise konnte das Haus die Magie überwachen und Kriminelle daran hindern, sie zu missbrauchen.

Aber wenn eine Registrierung durchgeführt werden sollte, dann musste sie richtig gemacht werden. Im Moment waren diejenigen, die sich registrieren ließen, gesetzestreue Bürger, die das Leben und die Magie schätzten. Freiwillig würden diejenigen, die bisher unbehelligt vom Haus gearbeitet hatten, ihre Magie niemals registrieren lassen.

»Die ›Chauns‹ schaffen also eure Reichtümer heran und ihr nehmt den Sterblichen die Energie«, fasste Alicia zusammen und versuchte verzweifelt, ihr Temperament zu zügeln. »Was tun deine Renegades sonst noch?«

Lucian lachte. »Was immer uns gefällt. Wir bitten nicht um Erlaubnis. Wir bitten auch nicht um Vergebung. Wir tun, was immer wir wollen, ohne Rücksicht auf die Gesetze oder andere Rassen. So sollte es doch sein, findest du nicht?«

Alicias Augen richteten sich auf Liv. Sie hatte die Botschaft laut und deutlich verstanden. Jetzt war es an der Zeit, ihren Zug zu machen. Lucian auszuschalten, dann seine Organisation von Witzbolden systematisch zu zerschlagen und schließlich die Kinder, die im Flur eingesperrt waren, freizulassen.

Liv schenkte ihr ein kleines Nicken. Sie wollte gerade nach ihrem Schwert greifen, als sich die Tür hinter ihnen öffnete und die letzte Person den Raum betrat, die Liv gerade sehen wollte.

Kapitel 18

»Mein Liebling«, sagte Lucian, als Chloe durch die Tür kam, ihr langes Haar wogte bis zu ihrem breiten Hintern und ihre Nuttenabsätze klackerten auf dem Boden.

Livs Nase zuckte wegen der Mischung aus Chloes auffälligem Parfüm und der ausgebrannten Glut in dem Fass vor ihnen. Sie hatten immer noch nicht herausgefunden, was Lucian verbrannt hatte. Sie nahm an, dass es sich wahrscheinlich lohnen könnte, es herauszufinden, aber die Dinge waren gerade noch komplizierter geworden, weil Chloe, dieser weibliche Sukkubus, auf der Bildfläche erschien. Das war der süße, kleine Kosename, der Liv für Chloe eingefallen war und er passte wie die Faust aufs Auge, weil die Hexe ihre Arme um den kahlköpfigen Diktator schlang und ihn vor einer Gesellschaft, die sie nicht kannte – oder selbst wenn sie es täte – mit mehr Leidenschaft küsste, als nötig gewesen wäre.

Die Schlampe drehte sich um und hielt sich an Lucian fest. »Liebling?«

Lucian lächelte Chloe an. »Ja, mein Schatz?«

»Dir ist doch klar, dass zwei minderwertige Magier versuchen dich zu täuschen, oder?« Chloe verengte ihre Augen.

Liv erstarrte und musste erkennen, dass Chloe eine besondere Kraft haben musste und zwar hinter den Anschein zu sehen.

»Was?« Lucian schubste Chloe zur Seite, die Augen vor Verachtung zusammengekniffen. »Zeigt euch, ihr Betrüger.«

Alicia hatte anscheinend keine weiteren Tricks mehr parat, denn sie sah Liv mit einem Ausdruck an, der besagte: »Jetzt bist du dran.«

Liv wusste nicht was sie tun sollte, da sie kein Schwert hatte. Also schaute sie Lucian einfach an und zuckte die Achseln. »Ich weiß nicht, was dieses Flittchen da nuschelt. Wir sind vom New Yorker Büro.«

Chloe klimperte mit den Augen und schnippte mit den Fingern. »Nein, das seid ihr nicht. Ihr seid aus dem Laden des alten Mannes, mit dem ich früher zusammengelebt habe und anscheinend hinter mir her.«

Liv schrumpfte plötzlich um mehrere Zentimeter, ihre Klamotten passten nun nicht mehr ganz so gut. Sie beseitigte das Problem schnell, indem sie die Kleidung wechselte.

Lucian stieß einen frustrierten Seufzer aus, als ob er einem Erstklässler zuschauen würde, der sich mit Mathematik abmüht. »Oh, nun, das ist unglaublich langweilig. Ihr seid den ganzen Weg hierhergekommen, wegen Chloe, weil es eine Rivalität um einen Typen gibt?«

Liv machte einen Schritt nach vorn und warf ihren Umhang zurück. »Falsch. Ich bin eine Kriegerin für das Haus der Vierzehn und du und deine Liebste fallen unter meine Zuständigkeit, weil ihr so ziemlich jedes geltende Gesetz gebrochen habt.«

Der Schrecken, der Chloe und Lucian ins Gesicht fuhr, war es wert, das Geheimnis bis zu diesem Augenblick bewahrt zu haben. Liv erkannte jedoch ihren kleinen Fehler. Ihr Schwert war inzwischen vom Stehtisch auf den Boden dahinter gerutscht und befand sich nicht annähernd in ihrer Reichweite.

»Betrügerische kleine Idiotin«, maulte Chloe mit zusammengebissenen Zähnen. Obwohl sie eine stämmige kleine Hexe war, war sie ziemlich schnell dabei, das Fass mit der Asche in Alicia und Livs Richtung zu treten und sie mit Ruß und Rauch einzuhüllen.

Liv hustete sich die Seele aus dem Leib, dann kam sie wieder zu Sinnen und saugte schnell die ganze Asche in einen Behälter, den sie heraufbeschworen hatte. Alicia hustete immer noch als die Luft wieder rein war.

Liv wankte in die eine Richtung und dann in die andere, auf der Suche nach Chloe und Lucian.

»Sie sind abgehauen«, bemerkte Alicia und gewann langsam die Atemfähigkeit zurück.

Liv nickte. Die Dinge waren sehr schnell zum Teufel gegangen.

Alicia zwinkerte. »Gut, dass ich meine Schließmechanismen auch an den Eingängen zu diesem Gebäude angebracht habe.« Liv hörte ein lautes, klapperndes Geräusch.

Ihre Augen schossen nach unten, bevor sie ihr Kinn hob und ihre Freundin anstarrte. »Hast du ...«

»Jeden Ausgang aus diesem Gebäude verriegelt?«, fragte Alicia. »Ja, warum?«

»Darf ich einfach wiederholen, dass du ein Genie bist?«

Kapitel 19

Liv schnappte sich Bellator vom Boden hinter diesem blöden Stehtisch. Sie wusste nicht, warum der Gnom stattdessen nicht einfach alle paar Stunden einen Spaziergang um das Lagerhaus gemacht hatte. Sie würde wahrscheinlich nicht so hart mit ihm verfahren, wenn er nicht mit dem Sukkubus namens Chloe zusammen wäre. Oh und nicht alte Sterbliche missbraucht und jede Gelegenheit genutzt hätte, die er hierfür finden konnte.

Liv war sehr dankbar, ihr Schwert wieder in der Hand zu halten und kein muskulöser Mann mit Atemproblemen mehr zu sein. Sie übernahm die Führung und rannte aus dem Büro. Sie sprinteten gerade an den beiden anderen Türen vorbei, als Liv plötzlich stehen blieb und Alicia in ihren Rücken knallte.

Sie wandte sich an ihre Freundin. »Hey, wir müssen die Kinder rausholen. Kannst du die Verantwortung übernehmen und sie in Sicherheit bringen? Ich habe Angst, dass sie verletzt werden, wenn sie noch länger hier drin sind.«

Alicia holte etwas aus ihrer Tasche und nickte. »Ich mach das, Boss.«

»Sollte ich wissen, was das ist oder nicht?« Liv zeigte auf das, was Alicia in der Hand hielt.

Die Wissenschaftlerin errötete. »Oh, ja. Entschuldigung. Ich wollte damit einen Weg aus dem Gebäude schaffen, da wir kein Portal haben und die Ausgänge blockiert sind. Ich werde den Geiselnehmer der Kinder dort drinnen betäuben und sie herausbringen, während du gegen Lucian und seine Hooligans kämpfst.«

Liv war dankbar, dieses Genie mitgebracht zu haben. Sie hielt ihren Finger über den Knopf zur ersten Tür. »Ich werde diesen Rowdy betäuben, um dir zu helfen. Wie wäre es damit?«

Alicia lächelte und hielt ihre eigene Hand vor die Verriegelungsscheibe der Tür neben der von Liv. »Klingt großartig.«

»Eins, zwei, drei«, zählte Liv und drückte ihren Finger auf den kleinen Punkt. Die Tür entriegelte sich sofort und sie trat ein. Augenblicklich erstarrte sie und fügte alles zusammen, was sie an diesem Tag gehört hatten.

Als sie den Raum verließ, traf sie Alicia auf dem Flur. Die Wissenschaftlerin trug den gleichen entsetzten Gesichtsausdruck wie sie.

»Oh!«, realisierte Liv. »*Kobolde!*«

»Nein, nein, nein!«, schrie Alicia entsetzt auf. Sie musste das gleiche Wissen über Kobolde haben wie Liv. Sie waren gemeine kleine Monster, die stahlen und raubten, ohne sich um die zu scheren, die sie ausplünderten. Aufgrund der wütenden Blicke auf den kleinen roten Gesichtern vermutete sie, dass ihre Informationen richtig waren. Die Heiden, die sie bewacht hatten, sahen nicht annähernd so gemein aus wie die kleinen orangehaarigen Kerlchen. Auf den Tischen vor den Kobolden lagen Haufen von Geld, das sie anscheinend zählten.

Die kleinen Dummköpfe richteten ihre glänzenden, rachsüchtigen Augen auf die offene Tür. »Schnappt sie euch!«, brüllten sie und eine Sekunde später hörte Liv Dutzende winziger Füße in ihre Richtung donnern.

Sie schnappte sich Alicia und zerrte sie mit sich in Richtung Treppe. Es gab für keinen außer ihnen einen Ausweg, was bedeutete, dass sie besser als Erste dort ankommen sollten, sonst müssten sie sich den Weg nach draußen erkämpfen. Wenn das geschah, würde es wahrscheinlich in einem Blutbad enden.

Kapitel 20

Unten angekommen, wurde Liv klar, dass das Blutbad unausweichlich war. Der Weg, der sie vom Ausgang trennte, war voller wütender und feindseliger Magier.

Liv blieb stehen. »Also, kannst du uns von hier rausbringen?«, fragte sie Alicia.

»Das kann ich, aber dann kommen wir nur in einen anderen Raum. Wir werden weitere Öffnungen brauchen, weil wir uns mitten im Gebäude befinden.«

Liv schaute nach hinten auf Dutzende wütender Kobolde, die winzige Fäuste und Stöcke nach oben hielten. Ihre feuerroten Haare ließen ihre Köpfe brennend aussehen, was im Kontrast zu ihrer papierweißen Haut stand.

»Ich glaube nicht, dass wir nach oben zurückkönnen, wo wir vielleicht früher eine Wand nach draußen hätten«, erklärte Liv.

Alicia nickte ängstlich und schluckte. »Nein, ich glaube, wir müssen uns den Weg freikämpfen.«

»Was in Ordnung ist, da du mit Sicherheit noch etwas Spektakuläres in dieser Trickkiste hast, um uns zu helfen«, hoffte Liv.

Alicia presste die Lippen zusammen und schüttelte den Kopf. »Es tut mir leid, aber mir geht es nur um nützliche Technik. Ich entwerfe nichts, was zerstört.«

Liv nickte und schätzte ihre diplomatische und friedliche Freundin sogar in diesem Moment. »Okay, wie versprochen, werde ich mich um den Kampf kümmern. Du hast deine Arbeit geleistet.«

Sie machte einen Schritt nach vorne und Alicia erwischte sie an der Schulter. »Was soll ich jetzt tun?«

Liv warf einen Blick auf die wütenden Rothaarigen hinter ihnen. »Wirf ein paar helle Lichter und Regenbögen auf sie. Rothaarige können mit zu viel Sonne oder Glück nicht umgehen.«

»Du sagst es«, bestätigte Alicia, während Liv in Richtung des wütenden Mobs rannte. Sie war eindeutig in der Unterzahl und sah sich einem Haufen Magier gegenüber, die auf Reserven von hilflosen Sterblichen hofften. Aber sie hatte das Einzige, was sie nicht hatten: ein echtes Ziel.

Niemand kam da lebend raus, es sei denn, sie wäre einverstanden.

Sie hielt Bellator bereit und knirschte mit den Zähnen, als sie den Fleischklops an der Spitze der Meute anstarrte. »Das ist für dich, Mom!«

Kapitel 21

Liv war froh darüber, dass sie keine muskelbepackten Arme und keinen wuchtigen Körper mehr hatte, als sie losrannte. Sie sprang nach rechts an die Wand und donnerte Bellator über den Kopf des ersten und massigsten Widersachers. Er fiel ihr zu Füßen, wie ein fliegender Teppich. Sie glitt seinen Rücken hinunter und platzierte einen Fuß im Gesicht des nächsten Magiers.

Es war eine zahnlose Frau, die nicht mehr lächelte, als Liv sie zu Boden stieß. Die nächsten Schritte erfolgten geführt durch Bellator, das ihr zeigte, wo und wann sie zuschlagen sollte. Sie fühlte sich wie ein Avatar in einem Computerspiel und tat, was der Controller ihr befahl. Sie stellte die Befehle nicht infrage und wusste das Geschenk, dass sie die Anweisungen Bellators fühlen konnte, zu schätzen. Nur einem Krieger, der mit seinem Schwert völlig Eins geworden war, wurde diese Gabe im Kampf beschert.

Bellator half ihr, indem es ihr sagte, wie sie reagieren musste, noch bevor der entscheidende Moment kam. Dennoch wusste sie im Hinterkopf, dass es nicht von Dauer sein konnte. Akio hatte ihr erklärt, dass ein gutes Schwert damit einen Krieger auf die nächste Schlacht vorbereiten würde. Livs Aufgabe war es, ihre Stärke zu bewahren, während sie sich wie ein Robotersoldat verhielt und auf alle Befehle Bellators reagierte.

Sie stand einem Magier mit Glasauge und deformiertem Kinn gegenüber, als Bellators Klinge zu ihren Füßen sank und den Kampf nicht mehr lenkte.

Dann bist du also fertig, dachte Liv und wagte einen Blick auf ihr Schwert, das zu ruhen schien. Sie hob es unter lautem Gebrüll wieder an, als der Mann auf sie zustürmte.

Okay, jetzt bin ich dran. Liv drehte sich zur Wand und blockierte den Mann auf der einen Seite und den zweiten auf der anderen Seite. Wie Idioten stießen sie ineinander und schlugen sich gegenseitig den Kopf ein.

Liv riss ihr Schwert herum, schlug dem nächsten Angreifer mit dem Ellbogen ins Gesicht und sandte einen Windstoß auf alle hinter ihm. Sie fielen nacheinander um wie ein Haufen Dominosteine. Sie nutzte den Augenblick und rannte den schmalen Flur hinauf, wobei sie so viel Geschwindigkeit wie möglich aufnahm und ihre Magie nutzte, um an der Wand Höhe zu gewinnen. Als sie sich umdrehte, standen die Rebellen gerade auf. Liv sprang zwischen den engen Wänden hin und her, die jetzt gerade richtig positioniert zu sein schienen. Im Flug über die Köpfe der Menge trat sie immer wieder zu und schlug jeden einzelnen zu Boden. Als sie das Ende erreicht hatte, warf sie Bellator über ihren Kopf direkt durch die Menge. Aufs Stichwort, als hätten sie es geübt, duckte sich die Schurkenbande. Einige ihrer Shirts wurden von der surrenden Klinge in Mitleidenschaft gezogen.

Alicia drehte sich um, beschworen von der Magie, die Bellator durchdrungen hatte und fing die Klinge mit großen, ungläubigen Augen auf.

Liv hielt ihre Begeisterung zurück und richtete sich stattdessen auf. »Folgt der Frau auf der Treppe, es sei denn, ihr wollt, dass euch beim nächsten Überflug der Kopf abgeschlagen wird.«

Alle Rüpel grunzten, gingen an Alicia vorbei in den Raum, in dem die Kobolde vorher untergebracht waren und sich jetzt anscheinend wieder befanden. Als der letzte an ihr vorbeiging, sah Alicia Liv zögernd an.

»Bist du sicher, dass …«

»Wirf mir mein Schwert zu«, befahl Liv.

Alicia drehte das Schwert unbeholfen um und hielt es mit beiden Händen. Dann warf sie es. Die Klinge hätte klappernd zu Boden fallen müssen, das tat sie auch fast, aber dann erhob sie sich nach oben und segelte auf Liv zu, bis sie in ihrer Hand landete. Liv drehte sich mit Schwung um, ein Lächeln auf dem Mund.

»Du schaffst das, Alicia«, ermutigte Liv sie und nickte in Richtung des Raums voller Gefangener.

»Und du?«, fragte Alicia und deutete mit einer ausladenden Armbewegung auf die Räume des Gebäudes, in denen sich wohl Lucian und seine Schlampe verborgen hatten.

»Mach dir keine Sorgen um mich«, meinte Liv selbstbewusst. »Aber ruf John an wegen Unterstützung. Wir werden sie brauchen, um all diese Idioten in Gewahrsam zu nehmen.«

Damit wandte sich Liv den letzten Räumen zu, in denen sich Lucian und Chloe versteckt hielten.

Sie hielt Bellator bereit, glücklicher denn je, dieses Schwert an ihrer Seite zu haben.

Es war an der Zeit, die Sache mit den Renegades ein für alle Mal zu beenden.

Kapitel 22

Guinevere Beaufont hatte Liv in der kurzen Zeit, die sie zusammen sein konnten, vieles über das Kriegerdasein beigebracht.

Liv wusste, dass es viele Dinge gab, die ihre Mutter nicht mehr an sie weitergeben konnte, es aber noch beabsichtigt hatte. Die erhaltenen Lektionen flossen aus Bellators Griff in Livs Körper, belebten sie auf eine Weise, wie sie es noch nie zuvor gefühlt hatte und erinnerten sie an das Wesen ihrer Mutter.

Liv lief an den vielen Türen im Flur entlang und durchsuchte jeden Raum nach den beiden verbliebenen Renegades.

Lektion Nummer eins, die ihre Mutter ihr beigebracht hatte, war, die Augen offen und den Mund geschlossen zu halten.

Liv suchte weiter und machte kaum Geräusche, während sie zwischen den einzelnen Türen hin- und herpendelte. Hatte sich ihre Mutter bei den Fällen so gefühlt? Als wäre sie unbesiegbar und kurz vor dem Abschluss? Es war ein schmaler Grat, aber Liv liebte jeden Teil davon. Sie hatte das Gefühl, dass sie mit ihrer Mutter auf eine Weise verbunden war, wie es zu deren Lebzeiten nicht gewesen war. Aus irgendeinem Grund verstand sie Guinevere in diesem Moment besser als damals, als ihre Mutter bei ihr war.

Ihre Mutter liebte das Abenteuer. Sie liebte es, sich lebendig zu fühlen. Aber sie hatte Schuldgefühle, weil sie das Kämpfen mehr liebte als die Betreuung ihrer Kinder. Ihre Mutter wollte lieber die Bösen zur Strecke bringen, als ihre Kinder nachts zuzudecken.

Bellators Griff drückte in ihre Brust und Liv fühlte die Erkenntnis so stark, dass es schmerzte. Sie war sich nicht sicher, wie sie zu diesem Wissen gekommen war, da das nicht das Schwert ihrer Mutter war, aber sie wusste, dass es der Wahrheit entsprach. Als das Heft an ihrem Brustbein ruhte, sah sie etwas ganz klar.

Diese Schuld hatte Guinevere jede einzelne Nacht mit sich herumgetragen, in der ihre Babys in ihren Betten lagen. Sie hatte lieber Verbrecher gejagt, als Kinder gehütet. Das war das dunkelste Geheimnis von Livs Mutter und jetzt wusste sie es.

Liv lehnte sich mit dem Rücken gegen eine Wand und atmete schwer. »Ist schon gut, Mommy. Ich habe verstanden.«

Guinevere war vielleicht nicht die Beste, wenn es darum ging, Pausenbrote zu schmieren oder Matheunterricht zu erteilen, aber sie hatte Liv andere Dinge beigebracht.

Als Liv einen Tumult den Flur hinunter vernahm, verließ sie ihren Ruheplatz und dachte über eine weitere Lektion nach, die ihre Mutter ihr beigebracht hatte.

Sie erinnerte sich daran, als ihre Stiefel schnell über den glatten Beton liefen: ›Lass sie nie die Oberhand gewinnen‹, sagte die Stimme ihrer Mutter in ihren Ohren.

Liv schickte schnell einen Zauberspruch an die Tür gute zehn Meter vor ihr. Weil sie wusste, dass sie den letzten Raum fast erreicht hatte, rutschte Liv in eine Ecke nahe der Tür und nahm sich Zeit zum Durchatmen.

Sie hob Bellator und legte ihren Kopf an die Klinge, dasselbe Stück Metall, das so viele getötet hatte, ihr aber seltsamerweise Frieden bescherte. Da hörte sie die letzte Nachricht ihrer Mutter.

›Lass sie nie und nimmer wissen, mein Kind, wie stark du tatsächlich bist‹, forderte Guinevere in Livs Gedanken

DIE GEBORENE ANFÜHRERIN

und plötzlich erschien die Vision mit einem Bild ihrer Mutter, die dem verachtenswerten Lucian gegenüberstand.

Sie hatte angekündigt, dass sie kommen würde, um ihm in den Arsch zu treten. Als sie vom Dach des Gebäudes herunterrutschte, hatte er sie überrascht, weil er wusste, dass sie da war. Er hatte gewusst, dass sie ein elfengefertigtes Schwert hatte und eine Kriegerin war.

Liv erwachte aus diesem seltsamen Traum und wusste, was sie zu tun hatte. Sie würde nicht den gleichen Fehler begehen wie ihre Mutter. Guinevere hatte ihre Anwesenheit und ihr Vorhaben angekündigt und Lucian damit die Oberhand gewinnen lassen. Diese Geschichte durfte sich nicht wiederholen.

Mit einem scharfen Schwenk tat Liv die eine Sache, von der sie wusste, dass Lucian sie nicht erwarten würde. Sie löste die Schlösser, die an der Tür nach draußen angebracht waren. Die, die Alicia angebracht hatte.

Liv trat durch die Tür und sah zu, wie sich Chloes Mund vor Erleichterung weit öffnete, als die Tür aufgestoßen wurde. Lucian stieß sie in die Ecke, während er um sein Leben rannte. Chloes verletzter Gesichtsausdruck hätte vielleicht ausgereicht, um jemanden zu beschwichtigen, aber Liv benutzte ihre Magie, um sie mit Seilen in der Luft schwebend zu fesseln. Dann jagte sie hinter dem Mann her, der ihre Mutter verletzt hatte.

Kapitel 23

Lucian versuchte viele Male Portale zu schaffen, als er durch das Gebäude hetzte, aber glücklicherweise wirkte seine eigene Magie gegen ihn. Er hatte Portalmagie von seinem Grundstück verbannt und nun konnte er selbst nicht mehr entkommen.

Er sah beim Laufen über die Schulter. Seine Beine schienen vom Boden abzuheben während er weitersprintete und sein Bestes versuchte, zu fliehen. Liv verschränkte ihre Arme vor der Brust, weil sie genau wusste, wie sie mit diesem Schurken umgehen wollte.

Als er eine angenehme Entfernung erreicht hatte, hob Liv eine Hand und zog ihn zurück, als wäre er auf eine sich bewegende Wand gestoßen, die ihn zu ihr drängte. Dreimal ließ Liv los und erlaubte ihm wegzulaufen, bevor sie ihn wie an einer Angel wieder einholte.

Jedes Mal grunzte er vor Erleichterung, wenn sie locker ließ, als könnte er das nächste Mal tatsächlich entkommen, aber Liv musste ihn nur in die Luft heben und zurückziehen. Sie tat dies noch viele weitere Male und beobachtete, wie er sich weiter entfernte, bevor sie ihn wieder heranzog. Es machte Spaß und sie genoss es.

Schließlich holte sie ihn bis auf etwa drei Meter an sich heran und er maulte: »Okay, du hast gewonnen. Was willst du?«

Liv neigte ihren Kopf zu ihm und versuchte dieses seltsame Exemplar zu verstehen. »Darum geht es also. Du glaubst anscheinend, dass das hier eine Situation ist, in der einer von uns gewinnt und der andere verliert.«

»Na, ist es nicht so?!«, schrie Lucian und wollte mit den Füßen den Boden erreichen, fand ihn aber nicht, weil er schwebte.

Liv schüttelte den Kopf. »Nein, was du nicht verstehst, ist, dass das kein Spiel ist. So ist das Leben. Einige von uns wollen, dass alle leben und anderen wie dir, ist es egal.«

»Das spielt keine Rolle!«, brüllte Lucian.

Liv ging um den Mann herum, der ihre Mutter gefoltert hatte. Sie verletzt hatte. Gefangen hielt wie einen Vogel. »Die Sache ist die – es ist immer wichtig. Für diejenigen, die sich weigern Leben zu erhalten, wird es immer Konsequenzen geben.«

»Sagt wer?«, fragte Lucian, als spräche er mit seiner Truppe von Soldaten. »Du irrst dich. Du bist nichts im Vergleich zu mir. Du musst dich vor mir verbeugen.« Er streckte ihr seine Hand entgegen und versuchte denselben Zauber anzuwenden, mit dem sie ihn an der Flucht gehindert hatte. Bei Liv funktionierte er jedoch nicht, denn sie hatte daran gedacht, sich mit einem Schutzzauber abzuschirmen, bevor sie ihm nachgelaufen war, aber sie wollte nicht, dass er das erfuhr.

Liv nickte gehorsam, fühlte das Wesen ihrer Mutter in ihren Knochen, fühlte, wie etwas Uraltes in ihr erwachte. Es lenkte sie wie ein Urinstinkt. Die Lektionen ihrer Mutter gingen Liv durch den Kopf, aber nicht in einer Sprache, die sie kannte. Stattdessen drangen die Worte ihrer Mutter durch ihr Bewusstsein wie die Symbole im Haus der Vierzehn, aber sie kamen klar und deutlich bei ihr an. Liv behielt ihre Augen offen und ihren Mund geschlossen. Sie würde nicht zulassen, dass dieser Feind die Oberhand gewinnt und sie würde ihn niemals wissen lassen, wie stark sie war.

Sie würde sein Ego gegen ihn verwenden.

»Klar doch, Kumpel. Ich knie vor dir.« Liv ging auf ein Knie und rammte Bellator neben sich in den Boden.

Sie fühlte den Puls des Griffes heiß in ihren Händen.

»Stimmt, das tust du.« Lucian lachte und war davon überzeugt, dass er sie dazu genötigt hatte.

Sein teuflisches Entzücken erfüllte die Nachtluft, aber Liv blockte es ab, als etwas Eigenartiges in Bellator vibrierte. Sie war sich nicht sicher, wie, aber das Schwert schien den Zauber des Renegades zu absorbieren. Dann öffnete sich ihr Mund und Worte flossen heraus, die sie eigentlich nicht sagen wollte: »Aber du, Lucian, wirst dich vor der Größe des Kriegers verneigen.«

Welcher Zauber auch immer als Nächstes gewirkt wurde, sie wusste es nicht, sie hinterfragte ihn auch nicht, denn der Mann vor Bellator schrie auf, sein Lachen endete abrupt. Lucians Hände flogen zu seinem Gesicht, während es sich schmerzvoll verzerrte.

Seine Schreie waren laut und voller Qualen, aber Liv nahm ihre Hand nicht von Bellator, um sich die Ohren zuzuhalten. Stattdessen hielt sie den Griff weiter fest und vernahm einen seltsamen Gesang, der von der Klinge widerhallte. Liv nahm an, dass es die Sprache der Gründer sein könnte.

Vielleicht verlor sie jetzt ihren Verstand wie der Mann vor ihr, der sich vor Schmerzen wand, als er zu Boden ging. Dann, als wäre er mehr Rauch als Masse, wurde er in die Klinge gesogen, die sie in der Hand hatte – wie ein Geist in eine Flasche.

Der Griff brannte in ihren Händen und der Boden bebte unter ihren Füßen. Das Schwert festzuhalten, während es den Mann einsaugte, schien fast unmöglich, aber Liv sagte sich immer wieder, dass sie es schaffen musste.

DIE GEBORENE ANFÜHRERIN

Etwas Erstaunliches war in dieser Nacht geschehen. Etwas, das mit ihrer Mutter zu tun hatte. Etwas, das mit dem Kriegerdasein zusammenhing und durch Bellator ausgelöst wurde, die Klinge einer wahren Kriegerin. Liv war davon überzeugt, dass das, was in dieser Nacht passiert war, sie ein Leben lang zu einer besseren Kriegerin machen würde.

Blauer Rauch wie aus der Asche in Lucians Büro wehte durch die Luft und wand sich um das Schwert, als der letzte Rest von Lucian darin verschwand. Bellator zuckte in die Luft, als versuchte es, ihrem Griff zu entkommen. Liv ließ nicht los, obwohl das Schwert sie auf die Beine hochzog und ihre Füße kaum noch den Boden berührten.

Mit aller Kraft wollte Liv Bellator zu sich ziehen, aber das Schwert gewann den Kampf. Was als Spiel begonnen hatte, hatte sich zu einer Art Magie gewandelt, die sie noch nie zuvor erlebt hatte. Liv wusste nicht mehr, was sie tun sollte. Sie blickte über ihre Schulter, suchte nach Möglichkeiten und sah Alicia, wie sie über das dunkle Gelände in ihre Richtung rannte. Ihre Freundin kam bei ihr an, als ihre Beine noch höher gestiegen waren, als würde sich Liv an einem fliegenden Drachen festhalten. Sie nahm an, Alicia hätte sie womöglich verlassen, nachdem sie das Chaos und die leuchtend blaue Klinge gesehen hatte, aber stattdessen sprang sie in die Höhe, packte Livs Füße, schlang ihre Arme um sie und zog sie einige Zentimeter nach unten.

Sie kam wieder ganz auf den Boden, aber wieder begann Bellator, eingehüllt in den seltsamen blauen Rauch, der Lucian gewesen war, beide in die Luft zu ziehen, als wollte das Schwert fliegen.

»Wir müssen Bellator versiegeln.« Liv wusste nicht, woher dieser Gedanke kam, aber sie wusste, dass er richtig war.

»Okay!«, schrie Alicia.

Was immer sich in Bellator geöffnet hatte, um Lucian zu schlucken, musste wieder verschlossen werden. Das war die einzige Möglichkeit, den grausamen Mann, der in die Klinge gesogen worden war, zu beherrschen.

Beide Magierinnen begannen Zaubersprüche zu murmeln. Worte flossen aus Livs Mund, Zaubersprüche, von denen sie nicht ahnte, woher sie sie kannte. Mit jeder Beschwörungsformel sickerte Magie aus ihrem Körper und das blaue Licht um Bellator wurde schwächer, bis es schließlich nicht mehr leuchtete. Das Schwert fiel herunter und Liv stürzte auf ihre Freundin. Die Klinge schlug auf dem Boden auf und rollte zur Seite – wieder völlig normal.

Keuchend rutschte Liv von Alicia weg, wobei sie Bellator anstarrte.

Alicia schaute sie zweifelnd an: »Ist es vorbei?«

Vorsichtig griff Liv nach Bellator, in der Erwartung, dass der Griff wie zuvor fast zu heiß zum Anfassen sein würde. Doch er war so kühl wie der Beton, auf dem das Schwert lag. Ein Kribbeln schoss Liv durch die Finger, aber es entwaffnete sie nicht. Stattdessen sandte es eine sehr kraftvolle Botschaft aus, die sie verstand, ohne zu wissen, wie.

Bellator hatte Lucian verschluckt und die Klinge mit einem Zauber versehen, der so alt war wie die Zeit. Es hatte alles mit dem zu tun, was ihre Mutter ihr beigebracht hatte und Liv erkannte, dass diese Lektionen nicht von ihrer Mutter erdacht waren. Es war das Glaubensbekenntnis eines Kriegers. Das waren die Worte, die sie in der Sprache der Gründer gehört hatte. Sie hatten einen Platz in Bellator geöffnet, dessen Name ›Krieger‹ bedeutete.

Als sie den Griff an ihren Körper hielt, vernahm sie, wie das Schwert eine klare und deutliche Botschaft ausstrahlte.

›Deine Feinde sind mein Geist. Ich werde sie benutzen, um die zu bekämpfen, denen du in Zukunft begegnen wirst.‹

All das erinnerte sie deutlich an das Schwert von Rorys Großvater – Turbinger. Es war ebenfalls ein von einem Riesen gefertigtes Schwert, das die Erinnerung an jede Schlacht in sich trug. Liv hatte nun erfahren, dass es mehr als das bewahrte.

Stolz betrachtete sie das Schwert in ihren Händen und war dankbar, ein weiteres seiner Geheimnisse aufgedeckt zu haben. Sie und Bellator hatten noch viele weitere Schlachten und Feinde gemeinsam zu schlagen und sie hatte die Gründer auf ihrer Seite. Liv ließ sich vom Geist ihrer Mutter leiten. Auch wenn keine dieser Kräfte noch am Leben war, so blieben sie doch bei ihr.

Kapitel 24

Das Ausräumen des Lagers verlief ähnlich dem Säubern eines Friedhofs. Die Renegades waren ekelhafte und grausame Leute.

Die Kobolde? Nun, sie waren keine verschreckten Kinder, wie sie gedacht hatten. Sie hatten mit den Renegades unter einer Decke gesteckt und mussten daher ähnliche Strafen befürchten. Die Krieger, die zum Helfen kommen konnten, beschlagnahmten Tausende Dollar, die die beiden Gruppen gestohlen hatten.

Alicias Genialität war es zu verdanken, dass die Horde von Bösewichten auf der Flucht festgenommen werden konnte. Sie hatten sich einfach hingesetzt und Bilder angestarrt, die nur sie sehen konnten oder versucht, versperrte Schlösser an Toilettensitzen zu öffnen. Das Ganze war äußerst lustig gewesen, als das Team auftauchte, das sie mitnehmen sollte.

»Wow«, meinte Stefan grinsend, als er einen stämmigen Mann dabei beobachtete, der den Toilettensitz zum Öffnen eines Kombinationsschlosses dreimal nach rechts zu drehen versuchte. »Wenn ich daran denke, dass ich etwas anderes hätte tun sollen als das hier ...«

»Aber das Mitglied der Sterblichen Sieben, hinter dem du her warst?«, fragte Liv, als er den Bösewicht festnahm und ihn fachmännisch vom Boden hochzog.

»Das habe ich erledigt und immer noch Zeit, das zu tun, was viel mehr Spaß macht«, sagte Stefan zu ihr. »Alles mit dir macht nämlich viel mehr Spaß.«

Liv lächelte ihn an und achtete darauf ihre Mimik zu korrigieren, bevor eine andere Kriegerin, Trudy, um die Ecke kam.

»Sieht so aus, als wären alle in Gewahrsam, außer dieser Chloe-Tussi«, verkündete Trudy. »Sie möchte mit dir und dem anderen Mädchen, wen auch immer sie meint, sprechen, bevor sie in Arrest kommt.«

Liv lächelte und winkte Alicia zu, die sich mit einer Umgebungskontrolle oder anderem nerdigen Zeug beschäftigte.

»Was will sie?«, fragte Alicia, als sie sich Chloe näherten. Sie versuchte sich gerade aus den langen, eisernen Ketten zu befreien, die sie zwischenzeitlich an der Wand des Lagers fixierten.

»Sie will das, was wir alle wollen«, erklärte Liv, die Chloe aus einigen Metern Entfernung anstarrte. »Freiheit.«

Liv schüttelte den Kopf, trat gegen den Schmutz vor ihr und fühlte, wie Bellator an ihrer Seite pulsierte. »Die Sache ist die, dass einige von uns es verdienen, in Freiheit zu leben und der Rest? Nun, sie verdienen eine Gefängniszelle, damit sie diejenigen nicht verletzen können, die das Privileg der Freiheit genießen.«

»Ihr kennt doch John!«, flehte Chloe und zerrte an den Ketten. »Er würde nicht wollen, dass ich eingesperrt werde. Er würde das verhindern. Ruft ihn an. Fragt ihn. John wird euch bestätigen, dass ich ein guter Mensch bin.«

Liv schaute Alicia an und ein wissender Blick ging zwischen ihnen hin und her. Liv nickte ihr zu.

Alicia ging vorsichtig vorwärts, um Abstand zu der angeketteten Frau zu wahren. »Die Sache ist die, dass es dein früherer Ehemann John war, der dich erst in diese Lage gebracht hat.«

Chloe kreischte auf, offensichtlich verletzt durch diese Aussage.

Alicia ging noch einen Schritt weiter, ihre Leidenschaft wurde durch Rachedurst angefacht. »So sieht es nun einmal aus. Du hast sein Volk verletzt. Er ist kein Sterblicher, den du zu deinem Vorteil ausnutzen kannst und auch keinen der anderen mehr.«

»Ach, komm schon! Das sind doch nur dumme Menschen!«, beschwerte sich Chloe.

Alicia drehte sich zu Liv um und schüttelte den Kopf. »Bist du bereit, die Angelegenheit zu übernehmen?«

»Ich werde es versuchen«, sagte Liv, »manchmal kann man sie rehabilitieren und manchmal nicht.« Liv zog Bellator und sah aus, als wollte sie die Klinge einfach auf Chloe loslassen.

Die feige Schlampe rollte sich auf dem Boden zusammen und bedeckte ihren Kopf. »Nein! Sperrt mich einfach weg. Es tut mir leid. Ich werde nichts Unrechtes mehr tun.«

Liv nahm das Schwert an ihre Seite, stellte sich neben ihre Freundin und gestikulierte Emilio, die Gefangene zu entfernen. Sie sah Bellator an, das ihre Stärke und Macht darstellte. Ihre Verbindung zu allem. Liv lächelte und sprach ein stilles Gebet.

Mama, ich werde immer meine Augen offen und meinen Mund geschlossen halten. Ich werde nie zulassen, dass sie die Oberhand gewinnen. Ich werde ihnen nie und nimmer zeigen, wie stark ich tatsächlich bin.

Kapitel 25

Liv war nun in der Lage, die alte Sprache nun auch ohne den Kriegerring zu lesen. Zuvor hatte sie ein paar Symbole wiedererkannt, die sie schon einmal gesehen hatte, aber nach dem Kampf mit Lucian hatte sich etwas in ihr verändert. Sie fühlte sich jetzt wie eine wahre Kriegerin. Etwas war in ihr erwacht und Liv konnte nur davon träumen, was das für ihre Zukunft bedeuten könnte.

Als sie im Korridor des Hauses der Vierzehn stand, wusste Liv genau, was die mit Blut an die Wand geschriebenen Symbole aussagten. Der kalte Luftzug war nicht verantwortlich dafür, dass ihr die Haare zu Berge standen.

»Nun?«, fragte Plato an ihrer Seite.

Es war selten, dass sie etwas wusste, wovon er nichts ahnte.

Liv zitterte und wünschte sich, es gäbe den Hauch eines Zweifels an der Bedeutung der Symbole, aber das war nicht der Fall. »Da steht, wir sind dem Untergang geweiht.«

»Ist das die umschriebene Version?«, wollte Plato wissen. »Denn du musst mir wortwörtlich vorlesen, was da steht.«

Liv hielt sich die Nase zu wegen des Fäulnisgestanks im Eingangsbereich des Hauses und versuchte ausschließlich durch den Mund zu atmen. »Hier steht: ›Der Gott-Magier hat die Welt dem Untergang geweiht.‹«

»›Gott-Magier?‹«, spekulierte Plato. Er sah sich die Stelle an, an der sich die Schwarze Leere früher befand.

»Ich nehme an, du kennst diese Person nicht?«, vermutete Liv.

Er schüttelte den Kopf. »Wir sind uns noch auf keiner Dinnerparty begegnet. An diese Bezeichnung würde ich mich erinnern.«

Er starrte stur dorthin, wo die Schwarze Leere gewesen war und Liv winkte mit der Hand vor seinem Gesicht. »Was ist los?«

Zum ersten Mal überhaupt sah sie den Lynx zittern. »Etwas tut sich in diesem Haus.«

Liv konnte nicht anders als lachen. »Der Eingangsbereich wirkt wie aus dem Armenviertel, die Gründer behaupten, die Welt wäre dem Untergang geweiht und die wirbelnde Schwärze ist verschwunden. Ich würde sagen, hier tut sich wirklich etwas.«

»Aber du irrst dich«, korrigierte Plato und starrte immer noch auf die Stelle, an der die Schwarze Leere gewesen war. »Sie ist nicht verschwunden. Das erkenne ich jetzt.«

»Wie meinst du das?«, fragte Liv.

»Sie hat sich ausgedehnt. Die schwarze Leere hat das Haus ausgefüllt. Was auch immer darin war, es ist nicht nur draußen. Es hat das Haus übernommen.«

»Clark behauptet, sie war als Zuflucht für die Gründer gedacht«, teilte Liv mit, sie zitterte immer heftiger und ihre Zähne klapperten. »Könnte Adler zurück sein? Oder Decar, vielleicht?«

»Ich weiß es nicht«, antwortete Plato.

»Vielleicht eine andere Gründerfamilie«, stellte Liv als Hypothese auf.

»Gott-Magier«, murmelte Plato in sich hinein.

»Dieser Gott-Magier hat die Welt dem Untergang geweiht«, wiederholte Liv die Worte, die sie gelesen hatte. »Wie ein oberster Herrscher? Haben wir es vermasselt? Haben wir die Sterblichen Sieben nicht rechtzeitig zurückgeholt? Was hätten wir so falsch machen können, dass wir zu etwas verurteilt worden sind, das sich nach der puren Hölle anhört?«

Der Boden unter ihren Füßen bebte.

Diesen Blick in Platos Augen hatte Liv noch nie gesehen. Das fast zeitlose Wesen wirkte versteinert.

Sie auch. Ohne zu wissen weshalb, war sich Liv bewusst, dass, wer auch immer dieser Gott-Magier war, er hier und wütend war.

Kapitel 26

Liv erwartete, dass die Kammer des Baumes dem Eingangsbereich des Hauses der Vierzehn ähneln würde und war deshalb überrascht, dass er in einer Weise vor Leben strotzte, wie sie es noch nie zuvor gesehen hatte.

Die Bank der Ratsmitglieder war komplett voll, vier neue Gesichter starrten sie fassungslos an. Ein Vogel kreiste über dem Kopf eines der Neulinge. Auf der Schulter eines jungen Mannes saß eine kleine Maus. Liv nahm an, dass die beiden anderen Sterblichen ihre Chimären neben sich oder auf dem Schoß hatten.

Alle Sterblichen Sieben waren versammelt. Es wollte nicht in ihren Kopf, warum sie dennoch dem Untergang geweiht waren. Eigentlich sollte das Haus geschützt sein, aber scheinbar war alles noch viel schlimmer geworden. Hatte sie etwas missverstanden? Hatte Adler damit recht gehabt, die Sterblichen einer Gehirnwäsche zu unterziehen, damit sie Magie nicht mehr sehen konnten? War die Abspaltung der Sterblichen Sieben vom Haus das, was sie dafür erhalten hatten?

Ihr fehlte ein sehr wichtiges Detail.

Als sie ihren Platz neben Stefan einnahm, bemerkte sie etwas Merkwürdiges. Die Stelle, an der Decar immer neben ihr gestanden hatte, war erleuchtet. Sie war abgedunkelt gewesen, seit der üble Magier von Rory und Bermuda getötet worden war. Liv runzelte die Stirn und sah Stefan an. »Sind die Sinclairs ersetzt worden?«

Er schüttelte den Kopf. »Das glaube ich nicht, aber ich war damit beschäftigt, mich um das New Yorker Büro der Renegades zu kümmern.«

»Danke«, sagte Liv, als Clark aufstand und die Kammer mit erhobener Hand zum Schweigen brachte.

»Wie ihr sehen könnt, sind die Sterblichen Sieben alle wieder hier«, begann Clark mit einzigartiger Autorität in seiner Stimme, die Liv noch nie zuvor von ihm gehört hatte. »Liv war erfolgreich darin, die Renegades auszuschalten, obwohl sie ohne Auftrag des Rates losgezogen ist.«

»Bin ich das?«, fragte Liv und schaute John voller Schuldgefühle an.

»Die New Yorker Renegades sind ebenfalls erledigt«, fuhr Clark fort. »Aber diese Angelegenheit hat etwas Wichtiges zur Sprache gebracht, das viele von uns schon seit geraumer Zeit beschäftigt.«

Lorenzo schlug mit der Faust auf den Tisch, sein Gesicht war rot angelaufen. »Magier müssen ihre Magie registrieren lassen.«

»Ich bin anderer Meinung«, konterte Clark. »Diese Gruppe hat sich zusammengerottet, eben weil sie sich nicht von uns kontrollieren lassen wollten.«

»Das stimmt so nicht«, mischte sich Liv ein und beide Männer rissen den Kopf zu ihr herum. Sie wusste, dass sie Clark mit ihren nächsten Aussagen nicht sehr glücklich machen würde, aber sie hatte lange und intensiv darüber nachgedacht. »Die Renegades haben sich zusammengetan, weil sie sich nicht an unsere Gesetze halten wollten. Sie wollten andere zu ihrem Vorteil ausnutzen und verletzen.«

»Aber wir haben lange Zeit gekämpft, Magier dazu zu bewegen, ihre Magie registrieren zu lassen«, erklärte Clark und beugte sich nach vorne.

»Ja und zwar deshalb, weil sie die einzige magische Rasse sind, bei der es erforderlich war«, erklärte Liv.

»Du wirst nicht noch einmal das Argument vorbringen, dass andere Rassen dem Haus beitreten sollten?«, brummte Lorenzo irritiert.

»Ich schlage nicht nur das vor, sondern auch viele andere Änderungen in unserer Hausstruktur«, eiferte sich Liv. »Die Gesetze, auf die sich unsere Organisation beruft, sind bestenfalls als veraltet zu bezeichnen. Vielmehr sind sie archaisch. Als Royals ist es uns nicht erlaubt, unsere Gene mit anderen Rassen zu vermischen, wodurch die Vorurteile, die sie uns gegenüber empfinden, nur noch angeheizt werden.« Sie sah ein zufriedenes Grinsen auf Emilios Gesicht aufblitzen.

»Oh, das ist wohl kaum der richtige Zeitpunkt, um darüber zu diskutieren«, unterbrach Bianca. »Vater Zeit ist nicht hier. Hast du nicht wichtigere Dinge zu tun?«

Liv öffnete den Mund für eine passende Antwort, aber etwas tief in ihrem Inneren brachte sie dazu, ihre Worte hinunterzuschlucken. Es war, als könnte sie seit dem Kampf mit Lucian plötzlich auf Wissen von anderer Stelle zurückgreifen.

»Wir sollten immer Zeit dafür haben, Gesetze aufzuheben, die weder uns noch der gesamten magischen Welt dienen«, bekräftigte Stefan und griff damit Livs Argument auf. »Diese Gesetze verhindern eine Vermischung der Rassen. Sie verhindern, dass Royals untereinander heiraten können, wenn sie dies wünschen. Wir halten uns selbst klein und dann fragen wir uns, warum sich niemand an unsere Regeln halten möchte? Der Rest der Welt erkennt uns nicht als gerechte Organisation an. Vielleicht respektieren sie uns jetzt mehr, seit wir die Sterblichen Sieben aufgenommen haben. Trotzdem betrachten sie uns als eine Organisation, die übermäßig konservativ ist und veraltete Regeln durchsetzt, anstatt Gerechtigkeit zu wahren.«

»Warum sollte der Rat seine Aufmerksamkeit Dating-Problemen widmen, Mister Ludwig?«, fragte Bianca mit strengem Unterton.

»Weil es sich auf unseren Ruf auswirkt«, antwortete Stefan sofort.

»Er hat recht«, schloss sich Emilio an. »Die anderen Rassen respektieren uns nicht ...«

»Das reicht jetzt, Bruder«, unterbrach Bianca. »Ich bin mir deines Standpunkts in dieser Sache voll bewusst.«

»Aber der Rest von uns ist es nicht«, erklärte Hester. »Warum kommt das ausgerechnet jetzt zur Sprache? Was wissen wir, der Rat, nicht?«

So ängstlich Liv eben noch war, als sie in die Kammer des Baumes trat, so angenehm war sie überrascht, wie es jetzt ablief. Sie machten Fortschritte. Es wurden Gesetze diskutiert, was der Anfang für eine Veränderung dieser Sachlage war. Vielleicht hatten sich die Gründer geirrt. Vielleicht waren sie nicht dem Untergang geweiht. Vielleicht fühlte es sich nur so an, weil sich die Dinge änderten, die sie vor all den Jahrhunderten eingeführt hatten und das war beängstigend. Das Fundament des Hauses wurde erschüttert und für diejenigen, die an den Ursprüngen festhielten, war das beunruhigend. Aber für die aktuelle Generation musste es diese Veränderung geben.

Jude und Diabolos erschienen auf beiden Seiten der Bank, beide mit gesenktem Kopf und einer seltsamen Intensität in den Augen. Liv konnte ihren Blick mehrere Augenblicke nicht von ihnen abwenden, bis Emilio ihre Aufmerksamkeit weckte.

Er trat vor und starrte seine Schwester direkt an. »Ich stimme nicht nur mit Kriegerin Beaufont überein, dass die Gesetze geändert werden müssen, sondern ich weiß auch, warum wir die Stimmen der anderen Rassen in unser Handeln miteinbeziehen müssen.«

Noch nie zuvor hatte Bianca so wütend ausgesehen, ihr zusammengekniffenes Gesicht ließ sie wie eine verdorrte Rübe aussehen. »Em, ich bitte dich dringend mit diesem Unsinn aufzuhören.«

»Ich war einmal wie du, Schwester«, fuhr Emilio fort. »Ich dachte, wir wären besser als die anderen Rassen. Ich glaubte nicht, dass wir sie brauchten, um unsere Regeln aufrechtzuerhalten. Aber diese Welt verändert sich und wir können es nicht mehr allein schaffen. Die anderen Rassen wollen das, was wir schon immer anzubieten hatten – den Schutz der Magie. Aber sie wollen einbezogen werden. Ich weiß aus guter Quelle, dass die Fae es nicht länger hinnehmen wollen, ignoriert zu werden. Sie brauchen keinen Sitz im Rat, aber sie wollen irgendwie einbezogen werden.«

Erschrocken schrie Bianca auf. Livs erster Gedanke war, dass sie es aus Protest getan hatte, weil ihr Bruder sich endlich gegen sie behauptete.

Dann bemerkte sie, dass auf dem Baum hinter ihnen alle Namen der Sterblichen Sieben aufleuchteten. Aber das war es nicht, was ihr den Atem raubte. Es war nicht einmal, dass Jude und Diabolos neben der Bank lagen, beide schienen ohnmächtig geworden zu sein. Liv hoffte, es wäre nur das und dass sie nicht tot waren.

Was Liv tatsächlich den Atem nahm, war, dass auf dem Baum der Name ›Sinclair‹ erstrahlte – heller als alle anderen.

Kapitel 27

Liv wunderte sich, dass jedes einzelne Mitglied des Rates auf etwas hinter ihr starrte. Sie verkrampfte sich und fühlte, dass Stefan neben ihr dasselbe tat.

Unisono zogen alle Krieger ihre Waffen, bereit für das, was hinter ihrem Rücken vorging. Liv hielt Bellator in den Händen, hatte sich aber noch nicht vollständig umgedreht, als sie dem Boden entgegenrauschte. Stefans Schulter rammte bei seinem Sturz in sie hinein. Die Geräusche von Akio, Emilio und Trudy, die ebenfalls umkippten und deren Waffen auf den Steinboden klapperten, bestätigten leider, dass auch sie nicht siegreich waren, wo sie und Stefan versagt hatten.

Das Einzige, was Liv sicher wusste, war, dass sie gelähmt war. Sie konnte blinzeln und atmen, aber das war es auch schon. Deshalb sagte sie kein Wort, als sie in Stefans Gesicht sah, das neben ihrem lag. Sein Gesichtsausdruck vermittelte ihr zweifelsfrei seine eigene Angst.

Wie Jude und Diabolos hatte etwas alle sechs Krieger in der Kammer einfach ausgeschaltet. Wer auch immer das tun konnte, war nicht jemand, dem sie sich entgegenstellen wollte.

Zur Bestätigung ihrer Gedanken sagte eine Stimme: »Erhebt euch.«

Das war niemand, den sie erkannte, es sei denn, der Teufel besaß eine Stimme. Nicht, dass sie ihn jemals zuvor sprechen gehört hatte, aber an ihn wurde sie bei diesen Worten erinnert.

»Erhebt euch!«, befahl die Stimme erneut. Liv konnte sich wieder bewegen, also sprang sie auf.

Sie kam auf die Beine und sah sich einer Gestalt aus ihren Albträumen gegenüber. In der Mitte der Kammer stand ein Mann in einem langen weißen Gewand, dessen Saum von krabbelnden Eidechsen und sich windenden Schlangen umgeben war. Sie schlängelten sich über das Gewand und darunter, sodass es sich wie durch Wind wölbte. Der Mann hatte Haare, die bis zum Boden herunterhingen. Sie hatten die gleiche Farbe wie sein Gewand und seine Augen waren nicht zu erkennen, da sie zwei Lichtstrahlen zu sein schienen, die alles anstrahlten, was er ansah. Momentan richtete er seinen Blick abwechselnd auf jeden der Krieger und blendete sie kurzzeitig.

Liv war sich absolut sicher, dass er der Gott-Magier sein musste. Ihr Blick glitt zu Jude und Diabolos, die sich wie die Krieger bewegten. Von der Bank schauten alle Ratsmitglieder mit äußerster Beklommenheit auf den Mann in der Mitte der Kammer herab. Clarks Augen fanden Livs und er schüttelte leicht den Kopf, schiere Panik auf seinem Gesicht.

»Ich bin Talon Sinclair, ein Gründer des Hauses der Sieben«, begann der Mann, wobei sein Tonfall Liv in einer Weise zusammenzucken ließ, wie es noch nie zuvor geschehen war. Sie hatte sich dem Höllenhund, seelenlosen Männern und Ligen von Zombies und Dämonen gestellt und doch erfüllte sie dieser kleine, gebrechliche Mann mit einem Schrecken, den sie zuvor nie ertragen musste. »Jahrhundertelang habe ich geschlummert und meine Verwandten instruiert, wie man den Ort am Besten leitet, den ich zu dem gemacht habe, was er war. Aber ihr habt alles zunichte gemacht!«

Seine Stimme erschütterte den Boden unter ihren Füßen und warf Liv gegen Stefan, der sie gerade noch erwischte, dabei aber fast mit dem Gesicht voran zu Boden fiel.

»Nie wieder!«, schrie Talon und schnippte mit den Fingern. Jeder der Sterblichen Sieben kippte nach vorne um und ihre Köpfe schlugen auf den Tisch auf.

Liv stürmte los, aber Talon streckte eine Hand aus und hielt sie auf. Der Gestank, der von dieser unmenschlichen Gestalt ausging, drehte ihr den Magen um.

»Krieger für das Haus der Sieben, ich habe euch gezeigt, dass ich euch einzig durch meinen Willen lähmen kann«, fuhr der Mann vor ihnen fort. »Ihr seid gewarnt. Jeder Anschlag auf mein Leben wird euren Tod zur Folge haben. Ich habe diese abscheulichen Sterblichen, die ihr in diese Kammer gebracht habt, nicht getötet. Ihre Chimären hindern mich daran. Aber sie werden so lange schlafen, bis wir berichtigt haben, was ihr falsch gemacht habt.«

Mit jeder Faser ihres Wesens wollte Liv den Mann töten, aber sie wusste, dass sie es nicht konnte. Etwas sehr Wichtiges verhinderte seine Niederlage. Deshalb war er aus der Schwarzen Leere herausgekommen und besaß die Macht, das Haus zu übernehmen.

Ihr Mund sprang auf. Papa Creola! Ja, natürlich. Er hinderte alle Lebewesen daran, über ihre Zeit hinaus zu leben, aber wenn er weg war … Weil jemand ihm etwas angetan hatte, konnte Talon auferstehen. Nur so konnte er das Haus wieder übernehmen.

Liv trat auf ihren Platz zurück und erhielt ein anerkennendes Nicken von Talon.

»Also«, sagte er und wandte sich dem Rat zu, seine Augen strahlten über jeden von ihnen. »Ich bin der Gott-Magier. Ich habe dieses Haus zu dem gemacht, was es war und es wird wieder genau so werden. Dafür werde ich sorgen. Es wird keine Änderungen von Gesetzen geben. Es werden keine anderen Rassen an diesem Ort erlaubt sein. Es wird nur meine Herrschaft geben und sie wird *absolut* sein!«

Staub regnete von der Decke, weil Talons Stimme dröhnte und Livs Brust zum Vibrieren brachte. Sie war immer für das eingetreten, was sie glaubte und hatte das Falsche infrage gestellt, aber in diesem Moment war sie bereit alles zu tun, was der Mann vor ihr befahl. So sehr fürchtete sie sich vor ihm.

Zu Livs Überraschung war es Clark, der aufstand und auf Talon hinunterblickte. »Wieso bist du noch am Leben?«

Der Gott-Magier stand ihrem Bruder gegenüber. »Ganz einfach. Ich habe deine Vorfahren getötet.« Dann sah er Haro an. »Und deine. Ebenso die anderen, die dann ersetzt worden sind. Ich bin der stärkste Magier, der je gelebt hat. Ich habe eine Zukunft für das Haus gesehen, die die anderen nicht akzeptieren wollten. Sterbliche gehören nicht hierher, um mit uns zu herrschen. Sie können als unsere Sklaven dienen oder vom Planeten verschwinden, aber sie dürfen in der Welt der Magie nichts zu sagen haben.«

Liv hätte für gewöhnlich argumentiert und in ihrer sarkastischen Art gestritten, aber sie wusste es besser. Talon war kein gewöhnlicher Magier. Er war zu mächtig. Man konnte ihn nicht aufhalten. Das bedeutete, dass die Gründer recht hatten: Der Gott-Magier würde diese Welt dem Untergang weihen.

Kapitel 28

as meinst du mit ›er schläft‹?«, schrie Alicia beinahe, als Liv ihr die Neuigkeiten über John und die anderen Sterblichen Sieben erzählte.

»Es geht ihm gut«, antwortete Liv. »Pickles ist bei ihm und hält ihn am Leben, so wie auch all die anderen Chimären ihre Sterblichen am Leben halten.«

»Aber für wie lange?«, fragte Alicia.

Liv schaute Stefan und Clark an. Als sie den Gesichtsausdruck der beiden las, zuckte sie nur mit den Schultern. »Wir wissen es nicht. Das ist völlig neu für uns.«

»Alicia, wir durften ihn nicht bewegen«, erklärte Clark. »Talon wollte es nicht zulassen. Er befahl, die Sterblichen müssten bleiben, wo sie sind.«

»Und was tut ihr dagegen?« Alicia lief in Livs Wohnung auf und ab und stolperte vor Stress fast über ihre eigenen Füße.

»Talon hat die Krieger auf Missionen ausgesandt«, begann Liv. »Der Rat wurde damit beauftragt, herauszufinden, welche andere Dinge man tun kann.«

»Missionen?« Alicias Stimme erhob sich. »Andere Dinge?«

Liv zuckte zusammen und schielte zu Stefan. »Er hat den Kriegern befohlen, den Rest der Familien der Sterblichen Sieben zu töten. Der Rat soll untersuchen, wie man die jetzigen Sterblichen Sieben loswerden kann.«

Alicia schrie frustriert auf.

»Wir tun es aber nicht«, erklärte Stefan. »Vorläufig. Nun, wir tun es nicht, bis er einen von uns tötet.«

Liv schoss ihm einen Blick zu, der besagte: ›Das war jetzt keine Hilfe.‹

»Offenbar war es beim ersten Mal einfacher, die Sterblichen Sieben loszuwerden, weil er die Gründer ermordet hatte«, vermutete Clark.

»Also warum macht er das dann nicht einfach?« Alicia erntete von den dreien beleidigte Blicke.

»Na, vielen Dank auch«, antwortete Liv. »Wir glauben, er ist nicht stark genug, um uns alle auszuschalten. Er braucht uns als seine Unterstützung. Aber obwohl er uns nicht ermorden kann, *kann* er uns doch außer Gefecht setzen. Das gibt uns die Hoffnung, dass Papa Creola noch irgendwo am Leben sein muss. Wenn das der Fall ist, können wir gegen Talon kämpfen, aber zuerst müssen wir Papa Creola finden.«

»Ich verstehe das nicht.« Alicia saß auf Livs Couch und legte ihren Kopf in die Hände.

»Wir auch nicht«, gestand Stefan. »Das meiste sind Vermutungen, aber wir sind ziemlich sicher, dass, selbst wenn wir alles tun, was Talon verlangt, er immer mächtiger wird und uns irgendwann trotzdem tötet.«

»Warum tut ihr es dann?«, rief Alicia.

Liv schoss ihrem Bruder einen Seitenblick zu. »Nun, wir machen es nicht. Jedenfalls nicht so ganz. Der Rat befasst sich mit den Fragen, die Talon aufgestellt hat und versucht herauszufinden, wie ein neues Signal gesendet werden könnte, das die Sterblichen daran hindert, Magie zu sehen.«

»Die Dinge werden also wieder so, wie sie früher waren?« Alicia war jetzt wütend, zitterte und weinte.

»Nein, wir tun nur scheinbar, was er verlangt«, tröstete Clark. »Wir tun es nicht wirklich oder wenn doch, dann extrem langsam.«

»Was tut ihr dann, um das zu beenden?«, bohrte Alicia nach.

DIE GEBORENE ANFÜHRERIN

Genau aufs Stichwort hin klingelte es an der Tür.

Liv drehte sich nicht einmal um. Stattdessen schnippte sie einfach mit den Fingern. Einen Augenblick später hörte sie mehrere Paar Füße in ihre Wohnung trampeln. Der überraschte Gesichtsausdruck von Alicia bestätigte ihr, dass die Leute gekommen waren, um sich hinter sie zu stellen, wie sie erwartet hatte.

Liv wandte sich um und sah in die Gesichter vieler Personen, die früher ihr Zuhause nie betreten hatten. Da standen Bianca und Emilio Mantovani, Lorenzo und Maria Rosario, die Takahashi-Brüder, die DeVries-Schwestern und Raina Ludwig. Liv schaute wieder zu Alicia und ließ das erste Lächeln auf ihrem Gesicht aufkommen, seit sie von dieser Tragödie erfahren hatte.

»Wir schließen uns zusammen«, beantwortete Liv Alicias Frage. Sie warf einen Blick zu Stefan. »Wir kommen auf eine Weise zusammen, wie wir es noch nie zuvor tun mussten. Wir sind nicht mehr nur das Haus der Vierzehn.« Liv sah zu den Ratsmitgliedern und Kriegern, die in ihrem Wohnzimmer standen. »Wir sind Magier, die alles tun werden, um die magische Welt zu schützen, auch wenn es bedeutet, dass wir genau die Organisation zerstören müssen, für die wir arbeiten.«

Kapitel 29

Es war bizarr, in ihrem Wohnzimmer so viele Gesichter zu sehen, aber nicht merkwürdiger als alles andere, was in den letzten vierundzwanzig Stunden passiert war.

Dankenswerterweise hatte Clark ihnen eine spezielle Möglichkeit zur Kommunikation unter den Mitgliedern des Hauses gezeigt, sodass Talon nichts davon mitbekommen konnte. Die Ratsmitglieder durften nicht lange wegbleiben, sonst würde er misstrauisch werden, aber etwas war völlig klar: Alles, was im Haus vor sich ging, fand der Gott-Magier heraus.

Nach reichlich kollektivem Gemurmel waren die sechs Krieger und die Ratsmitglieder zu dem Schluss gekommen, dass Talon derjenige war, der Adler in seine Rolle eingesetzt und ihn so mächtig gemacht hatte, wie er gewesen war. Sie waren sich einig, dass in den vielen Fällen, in denen Adler oder Decar gelogen hatten, Talons Macht dies vor den Regulatoren, Jude und Diabolos, verborgen hatte. Sie vermuteten auch, dass er etwas damit zu tun gehabt haben musste, als Kaylas Name vom Baum in der Kammer verschwunden war, obwohl sie noch am Leben war. Er war auch höchstwahrscheinlich derjenige gewesen, der sie angeworben hatte. Aber etwas war verblüffend offensichtlich.

Talon war der einzige Sinclair, der noch übrig war. Deshalb kam er aus der Schwarzen Leere heraus und ließ zu, dass sie sich über das Haus ausbreitete.

DIE GEBORENE ANFÜHRERIN

Bevor alle gekommen waren und Alicia ausgeflippt war, hatte Stefan Liv anvertraut, dass auch er getäuscht wurde. Er war davon überzeugt, dass Talon ihn daran gehindert hatte, ihn zu fühlen, da er sich normalerweise immer bewusst war, wenn das reine Böse in der Nähe war, wie bei Dämonen zum Beispiel. Stefan hatte jedoch zu keiner Zeit geahnt, dass Talon sich im Haus aufhält. Er hatte die Schwarze Leere nie gesehen. Er war genauso blind gewesen wie der Rest und das schmerzte jetzt.

Da sie sich keine Gedanken mehr um Gesetze und andere dumme Dinge machte, die ohnehin keine Rolle spielten, schob Liv ihre Hand in Stefans, als Clark das informelle Treffen begann, das nicht sehr lange dauern durfte. »Der erste Punkt auf unserer Tagesordnung muss lauten: Wie bekommen wir Papa Creola zurück.«

Viele der Ratsmitglieder und Krieger tauschten verwirrte Blicke aus.

»Vater Zeit«, erklärte Stefan.

»Ja, wir müssen ihn finden. Jetzt noch dringender als vorher«, bekräftigte Akio mit Blick auf Liv.

Sie schüttelte den Kopf. »Ich habe immer noch keine Spur. Ich hoffe aber, dass ich bald etwas höre. Die Person, die mir hilft, lässt alle nach ihm suchen, die für sie arbeiten.«

Die verängstigten Ratsmitglieder starrten sich gegenseitig an. Sie hatten sich schon einmal gestritten. Gezankt. Gegenseitig verhöhnt. Aber was sie jetzt bedrohte, war wichtiger, als recht zu haben oder sich gegenseitig zu übertrumpfen. Sie alle wussten ohne den Hauch eines Zweifels, dass Talon aufgehalten werden musste. Niemand hatte etwas einzuwenden. Jetzt ergab es Sinn, dass alle den Lügendetektortest bestanden hatten. Sie hatten das Haus nicht getäuscht und zahlreiche Feinde herausgelockt. Das war jetzt sonnenklar.

Es war immer Talon gewesen. Er hatte alles veranlasst, die Beaufonts, Livs Eltern und Geschwister, getötet. Er war der Drahtzieher hinter allem gewesen.

»Was sollen wir tun, während wir warten?«, fragte Haro.

»Der Rat muss sich kooperativ zeigen«, befahl Liv. »Ihr dürft nicht wirklich Fortschritte machen, aber ihr müsst den Anschein erwecken, dass es so ist.«

»Und was ist mit den Kriegern?« Bianca klang zum ersten Mal nicht wie ein weinerlicher, kleiner Trottel.

Liv schluckte, dachte nach. »Ich brauche Hilfe, wenn ich Papa Creola ausfindig machen will. Ich habe das Gefühl, dass dies keine Mission wird, die ich allein bewältigen kann. Vielleicht ... nein, ich brauche definitiv eure Hilfe und noch weitere.«

»Wie, wen?«, erkundigte sich Hester.

»Nun«, sagte Stefan, »es wäre gut, wenn wir von jeder der Rassen jemanden hätten. Ein Riese, der das Erdelement kontrolliert ...«

Liv nickte, weil sie wusste, dass er genau richtig lag. »Ja und wir werden eine Elfe für Wasser brauchen.«

»Überlasst das mir«, erklärte Akio. »Ich habe mit ziemlich vielen zusammengearbeitet, denen ich vertraue.«

»Okay«, stimmte Liv zu. »Ich kann König Rudolf bitten, mir einen Fae zuzuweisen, der mich unterstützt.«

»Was ist mit den Gnomen?«, erkundigte sich Trudy.

Liv schüttelte den Kopf. »Ich kann Feuerzauber wirken, dank Papa Creola, also sollte es von dieser Seite passen.« Es fiel ihr schwer, diese Worte herauszubekommen, weil sie wusste, dass irgendwo auf dieser Welt Vater Zeit außer Gefecht gesetzt war und Rettung brauchte. Wie er seit geraumer Zeit befürchtet hatte, war jemand hinter ihm her gewesen und es war ihm gelungen, aufzuerstehen, sobald Papa

DIE GEBORENE ANFÜHRERIN

Creola gefangen genommen war. Aber der Krieg war noch nicht vorbei und Liv hatte den festen Plan, ihn zu gewinnen und dem Gott-Magier für immer den Garaus zu machen.

Kapitel 30

Es war schwer für Liv, durch das überfüllte Kasino in Las Vegas zu gehen, weil sie wusste, dass draußen in der Welt schreckliche Dinge passierten. Sie wollte die Betrunkenen vor den Spielautomaten anschreien, dass Vater Zeit verschwunden war! Sie fühlte das Bedürfnis, den Spielern die Jetons auf den Spieltischen ins Gesicht zu werfen und ihnen zu sagen, dass sie in Gefahr waren, einfach nur aufgrund ihrer Sterblichkeit. Dann gab es noch diejenigen, die Essen in sich hineinstopften. Denen wollte sie eine scheuern, aber hauptsächlich nur, weil sie sich das Essen schmecken ließen, das Liv selbst gerne verspeist hätte, wofür sie aber keine Zeit hatte.

Sie nagte einen Bissen von einem der Proteinriegel ab, die Rudolf ihr zum Probieren geschickt hatte und zerkaute ihn, ohne etwas zu schmecken. In diesem Moment interessierte sie weder die Milchschokolade noch die Kokosflocken oder der knusprige Hafer. Sie brauchte die Nahrung lediglich, um ihre magischen Reserven aufzufüllen.

Liv schmeckte etwas, das ihren Geschmacksnerven widerstrebte und pulte es sich aus den Zähnen. »Oh, pfui, ekelhaft. Sind das getrocknete Erbsen?« Sie schüttelte entsetzt den Kopf und machte sich eine geistige Notiz, mit Rudolf über die Wahl seiner Zutaten zu sprechen, wenn alle tödlichen Bedrohungen vorüber waren – was, wenn sie nicht schnell handeln würde, vielleicht nie geschehen würde.

Liv rannte den ganzen Weg bis ins Penthouse des Cosmopolitan Casino auf dem Las Vegas Strip und wurde nicht langsamer, bevor sie die Gemächer des Königs erreichte. Gewohnheitsmäßig gewährten ihr die Wachen sofort Zutritt.

Sie eilte durch die Tür, bereit, Rudolf über das Grauen aufzuklären, das die Welt heimgesucht hatte, doch sie wurde durch eine Konfettibombe aufgehalten, die beim Betreten der Gemächer vor ihrem Gesicht explodierte.

Rudolf warf die Hände in die Höhe, den Mund weit aufgerissen, einen Partyhut aus Papier auf den Kopf. »Juhu!«

Liv atmete aus, die Papierschnipsel bedeckten ihren Kopf und ihr Gesicht. Sie versuchte ihre Gelassenheit wiederzuerlangen.

»Wow, das ging aber flott!«, rief Rudolf aus. »Ich habe dir die Mitteilung erst vor zwei Minuten geschickt.«

Liv atmete schneller. Sie wischte über ihr Gesicht und schüttelte den Kopf. »Wovon redest du denn da?«

»Die Einladung«, antwortete Serena, trat neben Rudolf, schlang ihre Arme um seine Taille und zog ihn fest an sich. Auch sie trug einen idiotischen Partyhut.

»Nochmals, mir ist klar, dass ihr alle denkt, dass meine Frage damit beantwortet wäre, aber das ist sie nicht.« Liv fühlte, wie sich ein Gewitter zusammenbraute.

»Die. Einladung. Zum. Feiern.« Rudolf betonte jedes Wort.

Liv senkte ihr Kinn. »Was feiern?«

Die beiden sahen sich an und lachten. Dann hielten sie inne. Sie schauten Liv an und lachten wieder. »Die Ankündigung unserer Schwangerschaft.«

Das hatte Liv nicht erwartet. Sie wollte schon den Kopf schütteln, ihr Glück zunichtemachen und ihnen sagen, warum sie gekommen war, aber sie brachte es nicht übers Herz. Stattdessen machte sie trotz ihrer Herzschmerzen einen Satz auf die beiden zu, schlang ihre Arme um sie und zog sie an sich. »Das sind großartige Neuigkeiten! Herzlichen Glückwunsch! Ich freue mich so sehr für euch.«

»Wir sind auch sehr glücklich«, bekannte Serena, als Liv sie losließ. »Es war zuerst ein ziemlicher Schock, da wir jeden einzelnen Fruchtbarkeitsritus ausprobiert hatten und es nicht geklappt hat. Aber Ru behauptet, du hättest gesagt, wir sollten aufhören uns so viele Gedanken zu machen und das haben wir getan. Wir haben sämtliche Behandlungen beendet und peng, waren wir schwanger! Fast am nächsten Tag!«

»Das klingt nicht danach, als hätte ich dabei geholfen; zumindest was das Timing betrifft«, zweifelte Liv.

»Ja, der Meinung bin ich auch. Das hättest du uns auf jeden Fall früher sagen können«, Rudolf neigte den Kopf zur Seite. »Aber deshalb bist du nicht hier.«

»Natürlich bin ich das«, log Liv und zog sich Richtung Eingang zurück. Sie musste ohne die Hilfe der Fae auskommen, was kein Problem darstellen sollte, da diese die Dinge normalerweise allein durch viel zu viel Gepäck bei Missionen unnötig verkomplizierten.

»Nein, bist du nicht«, erwiderte Rudolf. »Wenn es so wäre, hättest du den Partyhut auf dem Kopf, den wir mit der Einladung geschickt haben.«

Liv verdrehte die Augen. »Oh, du weißt doch, wie sehr ich Hüte hasse.«

»Und sie hätte ihr Haar gebürstet«, sagte Serena zu ihrem Mann.

»Hör auf, wie Bermuda zu reden«, schimpfte Liv. »Wie auch immer, ich freue mich sehr für euch beide. Denk einfach daran, dass das Baby orange wird, wenn du zu viele Karotten isst und dass, sosehr du es auch liebst, Kopfstände zu einem flachen Kopf führen, Serena.«

Liv drehte sich in der Absicht um, aus dem Saal zu rennen. Zu ihrer Überraschung packte Rudolf sie mit verblüffender Wendigkeit am Handgelenk. Er riss Liv mit einem ernsten Ausdruck auf seinem Gesicht herum.

»Deshalb bist du nicht gekommen«, bestand er darauf. »Sag es mir, Olivia.«

Liv befreite ihre Hand aus seiner und schüttelte den Kopf. »Nenn mich noch einmal so und ich werde dir Kobolde schicken, um dir deine Männlichkeit zu nehmen, damit du dich nie wieder fortpflanzen kannst.«

Rudolf wich schnell zurück und warf Serena einen verängstigten Blick zu. »Ich glaube, sie hat diese Macht. Wir sollten uns besser nicht mit ihr anlegen.«

Liv wischte den Rest Konfetti ab und schüttelte den Kopf. »Wie auch immer, ich freue mich für euch beide. Herzlichen Glückwunsch. Aber ich muss jetzt los.«

Rudolf wollte sie wieder erwischen, blieb aber stehen, als seine Hand die ihre streifte. Sie drehte sich um und starrte ihn wütend an.

»Was?«, knurrte Liv.

»Ich weiß, dass es noch einen anderen Grund gibt, warum du hier bist«, erklärte er, wobei er etwas ängstlich dreinschaute.

Liv betrachtete ihn und dann Serena. Sie wollte ihnen die Freude nicht verderben, aber was würde es nützen, wenn Talon seine volle Macht erlangte und die Welt zerstörte? Liv seufzte. »Okay, gut. Es gibt eine teuflische Macht mit Namen Talon, der die Sterblichen daran hindern möchte, Magie zu sehen und der das Haus der Vierzehn zurückerobert hat, das er jetzt wieder das Haus der Sieben nennt. Er hat Papa Creola entführt und wir wissen nicht, wo er ist, aber wenn wir ihn finden, brauchen wir ein Team, um ihn zu befreien.

Ich hatte gehofft, du könntest mir deinen besten Fae zur Begleitung und Unterstützung mitgeben.«

Nach dieser Zusammenfassung atmete Liv tief ein und wartete auf Rudolfs Antwort.

Er schien über diese Information fassungslos zu sein und schüttelte zehn Sekunden lang nur den Kopf. »Wie kann er es wagen, es wieder das Haus der Sieben zu nennen, nach all dem, was du auf dich genommen hast?«

Liv rollte mit den Augen. »Er ist derjenige, der ... Weißt du was, egal. Du richtest das Kinderzimmer fertig ein. Wir werden Papa Creola schon finden. Nur die Erbsen dürfen auf keinen Fall weiterhin in die Müsliriegel.«

Ein zweites Mal versuchte Liv sich umzudrehen und zu gehen, aber dieses Mal erschien Rudolf ihr gegenüber, nachdem er sich teleportiert hatte. Das war unglaublich beeindruckend, denn normalerweise war es an einem guten Tag für den Fae schon problematisch ein Erdnussbutter-Gelee-Sandwich zu schmieren. Sie blieb stehen, bevor sie in ihn hineinrannte.

»Oh, nein, das machst du nicht, Liv Beaufont.« Er fuchtelte mit dem Finger vor ihrem Gesicht herum.

Sie stieß ihn aus dem Weg. »Sei dankbar, dass ihr ein Kind bekommt. Sonst würde ich dich töten, König Rudolf.«

Er lächelte sie an. »Ich möchte helfen. Dieser Talon klingt nach einem echten Fiesling und ich werde nicht dabei zusehen, wie er die Sterblichen oder das Haus der Vierzehn verletzt. Melde für die Fae dreißig Gepäckstücke an.«

Liv atmete tief durch. »Dir ist klar, dass das kein Spendenmarathon wird, bei dem man haufenweise Schachteln mit Keksen von Pfadfinderinnen kauft, oder?«

»Das sagt man nur so«, erklärte Serena, ging um Rudolf herum und lächelte. »Und mein Mann hat recht. Wir werden helfen, auch wenn es ihn umbringt.«

Rudolf nickte seiner Frau zu. »Das bedeutet, dass ich der Fae bin, der mit dir in den Kampf ziehen wird.«

Zu Livs Schock nickte Serena wieder, als wäre es eine gute Idee.

Liv wich zurück. »Oh, nein. Ihr beide werdet ein Kind bekommen, das dieses Königreich irgendwann erben wird. Ich werde auf keinen Fall zulassen, dass du, der bald Vater des ersten Sterblichen-Schrägstrich-Faekindes wird, dein Leben riskierst bei der wahrscheinlich gefährlichsten Mission, die ich je als Kriegerin für das Haus der Vierzehn antreten werde.«

Rudolf gab nicht auf. »Nein, Liv, du musst verstehen, dass ich das tun muss.«

Sie zog die Hände zurück und schüttelte vehement den Kopf. »Dann geh Bungee-Jumping oder Seilrutschen. Finde einen anderen Weg, um deinen Nervenkitzel zu bekommen, bevor das Baby kommt. Aber das ist nicht der richtige Weg.«

Rudolf ließ sich nicht abschrecken und schaute sie so ernst an wie nie zuvor. »Liv, versteh mich. Mir geht es nicht um den letzten Nervenkitzel. Ich will es tun, weil es wichtig ist. Welchen Sinn hat es schon, ein Kind auf die Welt zu bringen, wenn diese zerstört wird? Was hat es für einen Sinn, der König der Fae zu sein, wenn ich nicht antrete, um mein Volk zu verteidigen, wenn die Zeit gekommen ist? Dieser Talon-Trottel klingt, als bräuchte er einen Arschtritt und ich möchte derjenige sein, der ihm den verpasst ...« Er warf einen fragenden Blick auf Serena. »Wenn das für dich okay ist, Süße?«

Serena lächelte und nickte mehrfach. »Ja, Ru.«

Er wandte sich wieder Liv zu. »Nun denn, da hast du es. Ich möchte mit auf deine Mission gehen und diesen großen Bösewicht erledigen. Bitte, Liv.«

Liv dachte nach. Sie hatte erwartet, dass Rudolf ihr einen seiner besten Fae-Soldaten zuteilen würde, nicht sich selbst, aber sie musste respektieren, was er sagte. Er war aber ihr Freund, erwartete ein Kind, war König der Fae und sie wollte auf keinen Fall, dass ihm etwas zustieß. Um ehrlich zu sein, wollte sie nicht, dass irgendjemandem, den sie liebte, etwas passierte und sie nahm viele von ihnen mit auf die Mission – Stefan, Rory, Akio, Trudy und viele andere.

Nein, entschied Liv. Sie konnte nicht das Leben weiterer Freunde aufs Spiel setzen.

Sie atmete langsam aus und überlegte, wie sie es Rudolf beibringen konnte. »Sieh mal, Rudolf, obwohl …«

»Nein, schau *du*, Kriegerin Beaufont«, unterbrach Rudolf sie, trat vor und drückte seine Nase gegen ihre. »Ich bin der König der Fae und ich fordere es ein, mit auf diese Mission zu gehen. Wenn du dich weigerst, werden wir von jetzt an bis in alle Ewigkeit jegliche Unterstützung für das Haus verweigern. Entweder du erlaubst mir, dir als Freund zur Seite zu stehen oder du kannst mich als deinen Feind betrachten.«

Liv stierte dem Fae vor ihr in die Augen und versuchte herauszufinden, wie ernst es ihm war. Als er in Gelächter ausbrach und ihr dabei ins Gesicht spuckte, wurde ihr klar, dass sie nicht den Ernst seiner Worte, sondern seinen Reifegrad infrage stellen musste. Als er sich wieder aufgerichtet hatte und sie streng anschaute, streckte Liv ihm ihre Hand entgegen.

»Wenn du dich uns anschließen möchtest, wären wir stolz, dich, König Rudolf, dabei zu haben«, sagte sie zu ihrem Freund.

Er sah aus, als könne er es nicht fassen, weil er mehrfach zu Serena blickte. Schließlich nahm er ihre Hand und schüttelte sie. »Ich freue mich, diesen Kampf um die Zukunft an deiner Seite führen zu dürfen.«

Liv zwinkerte Serena zu. »Für zukünftige Generationen, die uns eines Tages zu noch größeren Dingen führen werden.«

Kapitel 31

Bermuda Laurens marschierte neben dem langen Esszimmertisch auf und ab, an dem die Krieger, Alicia, Rory und Rudolf saßen. Das hatte sie in letzter Zeit sehr oft getan, wodurch Livs Nerven noch mehr strapaziert wurden.

Nur eine Minute zuvor hatte Liv den Ort erfahren, an dem Papa Creola gefangen gehalten wurde. Sie zeigte ihn Bermuda, weil sie davon ausging, die Riesin wüsste am meisten über das Monster, das ihn dort als Geisel hielt.

»Ist es Disney World? Ist Papa Creola da?«, fragte Rudolf und schaute zwischen Liv und Bermuda hin und her.

»Nein. Zum zehnten Mal, dort ist er nicht«, maulte Liv.

Der Fae zuckte die Achseln. »Das war doch eine nachvollziehbare Vermutung. Ich habe mich dort etwa ein Vierteljahrhundert lang verirrt, daher dachte ich, das Gleiche ist Papa Creola auch passiert.«

»Er hat sich nicht verirrt«, sagte Trudy, die stoisch neben Akio saß.

»Nein, das hat er nicht, aber es wird passieren, je länger er dort bleibt.« Bermuda wandte sich der Gruppe zu. Sie blickte Liv zuversichtlich an. »Aber ihr könnt ihn zurückholen. Ich bin davon überzeugt.«

Liv nickte und war mehr denn je dankbar für die Unterstützung durch die Riesin. Sie stand auf und schaute den Tisch hinunter. »Papa Creola ist von niemand anderem, als der Gorgonenschwester Medusa entführt worden.«

»Oh, diese Hexe gibt einfach nicht auf, was? Sie wird niemals aufgeben, bis sie endlich einen Mann bekommt«, meinte Rudolf kopfschüttelnd.

»Du kennst Medusa?«, fragte Rory neben ihm.

»Sie kennen? Wir sind früher miteinander ausgegangen«, erklärte Rudolf. »Dieses Luder hat ein oder zweimal versucht, mich mit ihrer sexy Art zu ködern, aber ich habe mich geweigert, auf ihre hinterhältigen Tricks reinzufallen.«

Liv schielte zu dem Fae. »Medusa? Bist du sicher?«

Er blinzelte ihr zu. »Oh warte, du sagtest ›die Gorgonenschwester Medusa‹?« Rudolf schüttelte den Kopf. »Nein, ich dachte an jemand anderen. An eine Sirene, die auch einen Schlangenkopf hat, Medura. Sie kann niemanden in Stein verwandeln, aber sie wird versuchen, das wichtigste Teil eines Mannes steinhart zu machen … wenn ihr wisst, was ich meine.« Er stieß Rory mit dem Ellbogen in die Seite, aber der Riese war nicht für Scherze zu haben.

Liv seufzte und warf einen Blick auf Bermuda. »Kann er gehen? Wir brauchen keinen Fae, richtig?«

»Doch, du wirst ihn tatsächlich brauchen«, antwortete sie. »Ein Eiszauber kann sich als sehr nützlich erweisen. Eis wirkt wie ein Spiegel, denn nur so kann man die Medusa betrachten, ohne zu Stein zu werden.«

Alicia trommelte mit den Fingern auf dem Tisch. Sie war so unruhig wie der Rest von ihnen. »Ich kann auch Tablets herstellen, die wie Spiegel funktionieren. Ich dachte auch an Kommunikationssysteme für alle von euch, die sich auf die Mission begeben.«

»Obwohl das eine gute Idee ist«, versuchte Bermuda sich an einem Kompliment, »wird es nicht funktionieren. Medusa hat sich auf eine Insel vor der Küste der Türkei zurückgezogen. Sie liegt im antiken Aeolis, das als verschwunden gilt. In Wirklichkeit ist es einfach nur verborgen. Du wirst die Navigationsmagie der Elfen benötigen, um die Insel zu finden. Ansonsten musst du viel länger suchen, als Papa Creola noch hat. Je länger er aus Stein ist, desto schwieriger wird es, ihn wieder in seine normale Gestalt zurückzuverwandeln.«

Alle am Tisch schauten zu Akio, der sich für die Rekrutierung eines Elfen für die Mission als verantwortlich zeichnete. »Leider war keiner der Elfen, mit denen ich sprach, daran interessiert mitzumachen.«

»Ich verstehe, heute Nacht ist Vollmond und zu dieser Zeit verlassen Elfen ihr Zuhause nur ungern. Ihre Kräfte sind an diesen Tagen stark geschwächt«, stellte Bermuda sachlich fest.

»Diese Information hätte ich mir gewünscht, bevor ich all diese kriminellen Elfen gejagt habe, um unsere Loyalität gegenüber ihrer Rasse zu beweisen«, bemerkte Stefan.

Bermuda warf die Hände nach oben. »Hat denn niemand mein Buch gelesen?«

»Du hast ein Buch verfasst?«, fragte Rudolf. »Sind da Bilder drin?«

Liv hob ihre Hand und wandte sich an Akio. »Ich kann uns auf die Insel bringen, weil Dakota Sky, der König der Elfen, mir einen Navigationsstein geschenkt hat.«

Der Krieger nickte. »Als ich sie um Hilfe bat, gaben sie mir die Wassermagie.«

»Oh, schön!«, jubelte Rudolf. »Ich wäre gern zusammen mit einem Wassermann im Team, wenn wir auf die Insel reisen.«

Liv schüttelte den Kopf. »Nein, ich glaube, wir müssen Zweierteams mit ausgeglichenen Fähigkeiten bilden. Rudolf, du gehst mit Rory, denn so habt ihr beide eine reflektierende Oberfläche.« Sie deutete auf Trudy und Akio. »Ihr beide werdet zusammen sein und Akios Wassermagie als Spiegel benutzen.« Liv warf Stefan einen Blick zu. »Du kommst mit mir.«

Er nickte sofort.

»Was ist mit uns?« Maria Rosario deutete auf sich und Emilio.

Sie war immer so ruhig und bescheiden, dass man leicht vergessen konnte, dass sie anwesend war. Liv hatte bisher kaum Gelegenheit, die Kriegerin kennenzulernen, nicht so wie die anderen.

»Maria und Emilio, wir brauchen euch als Krieger da draußen, um das zu tun, was Talon befohlen hat oder zumindest den Anschein zu erwecken, als täten wir es«, erklärte Liv.

»Du möchtest also, dass wir den Rest der Familien der Sterblichen Sieben finden«, vergewisserte sie sich.

Liv nickte. »Spürt sie auf. Behaltet sie im Auge. Lasst nicht zu, dass ihnen etwas passiert.«

»Also soll ich sie nicht töten?«, hakte Maria nach.

Liv neigte ihren Kopf zu der anderen Kriegerin und schielte, als hätte sie sie falsch verstanden. Schließlich verstand sie, warum sie nicht viel Zeit mit Maria verbracht hatte; sie war auf ihre Art verrückt. »Nein, du sollst niemanden töten.«

»Aber das ist es doch, was Talon von uns fordert«, argumentierte Maria.

»Richtig«, sagte Liv und zog das Wort in die Länge. »Ich möchte, dass es *so aussieht, als würdest* du tun, was er verlangt, aber in Wirklichkeit tötest du niemanden. Ergibt das für dich Sinn?«

Maria zuckte die Achseln. »Okay, aber sie zu töten wäre überzeugender.«

Liv und Stefan tauschten irritierte Blicke aus. Sie machte sich eine geistige Notiz, dass Maria eine psychologische Beurteilung erhalten und möglicherweise ersetzt werden müsste, wenn sie lebend aus dieser Sache herauskämen und das Haus fortbestehen würde.

»In Ordnung, ihr habt eure Befehle«, sagte Liv mit Blick auf die Anwesenden am Tisch. »Den Rest von euch, ohne Bermuda und Alicia, will ich bei mir haben.«

Emilio nickte und verschwand aus dem Raum.

Maria stand noch da und wirkte ein wenig verwirrt. »Gut. Ich werde die Familien der Sterblichen Sieben ausfindig machen und sie nicht ermorden.« Sie ging ohne ein weiteres Wort.

Stefan warf den anderen einen spekulativen Blick zu. »Hat jemand von euch geahnt, dass sie verrückt ist?«

Akio zuckte die Achseln. »Ich persönlich habe sie nie viel sprechen hören.«

»Ich dachte immer, sie wäre einfach nur schüchtern«, fügte Trudy hinzu.

»Ich fand sie ziemlich charmant«, tat Rudolf kund. »Eine echte Problemlöserin.«

Liv atmete tief durch und konzentrierte sich wieder. »Okay, wir gehen alle zusammen und teilen uns in die Teams auf, sobald wir dort sind. Ich will, dass das so schnell wie möglich erledigt ist. Wie Bermuda bereits sagte, die Zeit drängt.«

»Zeit!«, lachte Rudolf. »Wir werden Vater Zeit retten. Verstanden?«

Rory schüttelte den Kopf über den Fae, bevor er sich Liv zuwandte. »Was ist mit dir und Stefan? Ihr habt keine reflektierende Oberfläche.«

»Jetzt haben sie eine«, mischte sich Bermuda ein und schnippte mit den Fingern.

DIE GEBORENE ANFÜHRERIN

Vor Liv erschien ein wunderschön gearbeiteter Schild, der aus Spiegeln bestand, die in verschiedenen Winkeln angebracht waren. Ihr Mund klappte auf, was sie in der spiegelnden Oberfläche deutlich sah. »Wow, wunderschön!« Sie fuhr mit den Fingern beinahe zärtlich über die unglaubliche Handwerkskunst.

»Ziemlich eingebildet, oder?« Rudolf stieß Rory wieder mit dem Ellbogen.

»Ich glaube, sie spricht von dem Schild«, sagte der Riese und sah seine Mutter an. »Ist das der Schild der Athene?«

Bermuda nickte stolz. »Ja, er wurde schon einmal benutzt, um Medusa zu besiegen und ich denke, es ist angemessen, dass er ein zweites Mal zum Einsatz kommt. Er ist ein Stück aus meiner persönlichen Sammlung, aber ich möchte, dass du ihn bekommst, Liv.«

»Danke.« Liv starrte immer noch ehrfürchtig auf den Schild.

»Sie wurde einmal besiegt?«, fragte Trudy. »Wie kann Medusa dann zurück sein?«

»Sie ist nicht wirklich zurück«, erklärte Bermuda. »Sie ist in dem Tempel eingesperrt, in den sie nach ihrer ersten Niederlage geschickt wurde. Es scheint aber, dass Talon sie erweckt hat. Er muss Papa Creola dorthin gelockt haben. Nach den Informationen, die Liv erhalten hat, ist Vater Zeit in Stein verwandelt worden.«

»Wie können wir ihn davon befreien?«, fragte Akio.

Die Riesin schaute Liv an. »Ich bin mir nicht sicher, aber wenn irgendjemand das kann, dann seid ihr es.«

Kapitel 32

Liv zeigte auf eine Stelle mit kristallblauem Wasser und sagte: »Es ist genau dort.«

Akio schielte. »Ich sehe gar nichts.«

»Das ist der Standort des Medusentempels«, erklärte Liv beim erneuten Betrachten des Navigationssteins. »So muss es sein.«

»Könnte er gesunken sein?«, fragte Stefan.

»Nein, wir können ihn aufgrund eines Zaubers nur nicht entdecken, bevor wir Kurs darauf nehmen«, erklärte Rory, nahm den Stein von Liv und übergab ihn Rudolf, der am Steuer seines Schiffes, der *Serena*, stand. »Bring uns dorthin.«

»Alles klar, Skipper«, zwitscherte Rudolf. Seit er wieder auf dem offenen Meer war, lächelte er nur noch. Das Meer tat ihm gut.

Liv war dankbar, dass die Aufmerksamkeit aller auf den Kapitän und die unsichtbare Insel gerichtet war. Sie nutzte die Gelegenheit, um die Notiz aus der Tasche zu ziehen, die Clark ihr vor der Abreise gegeben hatte. Es war keine Zeit für einen richtigen Abschied oder gute Wünsche gewesen. Als Liv ihn und Sophia schnell umarmt hatte, hatte er den Zettel in ihre Tasche gesteckt.

Das Papier war feucht von der Seeluft, als sie es entfaltete. Die Notiz war kurz und bündig, was charakteristisch für ihren Bruder war.

Liv,

sei vorsichtig. Komm wieder gut nach Hause. Wir brauchen dich und zwar nicht nur, weil du der beste Krieger bist, den das Haus je hatte. Ohne dich wäre ich verloren.
Familia est sempiternum
Clark

Liv blinzelte die Tränen in den Augen weg und hob ihr Kinn, damit ihr die salzige Luft ins Gesicht wehte.

»Bist du bereit dafür?«, fragte Stefan, nachdem er lautlos neben ihr aufgetaucht war.

»Ich glaube nicht, dass es eine große Rolle spielen dürfte, wenn ich es nicht wäre«, antwortete sie, faltete den Zettel ihres Bruders und steckte ihn wieder in die Tasche. Dort fand sie das kleine Paket von Papa Creola, das sie erst dann öffnen durfte, wenn alle Hoffnung verloren war.

»Was ist denn das?«, fragte Stefan.

»Ich habe keine Ahnung.«

Er nickte, als ob das logisch wäre. »Ich trage auch ständig Päckchen mit mir herum, von deren Inhalt ich keine Ahnung habe.«

»Ach ja?«, zwinkerte sie ihm zu. »Das ist von Papa Creola. Ich darf es nur benutzen, wenn mir die Optionen ausgehen. Anscheinend ist es ein Teil seiner Macht.«

Stefan pfiff und schüttelte den Kopf. »Verdammt. Dieser Mann musste mich wohl so vorführen. Sieht aus, als müsste ich mein Geburtstagsgeschenk für dich überdenken.«

Liv lachte. »Es könnte auch meine Magie ausbrennen, wenn ich es benutze.«

»Das ist dann wohl der Grund dafür, dass es nur als letztes Mittel eingesetzt werden sollte«, vermutete Stefan.

Das Schiff schwankte, kam abrupt zum Stillstand und Liv wurde nach vorne katapultiert. Frustriert blickte sie nach hinten zu Rudolf.

»Ahoi! Ich habe Land gefunden!«, rief er aus.

»Nicht, dass wir das nicht bemerkt hätten«, rief Rory ärgerlich und sah zu Liv. Sie war sich ziemlich sicher, dass er sauer war, weil sie ihn mit Rudolf zusammen in ein Team gesteckt hatte, aber so war es am besten. Rudolfs leichtsinnige Art würde gut zu Rorys Ernsthaftigkeit passen. Sie hatte die Erfahrung gemacht, dass Teams am meisten erreichen konnten, wenn sie ausgeglichen waren.

Stefan warf sich den Bogen über die Schulter und starrte auf die schöne, üppig bewachsene Insel, die buchstäblich aus dem Nichts aufgetaucht war. »Eher bescheiden, nicht wahr?«

Die Insel war klein, etwa so groß wie ein Fußballfeld. In der Mitte befand sich ein großes, rundes von Säulen umgebenes Gebäude. »Ich habe auf die harte Tour lernen müssen, dass ›bescheiden‹ normalerweise eher schlecht ist«, bemerkte Liv. »Ich wäre weniger beunruhigt, wenn sie größer wäre und ein riesiger Wolkenkratzer darauf stünde.«

»Ja, die gefährlichsten Leute, die ich kenne, sind ziemlich unscheinbar«, bestätigte Akio und nahm den Platz neben Stefan ein.

»Ich habe Gerüchte gehört, dass der jüngste Drachenreiter bald zur Elite gehören wird«, erklärte Trudy.

Liv schluckte. Sie wusste, dass die Seherin keine Gerüchte gehört hatte. Trudy hatte es in einer Vision gesehen und deshalb musste es wahr sein. Liv durfte jetzt nicht mehr daran denken. Sie musste sich einzig und allein darauf konzentrieren, Papa Creola zu retten.

Rudolf rieb sich die Hände, dann stürmte er an den Kriegern vorbei, sprang über den Bug des Schiffes und landete auf dem Sand. »Kommt schon. Worauf wartet ihr noch?«

Liv hob ihre Hand. »Folgt dem König. Er macht das offensichtlich weniger widerwillig als wir.«

»Oh, verdammt«, jammerte Rudolf. »Ich glaube, ich bin in Vogelscheiße getreten.«

Stefan zwinkerte ihr zu. »Du bist hier der wahre Anführer. Gute Idee, ihn als Ersten von Bord zu lassen.«

Kapitel 33

Die Krieger arbeiteten wie eine Einheit, jeder blieb wachsam und achtete auf potenzielle Gefahren, während sie sich auf den Weg über die Insel zu dem großen weißen Gebäude machten.

Sie hatten noch nie gemeinsam an einer Mission teilgenommen, aber es hatte auch noch nie einen Grund für sie gegeben, ihre Kräfte zu bündeln. Egal was auch geschah, Talon Sinclair musste aufgehalten werden und es war nur sinnvoll, dass Papa Creola der Einzige war, der das konnte. Talon hatte wochenlang versucht ihn zu Fall zu bringen, erkannte Liv rückblickend. Papa war der Einzige, der Talon davon abhalten konnte, an die Macht zu kommen und sobald er zurück wäre, konnte dieser machthungrige Mörder gestoppt werden. Aber zuerst musste Liv Papa Creola befreien.

Vorsichtig näherte sich die Gruppe der Front des Gebäudes, wobei Liv die Führung übernahm. Sie war überrascht, keinen feuerspeienden Drachen oder menschenfressende Skelette aus dem Sand auftauchen zu sehen. Das hieß aber längst nicht, dass der vor ihnen liegende Weg einfach sein würde.

Nachdem die Gruppe sich am Eingang versammelt hatte, benutzte Liv ihren Schild, um festzustellen, ob sich Medusa im Tempel befand. Ihre Untersuchung ergab, dass der erste Raum des Tempels mit drei Türen versehen war. Liv lugte um die Ecke, Stefan tat das Gleiche auf der anderen Seite des Eingangs.

Der Tempel war wunderschön, mit einer offenen Decke und kunstvoll verzierten Marmorböden und -wänden. In der Mitte des runden Raumes stand eine schöne Statue, die im Sonnenlicht leuchtete.

Liv spannte sich an, als sie realisierte, was sie in der Mitte des Tempels sah. »Das ist keine Statue.«

Stefan folgte ihrer Blickrichtung und hielt seinen Bogen bereit, während er weiter den Raum absuchte.

Liv eilte der steinernen Gestalt von Papa Creola entgegen.

»Nein!«, schrie Stefan. »Das könnte eine Falle sein.«

Liv schüttelte den Kopf. »Ist es nicht.« Sie war sich nicht sicher, woher sie das wusste, denn ihr Instinkt leitete sie.

Zaghaft berührte sie das Gesicht der Statue. Papa Creola war genauso, wie sie ihn in Erinnerung hatte, mit seinen runden Wangen und den großen Augen, aber er war aus Stein und sein Mund stand vor Entsetzen weit offen.

Plötzlich fühlte Liv Schmerzen in ihrer Brust. Nicht nur, weil sie sich um den kleinen Mann sorgte, der sie immer herumkommandierte und sich in ihre Angelegenheiten einmischte, sondern auch deswegen, wer er war.

Er war die Vergangenheit, die Gegenwart und die Zukunft. In einem Wimpernschlag konnte er ein Jahrhundert vergehen sehen. Er kontrollierte, wie Mutter Erde, einen Großteil der Welt, die jeder kannte. Als Liv ihn so versteinert sah, wurde ihr klar, wie sehr sie dem Untergang geweiht waren. Wenn er so bliebe, würde nicht nur Talon herrschen und die Welt zugrunde richten, für deren Schutz sie arbeitete, vielmehr würde die Welt ohne Papa Creola zügig in einen Abgrund der Zerstörung stürzen.

Stefan erschien hinter Liv und sie fühlte seine Hand auf ihrem Rücken. »Entschuldigung, ich habe mir nur Sorgen gemacht«, flüsterte er ihr ins Ohr. »Aber ich vertraue dir.«

Liv drehte sich zu ihm um und bemerkte, dass sein Verständnis nicht besser sein konnte. Sie wollte keinen Partner, der ihr sagte, was sie zu tun hatte. Der sie anschrie, wenn sie tat, was sie wollte. Sie brauchte jemanden an ihrer Seite, der sie ergänzte. Der stark an ihrer Seite stand, sie unterstützte und an sie glaubte – genau wie Stefan es tat.

Liv nickte. »Das ist keine Falle. Sie sind durch diese Türen verschwunden.« Es fühlte sich wahr an, als wäre sie schon einmal hier gewesen.

»Woher weißt du das?«, fragte Rory von hinten.

»Vielleicht, weil es genau hier geschrieben steht.« Rudolf zeigte auf eine Gravur über der Tür.

Da stand Folgendes zu lesen: ›Diejenigen, die diejenigen retten wollen, die ich in Stein verwandle, müssen sich von jeder der Gorgonenschwestern eine Münze verdienen. Vor euch liegen die Abgründe unserer Seelen. – Medusa‹

»Keine große Dichterin, die alte Medusa, oder?«, fragte Rudolf.

»Also muss ein Raum Stheno gehören«, bemerkte Trudy nachdenklich.

»Und ein weiterer Euryale«, fügte Akio hinzu. »Sie waren beide unsterblich.«

»Aber was ist mit Medusa?«, fragte Stefan.

»Sie kann getötet werden«, erklärte Rory. »Aber lasst euch nicht täuschen. Sie wird am schwersten zu besiegen sein.«

»Okay, wir brauchen diese Münzen«, entschied Liv sofort. »Wir werden uns aufteilen.« Sie zeigte auf den ersten Raum. »Akio und Trudy, ihr nehmt diese Tür. Rory und Rudolf, ihr geht in den zweiten Raum. Stefan und ich nehmen den von Medusa.«

Liv sprang in Richtung der ersten Tür und stellte schnell fest, dass sich niemand bewegte. Sie drehte sich um, besorgt, dass alle in Stein verwandelt wurden. Doch ihre Mitstreiter blinzelten ihr einfach nur zu.

»Worauf wartet ihr noch?«, fragte Liv verständnislos.

»Ich weiß nicht«, antwortete Rudolf. »Vielleicht auf eine Rede oder so etwas, furchtlose Anführerin.«

Liv seufzte. »Ernsthaft? Uns läuft die Zeit davon. Und Medusa könnte ... Nein, streicht das, sie *ist* hier irgendwo und wartet darauf, uns wie Papa Creola aussehen zu lassen. Geht durch die Tür, die ich euch zugewiesen habe und holt die Münze.«

Niemand rührte sich.

Liv rollte mit den Augen und fügte hinzu: »Bitte.«

Trotzdem blinzelten ihr alle nur zu. »Gut«, fuhr sie fort. »Geht hinaus und besiegt die Gorgonenschwestern. Bewegt euch vorsichtig, schaut nie irgendwo hin, ohne zuerst einen Blick auf eine reflektierende Oberfläche zu werfen. Kommt lebend hierher zurück, denn wenn einem von euch etwas passiert, werde ich sauer.«

Rudolf lachte und schlug Rory auf den Rücken. »Ich weiß nicht, wie es dir geht, aber das war das Feuer, das ich unter meinem Hintern gebraucht habe. Bist du bereit einer Dame gegenüberzutreten, die wahrscheinlich schon lange, lange Zeit keine Verabredung mehr hatte?«

Rory nickte. »Ja, lass es uns tun.«

Akio und Trudy salutierten vor Liv. Sie war erstaunt über die Respektsbekundung, aber sie nahm die Geste entgegen und beobachtete, wie die beiden auf ihre Tür zumarschierten.

Nachdem die anderen Teams verschwunden waren, wandte sich Liv an Stefan. »Bist du bereit dafür?«

Er grinste sie mit einem grimmigen Ausdruck in den Augen an. »Wie jemand sehr Weises einmal zu mir gesagt hat: ›Ich glaube nicht, dass es eine große Rolle spielt, wenn ich es nicht bin.‹«

Kapitel 34

kio Takahashi war es gewohnt, allein zu arbeiten. Tatsächlich aber freute er sich auf die Zusammenarbeit mit Trudy DeVries.

Er hatte eine große Vorliebe für Seherinnen, weil seine Großmutter Kazuko einst eine war. In einer ihrer Prophezeiungen hatte sie geweissagt, dass eines Tages ein Krieger für das Haus ihre Gabe besitzen würde. Obwohl Trudy Akio nie gesagt hatte, dass sie ein Orakel war, hatte er es von Anfang an gewusst, da er in ihren Augen dieselbe Weisheit erkannte, die in den Augen seiner Großmutter lag, als er aufwuchs.

Akio hatte auch großen Respekt vor Liv Beaufont. Sie hatte einen Instinkt, der nach Aussage seines Vaters niemandem gelehrt werden konnte; er war angeboren. Sie war mutiger als die meisten und hatte eine Gnade in sich, die von ihrer Zuneigung zum Leben sprach. Es gab nur wenige, von denen Akio Befehle annehmen würde, aber Liv war definitiv eine davon. Als sie ihn mit Trudy zusammen in ein Team gesteckt hatte, wusste er, dass es die richtige Entscheidung war. Er glaubte, sie würden sich gegenseitig ergänzen.

Vorsichtig schob er die Klinge seines Schwertes Rakurai durch den Türspalt, wobei er penibel darauf achtete, dass er nur die Klinge im Auge behielt. Die reflektierende Oberfläche zeigte einen großen Raum, der von Fackeln beleuchtet wurde. Der Geruch von Moos stach ihm in die Nase und das Geräusch von fließendem Wasser begrüßte seine Ohren.

Er warf Trudy einen kurzen Blick über die Schulter zu. »Ich denke, es ist sicher.«

Sie nickte zu ihm hinunter, denn sie war ein gutes Stück größer als Akio.

Akio atmete langsam aus, behielt den Kopf gesenkt und den Blick auf den Steinboden gerichtet, als er den großen Raum betrat. Auf diese Art und Weise war er noch nie an einen Kampf herangegangen. Sein Vater hatte ihm beigebracht im Kampf das Kinn oben zu halten und mit den Augen umherzuschweifen, aber sich einer der Gorgonenschwestern oder was auch immer in diesem Raum war, zu stellen, erforderte eine völlig andere Herangehensweise.

Wasserspritzer hallten in seinem Rücken wider. Er neigte sein Schwert und blickte auf die Klinge. Da war nichts. Die Klinge war nicht sonderlich breit und machte sie als reflektierende Oberfläche eher unpraktisch. Akio wollte eine Wand aus Wasser beschwören, wie es ihm die Elfen beigebracht hatten, aber Trudy hinderte ihn daran.

»Das ist nicht nötig«, versicherte sie ihm und drehte sich mit dem Rücken zum Becken.

Akio fragte nicht, woher sie gewusst hatte, was er vorhatte oder warum es unnötig war. Stattdessen kopierte er einfach ihre Bewegungen und sah sich in dem höhlenartigen Raum um. Das trübe Wasser vor ihnen bewegte sich, als wäre gerade eine Brise darüber hinweggezogen. Das Becken war etwa halb so groß wie ein olympisches Schwimmbecken. Es war zu trüb, um zu erkennen, was unter der Oberfläche schwamm, obwohl Akio ahnte, dass es in Anbetracht der Wasserbewegungen etwas Großes sein musste.

»Woher wissen wir, dass Medusa sich nicht materialisieren wird?«, flüsterte Akio und beobachtete weiterhin die Wasseroberfläche.

»Ich weiß es«, meinte Trudy mit zusammengebissenen Zähnen und hielt ihr schweres Schwert bereit.

»Möchtest du sonst noch etwas weitergeben?«, wollte Akio wissen, als eine Flosse die Wasseroberfläche zerschnitt und dann sofort wieder verschwand.

»Ja, du solltest diese Seite nehmen«, antwortete Trudy.

»Vom Pool?«, vermutete Akio.

Sie schüttelte den Kopf, als das größte Seeungeheuer, das Akio je gesehen hatte, aus dem Becken geschossen kam. Ein herzzerreißender Schrei ertönte aus seinem breiten Maul und hallte durch den Raum. Das Vieh hatte mehrere Zahnreihen und einen rachsüchtigen Blick in seinen schwarzen Augen. Es sah aus wie eine Kreuzung zwischen einer Riesenschlange und dem Monster von Loch Ness.

Der Rücken des Tieres war mit scharfen Stacheln bedeckt. Am Bauch befanden sich zwei seitliche Flossen, die um sich schlugen und Trudy und Akio mit Wasser bespritzten. Es verschwand wieder unter Wasser und erzeugte große Wellen, die über den Beckenrand schwappten und den Boden unter ihren Füßen fluteten.

»Du meinst also, ich soll den Schwanz des Monsters übernehmen?«, fragte Akio.

Trudy stimmte mit einem Nicken zu. »Ich nehme den Kopf. Unterschätze die Reichweite des Schwanzes nicht. Er kann viel weiter reichen, als du annimmst.«

»Soll heißen?«, bohrte Akio vorsichtig weiter.

»Wenn du nicht willst, dass sich das wiederholt, was ich gesehen habe, dann geh davon aus, dass es in diesem Raum keine einzige Stelle gibt, die vor diesem Seeungeheuer sicher ist.«

Akio nickte, einmal mehr dankbar, an der Seite der Seherin zu sein. Scheinbar hatte sie ihm bereits jetzt geholfen, sein Leben zu behalten.

Kapitel 35

Rory hielt Rudolf auf, bevor sie an die Tür traten. »Hast du eine Waffe?«

Der Fae klopfte an die Seite seines Kopfes. »Ja, die tödlichste aller Zeiten! Mein Gehirn!«

Der Riese rollte mit den Augen und ging davon aus, dass sie wahrscheinlich dem Untergang geweiht waren. Aber Rudolf hatte seine Magie und Rory wollte glauben, dass er in der Klemme hilfreich sein könnte. Er hatte über ein halbes Jahrhundert überlebt ... irgendwie.

»Würdest du etwas Eis hineinlegen?«, fragte Rory und öffnete die Tür zum zweiten Raum vorsichtig ein Stück, wobei er mit seinen Augen jedoch zur Seite blickte.

Rudolf seufzte, als wären das nur Kinkerlitzchen. Dann zeigte er mit dem Finger durch den Spalt und erzeugte eine dünne Eisschicht auf dem Boden und der Wand direkt hinter der Tür. »Alles erledigt, mein großer Freund.«

Rory öffnete die Tür ein wenig weiter und starrte auf den vereisten Boden, während Rudolf die Eiswand studierte.

»Alles bestens«, behauptete der Fae und drückte die Tür vollständig auf und trat ein. Auf dem Eis zog es ihm sofort die Füße weg und er landete unsanft auf seinem königlichen Hintern. »Es geht mir gut.« Er hustete bei diesen Worten und klang, als wäre ihm für einen kurzen Moment die Luft weggeblieben.

»Ich bin mir nicht sicher, ob es eine gute Idee war, den Boden zu vereisen«, kommentierte Rory und hielt seine Augen auf die Eiswand gerichtet, die den Raum vor ihnen reflektierte, als er über Rudolf hinweg trat. Die Spiegelung zeigte nicht viel, nur, dass Medusa nicht darauf wartete, sie in Stein zu verwandeln. Eigentlich hätte Rory schwören können, dass er in den Spiegelungen Gestrüpp erkannte, aber er konnte sich nicht sicher sein.

Er starrte auf die Eiswand und reichte Rudolf die Hand, um den Fae vom Boden hochzuziehen. »Würdest du bitte noch ein paar weitere Eiswände schaffen?«

Rudolf fasste sich an die Brust und schaute zu Rory. »Ich bin es nicht gewohnt, mit solcher Höflichkeit angesprochen zu werden. Normalerweise heißt es ›Ru, mach das‹ oder ›König, du hast deine Hose verkehrt herum an.‹ Und dann heißt es: ›Unterschreibe all diese Formulare, damit die Rothaarigen nicht mehr in die Pools auf den Dächern dürfen. Ihre blasse Haut blendet die Hubschrauberpiloten.‹ Und: ›Deine Hose ist wieder verkehrt herum, König.‹ Ich werde grundsätzlich nie um irgendetwas gebeten. Wie schön ist es doch, mit Respekt behandelt zu werden.«

»Du meinst das doch nicht ernst ... egal.« Rory schüttelte den Kopf. »Also, wenn es dir nichts ausmachen würde, mit spiegelnden Oberflächen zu helfen, dann aber nur die Wände, bitte.«

»Ganz und gar nicht«, stellte Rudolf fest und wirbelte mit der Hand über seinen Kopf. Ein knirschendes Geräusch hallte durch den Raum, das wie Wasser klang, wenn es plötzlich gefror. Dadurch wurde Rory erst bewusst, wie groß der Raum war. Er warf einen warnenden Blick auf die Eiswand vor ihnen, seine Augen huschten nach rechts und studierten die beiden angrenzenden, mit Eis bedeckten Wände, die sich gegenseitig reflektierten.

Als er sich vergewissert hatte, dass der Bereich vor ihnen sicher war, drehte er sich nach vorne und hob sein Kinn.

Rudolf tat dasselbe.

Sie gaben gleichzeitig erstaunte Töne von sich. Vor ihnen, scheinbar kilometerlang, erstreckte sich ein gigantisches Labyrinth, dessen Wände mit Eis bedeckt waren.

Kapitel 36

Liv benutzte Athenas Schild, um den Raum hinter der dritten Tür zu erkunden. Sie erschrak, als die verspiegelte Oberfläche ein Bild einfing, entspannte sich aber, als sie Plato erkannte.

»Die Luft ist rein«, bestätigte der Lynx aus dem dunklen Raum.

Obwohl sie sich wunderte, ihn trotz Stefans Anwesenheit sprechen zu hören, war sie nicht völlig überrascht. Plato war anders geworden, seit er sein letztes Leben verloren und dann wieder hundert erhalten hatte.

Liv schaute sich um und winkte Stefan herein.

»Oh, hier hast du deine Katze gelassen«, stellte der Dämonenjäger fest, nachdem er Plato entdeckt hatte. Sie befanden sich in einem eher schlichten, ziemlich düsteren Raum, abgesehen von zwei Fackeln neben einem rechteckigen Steingebilde auf der gegenüberliegenden Seite.

»Ja, er hängt gerne an seltsamen Orten herum und taucht auf, wenn ich ihn am wenigsten erwarte«, meinte Liv und suchte die Umgebung sorgfältig ab. »Woher sollen wir wissen, dass Medusa nicht einfach irgendwo hier erscheint und uns in Stein verwandelt, weil wir ihre hässliche Fratze sehen?«

»Nun, beleidige sie weiterhin in ihrem Zuhause und sie könnte es tun«, antwortete Plato. »Ich gehe jedoch nicht davon aus, dass es Teil der Herausforderung ist, Medusa hier drinnen zu begegnen.«

Liv senkte ihr Kinn und starrte direkt auf den Lynx. »Das klingt, als wüsstest du, was wir tun sollen. Warum teilst du es uns nicht mit?«

»Ich habe der jüngsten der Gorgonenschwestern vor sehr langer Zeit versprochen, dass ich ihre Geheimnisse nicht ausplaudern würde«, antwortete Plato.

Livs Augen weiteten sich. »Du hast sie getroffen?«

Er zuckte die Achseln. »Ich würde es nicht wirklich ›getroffen‹ nennen, da wir uns nie von Angesicht zu Angesicht begegnet sind.«

»Ha-ha«, lachte Liv. »Weißt du tatsächlich was in diesem Raum vor sich geht?«

»Das tue ich, aber ich kann es dir nicht erzählen«, gestand er.

Liv warf Stefan einen verärgerten Blick zu. »Ist er nicht süß? Ich wette, du wünschst dir, du hättest einen Gehilfen wie ich.«

»Ist schon in Ordnung«, meinte Stefan, während seine klaren blauen Augen den Raum erkundeten.

Ihre Aufmerksamkeit wieder dem Lynx gewidmet, legte Liv die Hände auf ihre Hüften. »Im Ernst, möchtest du uns nicht sagen, was wir hier tun sollen?«

»Ich darf es nicht«, antwortete Plato wahrheitsgemäß. »Ich wünschte, ich könnte, aber ein altes Gesetz hindert mich daran, die Geheimnisse des Medusentempels zu verraten.«

Liv ging einen Schritt auf den Quader an der Rückseite des Raumes zu, der einem Altar ähnelte. »Kannst du mir sagen, ob es wärmer oder kälter wird?«

»Ich kann, aber es hat absolut nichts mit deinen Zielen zu tun«, belehrte er sie. »Es wird einfach davon abhängen, wie nahe du den Fackeln bist.«

Liv gestand sich ihre Niederlage ein. »Schön, du bist also überhaupt keine Hilfe.«

»Sei vorsichtig damit, wie schnell du mich abschreibst«, warnte Plato.

Liv warf ihm einen zaghaften Blick über die Schulter zu, während sie sich umdrehte, um den Raum besser in Augenschein nehmen zu können. An der Decke über dem Steinblock befand sich eine Scheibe und darüber standen Worte, die in dem schwach beleuchteten Raum schwer zu erkennen waren.

Liv hob ihre Hand und entließ einen Feuerball, der an den Worten vorbeigleiten und die Botschaft erhellen sollte.

Die Worte lauteten: ›Was dir ist lieb und teuer, das opfere dem Feuer.‹

Liv kratzte sich am Kopf. »Das ist doch ein Witz. Sollen wir Nachos über diesen winzigen Fackelflammen verbrennen?«

Stefan lachte. »Ich glaube, dass jedem etwas anderes lieb und teuer ist. Für einige von uns ist es vielleicht nicht der Berg Chips, sondern eher ein Mensch.«

Sie lächelte den Mann verschmitzt an. »Nun, vielleicht triffst du eines Tages die richtige Schüssel Nachos.«

»Vielleicht«, stimmte er schüchtern zu. Er studierte den Bereich um das Rätsel herum, wobei seine Augen spekulativ auf dem Symbol darüber ruhten. »Ich frage mich.« Er nahm seinen Bogen und betrachtete ihn sorgfältig, bevor er mit einem Pfeil auf das runde Symbol zielte.

Funken stoben und regneten herunter, als der Pfeil getroffen hatte. Wie von der kleinen Glut entzündet, schoss ein tosendes Feuer vom Altar empor. Die Flammen hätten alles auf der Tafel versengt.

Liv wandte sich Stefan zögernd zu: »Es tut mir wirklich leid, aber ich glaube, ich muss dich lebendig verbrennen, um diesen Test zu bestehen.«

Kapitel 37

Trudy DeVries war wie ein Mann gebaut, mit ihren breiten Schultern und dem kräftigen Oberkörper. Wegen ihrer kurzen blonden Haare wurde sie von hinten oft für einen Mann gehalten. Das hatte sie aber nie gestört. Sie wusste, dass ihre Rolle als Seherin beide Geschlechter beinhaltete. Sie wusste auch, dass wahres Glück für sie nicht zu finden war, nicht in diesem Leben.

Sie hatte ihre Zukunft nicht in einer Vision gesehen, so wie sie in ihrem Geist kurz vor Betreten des Raumes beobachtet hatte, wie Akio vom stacheligen Ende des Schwanzes dieses Seeungeheuers getroffen wurde. Sie wusste, dass sie ihr Glück nicht wirklich finden würde, denn das war der Fluch eines Orakels. Sie würde vielleicht heiraten, Kinder haben und höchstwahrscheinlich ein langes Leben führen, aber Glück war nicht leicht zu erreichen, wenn man in die Zukunft blicken konnte. Es war eine wahre Last, die Trudy mit großer Ehrfurcht trug.

Sie hatte Akio darauf hingewiesen, dass sie seine Zukunft gesehen hatte, weil sie ihm vertraute und wusste, dass die Takahashis Seher immer beschützt hatten. Kazuko, Akios Großmutter, war eine der einflussreichsten Persönlichkeiten ihrer Zeit gewesen. Ihr Leben war jedoch dem Weg der meisten Seher gefolgt und hatte viele Feinde vor ihre Tür geführt, bis sie schließlich völlig von der Welt abgeschottet wurde.

Auch in der Neuzeit wurden Seher verfolgt. Für Trudy war es nicht zwingend widersprüchlich, dass eine Welt, die viele magische Rassen beherbergte, niemanden akzeptieren wollte, der in die Zukunft sehen konnte. Diese Gabe schüchterte die meisten ein. Sie machte ihnen Angst. Prophezeiungen waren nichts, was Menschen tolerierten, weil die Zukunft dadurch konkretisiert wurde. Wenn die Menschen ihr Schicksal erfuhren, waren sie nur selten erleichtert. Meistens brachte es große Last mit sich, weshalb Hester DeVries darauf bestanden hatte, dass ihre Schwester Trudy die Tatsache, dass sie die Zukunft sehen konnte, nicht publik machte. Sie hatten die Gabe gemeinsam beschützt und Trudy vor jedem bewahrt, der sie jagen oder ausnutzen könnte.

Trudy hatte dieses Versprechen gegenüber ihrer Schwester nur sehr selten gebrochen, um anderen zu erzählen, was sie gesehen hatte. Dieses Mal hatte sie es getan, denn ansonsten wäre Akio tot und mit ihm einer der größten Krieger, der je gelebt hatte. Obwohl Trudy sich nicht wohl dabei fühlte, Akio zu informieren, war sie dazu gezwungen gewesen, getrieben von der Leidenschaft in einer Schlacht.

Darüber hinaus war sie überzeugt, dass sein Tod höchstwahrscheinlich den ihren zur Folge haben dürfte, da beide Krieger erforderlich waren, um das riesige Ungeheuer zu besiegen, das vor ihnen schwamm und auf den geeigneten Zeitpunkt wartete, um zuzuschlagen.

Die lange Schnauze des Ungeheuers schoss über die Seite des Beckens, die Zähne mahlten und ließen Trudy zurückspringen, während sie ihr Schwert gegen das Monster schwang. Das hielt es ein wenig auf, aber sie wusste, dass das Vieh sie nur beobachtete, um herauszufinden, wie sie reagieren würde.

Sie warf einen Blick auf die andere Seite des Beckens, wo Akio sich duckte und dem langen Schwanz aus dem Weg rollte, der seinen Bewegungen folgte, obwohl er keine

DIE GEBORENE ANFÜHRERIN

Augen hatte. Akio kämpfen zu sehen, war wie einen erfahrenen Tänzer in einer hypnotisierenden Choreografie zu beobachten. Er bewegte sich, bevor der Schwanz es tat und nahm jede der Bewegungen vorweg. Der Stachel hämmerte in den Boden, riss ihn auf und ließ anschließend Trümmer von oben herabregnen.

Trudy bemerkte, dass sie nur halbherzig auf die schnappenden Kiefer geachtet hatte, die sie zu erreichen versuchten, als die Zähne ihre Rüstung erwischten und sie sofort zerfetzten. Ihr Outfit war aus Drachenhaut gefertigt und hätte schwer zu durchdringen sein sollen. Die Zähne des Monsters waren offensichtlich Diamanten oder etwas ähnlich Scharfes.

Als Trudy dem nächsten Angriff auswich, kam sie zu nah ans Wasser. Die Seitenflosse des Monsters warf sie hinein. Sie wusste, dass es passieren würde, noch bevor es geschah. Akios Augen fanden ihre, blankes Entsetzen in ihnen, als die Erkenntnis dämmerte.

Sie versuchte noch ihr Gleichgewicht wiederzuerlangen, indem sie die Arme benutzte, aber es war zwecklos. Die Wucht des Angriffs schleuderte sie in das Becken und sie versank im trüben Wasser, das Schwert ihres Großvaters in den Händen.

Kapitel 38

»Kannst du über die Labyrinthwände sehen?« Rudolf sprang immer wieder in die Höhe und versuchte einen Blick über das hohe gefrorene Gebüsch vor ihnen zu erhaschen. Er konnte mehrere dieser Hecken ausmachen. Durch das Einfrieren erhielt er einen Überblick über einen Teil der Fläche, aber nicht genug Informationen, um sich darin zurechtzufinden. Er wusste, dass ein solches Labyrinth den Wanderer so lange in die Irre führen sollte, bis er sein Leben durch Verhungern oder Austrocknung verlor.

Glücklicherweise könnte Rudolf den Durst mit Eis löschen, aber von Eis allein konnte man nicht leben. Er hatte es einmal ausprobiert, als er sich versehentlich in einem leeren begehbaren Gefrierschrank eingeschlossen hatte. Die Besitzer des Restaurants waren frühzeitig zu seiner Rettung erschienen und hatten ihn rausgelassen. Er besaß zwar unglaubliche magische Kräfte, aber aus einem verschlossenen Kühlraum konnte er sich nicht befreien. So war das magische Leben!

»Gerade so«, antwortete Rory. »Aber nicht genug, um den Weg zu erkennen.«

»Zum Glück müssen wir uns hier drinnen keine Gedanken wegen Medusa machen«, behauptete Rudolf und ging den schmalen Korridor entlang, den einzigen Weg, der bis zur ersten Abzweigung vorhanden war.

»Woraus schließt du das?«, fragte Rory.

Rudolf drehte sich um und ging rückwärts. »Hier ist das Labyrinth die Herausforderung.«

»Wie kannst du da so sicher sein?« Rory folgte ihm vorsichtig.

Er zuckte die Achseln. »Erfahrung. Ich wette, im ersten Raum steht ein Monster, das man töten muss. Das hier ist die geistige Herausforderung. Glücklicherweise hat Liv uns damit beauftragt.«

»Ja, zum Glück«, bestätigte Rory kopfschüttelnd.

»Im letzten Raum wird eine Art Opfer dargebracht«, erklärte Rudolf.

»Nochmals, woher weißt du das?«, fragte Rory erneut.

»Ich habe früher viel Zeit mit den griechischen Göttern verbracht«, antwortete Rudolf.

»Ich wusste nicht, dass du so alt bist.«

»Frühere Leben und so«, erklärte Rudolf achselzuckend.

»Glaubst du nicht, du hättest Liv vorher etwas dazu sagen sollen?«, fragte Rory.

Der Fae schüttelte den Kopf. »Ich habe bis gerade eben nicht daran gedacht. Es ist schwer immer alles zuzuordnen, aber jetzt erinnere ich mich. Es liegt ein Labyrinth vor uns, aber auch einige mentale Herausforderungen. Aber keine Sorge, mein großer Freund. Ich werde uns da schon durchbringen.«

»Sicher machst du das.« Der Riese klang nicht überzeugt.

Rudolf nahm die erste Kurve und stand vor zwei verschiedenen Wegen, die sie nehmen konnten. »Okay, eins nach dem anderen, ich brauche einen Schubs.«

»Einen Schubs?«, fragte Rory.

»Nun, die Wände wurden so entworfen, dass zwei Männer oder Frauen, selbst wenn sich einer auf die Schultern des anderen stellt, nicht über den Rand schauen können, um den Ausgang aus dem Labyrinth zu sehen …«

»Oh, nein«, fiel Rory ihm ins Wort.

»Oh, ja«, sagte Rudolf. »Wenn ich auf deinen Schultern stehe, Mister Riese, sollte ich den Weg durch das Labyrinth sehen können.«

»Warum musst *du* auf *meinen* Schultern stehen?«, fragte Rory.

»Nun, weil ich leichter bin und Übung darin habe, die Spitze einer Pyramide zu bilden«, erklärte Rudolf. »Ich war einmal Cheerleader für die Rams.«

Rorys Augenlid zuckte verärgert. »Natürlich warst du das.«

»Wie dem auch sei, wenn du einfach mit deinen Händen eine Räuberleiter bilden und mir einen kleinen Schubs geben würdest, wäre das großartig.«

»Das ist nicht dein Ernst, oder?«, fragte Rory verzweifelt.

»Wenn du etwas Ernstes hören willst, dann verbringe eine Nacht mit Achilles. Dieser Typ war eine echte Ferse!«

Rory lachte nicht mit Rudolf mit. Stattdessen schüttelte er den Kopf und fädelte seine Finger ineinander. »Okay, gut. Du kannst dich auf meine Schultern stellen.«

Rudolf hielt sich an den Schultern des Riesen fest, stellte seinen Stiefel in die Räuberleiter, die sein Freund gemacht hatte und stieg hinauf.

»Autsch, du bist mir aufs Ohr getreten«, klagte Rory, während Rudolf versuchte auf seinen Schultern zu balancieren.

»Entschuldigung. Wenn sie nicht so groß wären ...«, begann Rudolf, stützte sich auf dem Riesen ab und überblickte die Hecke. Das Labyrinth war riesig, es schien meilenweit zu reichen. Ohne diesen Vorteil würden sie verhungern, bevor sie auf der anderen Seite angekommen waren.

Aus einer dunklen Ecke schoss ein Feuerblitz auf sie zu. Rudolf erblickte ihn gerade noch rechtzeitig, sprang von den

DIE GEBORENE ANFÜHRERIN

Schultern des Riesen und wälzte sich auf dem Boden. Rory war nicht so schnell, das Feuer streifte seinen Kopf und versengte sein Haar.

»Ahhh!«, schrie er und hielt seinen Kopf gegen die eisige Wand vor ihm. Sofort taute das Gestrüpp und eine Pfütze bildete sich am Boden.

»Naja, das ist eine Kleinigkeit, die ich vergessen habe zu erwähnen«, meinte Rudolf sachlich.

»Dass es Folgen hat, wenn man betrügt, um durch das Labyrinth zu kommen?« Rory war ganz und gar nicht amüsiert von dieser Lektion.

»Nun, die Götter mögen keine Betrüger, also bestrafen sie sie«, erklärte Rudolf. »Aber ich habe gesehen, dass wir die erste links, die zweite rechts und dann wieder links müssen.«

»Und was dann?«, brummte Rory verärgert.

»Dann ist es wieder Zeit für mich, auf deine Schultern zu klettern.« Er winkte Rory und ermutigte ihn, ihm zu folgen.

»Ich bin mir nicht sicher, ob ich dich wieder auf meinen Schultern haben möchte«, schimpfte der Riese.

»Komm schon, Herkules«, ermutigte Rudolf. »Du schaffst das!«

Rory schüttelte den Kopf. Rudolf hätte schwören können, dass sein hartes Äußeres einen Riss bekam.

Kapitel 39

„Liv Beaufont, ist das deine Art mir zu gestehen, dass du in mich verliebt bist?«, fragte Stefan.

Das Feuer auf dem Altar war erloschen und hüllte sie wieder größtenteils in Dunkelheit, aber Livs Feuerball schwebte immer noch neben der Botschaft.

»Ja, ich glaube schon, aber ich versuche dir auch zu sagen, dass ich vermute, dass ich dich entsprechend dem Rätsel der Medusa opfern muss, um durch diesen Raum zu kommen.« Sie las die Worte laut vor. »Was dir ist lieb und teuer, das opfere dem Feuer.« Sie wandte sich an Plato und warf ihm einen fragenden Blick zu.

Er nickte einfach.

»Oh, nun ja, es war schön, deine Bekanntschaft gemacht zu haben, Krieger Ludwig«, Liv zeigte auf den Altar und versuchte ihr Kichern zu unterdrücken.

»Ich warte noch auf das ›aber‹«, antwortete er und warf ihr einen selbstgefälligen Blick zu.

»Ich liebe dich und du wirst mir fehlen, *aber* das Leben von Papa Creola steht auf dem Spiel. Ich hege vielleicht Gefühle für dich, aber sie sind nicht so wichtig wie die gesamte Zeitrechnung. Dann ist da noch Talon. Ich denke, wir wissen beide, dass er vernichtet werden muss, bevor es zu spät ist.«

»Ja, aber die Sache ist die, ich will nicht wirklich sterben«, erklärte Stefan.

Liv nickte bedächtig. »Ich will es auch nicht. Überhaupt nicht. Eigentlich würde ich mich lieber selbst auf den Grill legen, aber ich bin mir nicht sicher, ob das die ultimative Lösung wäre.«

Sie warf einen Blick zu Plato. Er schüttelte den Kopf. »Ich kann dir bestätigen, dass es derjenige sein muss, der dir besonders lieb ist, Liv.«

Sie drehte sich wieder zu Stefan um und wusste, dass sie ein Spiel mit ihm spielte, für das er sie später bestrafen würde. »Es tut mir leid, Stef. Du musst sterben, aber ich werde dein Andenken in Ehren halten.«

»Ist das dein Ernst?« Stefan marschierte widerwillig auf den Altar zu. »Ich meine, ich verstehe es und ich werde es tun, weil ich möchte, dass Papa Creola freikommt, aber lass uns kurz eine andere Möglichkeit besprechen.«

Liv ließ ihn den Altar erreichen, bevor sie Plato zuzwinkerte. »Ich bin einfach nur dankbar, dass du bereit bist, dein Leben dafür zu opfern. Das bedeutet mir sehr viel.«

»Natürlich.« Stefan zog sich am Altar hoch, wie ein Kind, das versuchte in einen Hochstuhl zu kommen. Er wirkte nicht verängstigt, nur als wollte er sich auf das vorbereiten, was als Nächstes passieren würde. Liv fühlte sich ein wenig schlecht wegen des gemeinen Streichs, den sie ihm spielte.

»Okay, cool«, sagte sie. »Beeil dich jetzt und spring von diesem Altar herunter, damit du wieder mit dem Pfeil auf das Symbol schießen kannst.«

Stefan starrte sie verwirrt an. »Aber wer …«

Sie zeigte auf den Lynx. »Ich liebe dich, Stefan. Das musst du inzwischen wissen. Das war eine ziemlich miese Art, es dir zu sagen, aber unser Leben ist auch nicht normal. Aber was ich mehr liebe als alles andere, ist er. Ihn muss ich opfern, um zu bestehen.« Liv zeigte auf Plato, der wie ein König neben ihr saß.

»Aber ...« Stefan – immer noch schockiert wegen ihres Geständnisses – schien nicht zu wissen, wie er darauf reagieren sollte, während er Liv und Plato ansah. »Ich ...«

Plato schnippte mit dem Schwanz. »Sie hat recht. Ich bin der, den sie am meisten liebt.«

»Du willst einfach zulassen, dass er sich dafür opfert?«, fragte Stefan.

Liv nickte und blickte stolz zu Plato. »Er möchte es und ich habe ihm versprochen, dass er sie ergreifen darf, wenn sich eine solche Gelegenheit ergibt.«

»Aber er wird sterben!«, argumentierte Stefan.

Liv zuckte nur die Achseln. »Ja. Oh, gut.«

Der Dämonenjäger senkte sein Kinn und betrachtete sie eindringlich. »Was ist so besonders an deinem Kumpel? Ich meine, ich habe ihn auf dem Matterhorn einige coole Sachen machen sehen, aber was macht ihn so einzigartig?«

Sie schoss Plato einen liebevollen Blick entgegen. »Er ist super treu.«

»Und?«, forderte Stefan.

»Er ist immer für mich da«, fuhr sie fort.

»Was hast du mir noch über diese Kreatur zu erzählen?«, bohrte Stefan weiter.

»Wie die meisten Katzen hat er mehr als ein Leben«, gestand sie.

Stefan atmete aus. »Damit du ihn opfern kannst und alles wieder gut wird?«

»Nun, du bist nicht derjenige, der verbrannt wird, oder?« Plato starrte ihn unhöflich an.

»Vergiss nicht, dass Liv mein Herz beinahe verbrannt hätte, indem sie mich glauben machte, sie hätte vor, mich als ihren liebsten Freund zu opfern.«

Sie kicherte. »Ach, komm schon. Das war lustig.«

Stefan versuchte verzweifelt das unter der Oberfläche aufkeimende Lachen zu unterdrücken, aber es brach durch. »Ja, gut. Gut gespielt, Kriegerin Beaufont.«

Liv kniete sich hin und hob die schwarz-weiße Katze hoch. »Bist du sicher? Ich weiß, wir haben besprochen, dass wenn …«

»Es ist nur ein Leben, Liv. Ich habe noch neunundneunzig weitere.«

»Oh, nicht mehr?« Stefan rollte mit den Augen.

»Er bringt sie schneller durch, als mir lieb ist«, sagte Liv zu ihm.

»Das würde ich auch, wenn ich dein Kamerad wäre«, erwiderte er.

»Nimm dich in Acht, Ludwig, oder ich denke ein zweites Mal darüber nach, ob ich nicht doch dich mehr liebe als den Lynx«, erklärte sie.

Er hob beschwichtigend seine Hände. »Nein, nein. Ich habe viele schlechte Angewohnheiten, die du noch nicht kennst. Ich runzle die Stirn, wenn ich schlafe und ich werde dich behandeln, als hättest du immer Unrecht und würdest grundlos kämpfen. Oh, und ich werde dir Essen vom Teller klauen, wenn du nicht hinsiehst.«

Sie verengte ihre Augen. »Nichts davon ist wahr.«

Stefan lächelte sie an. »Du hast recht. Ich bin ein guter Fang.«

Liv schüttelte den Kopf und konzentrierte sich wieder auf Plato in ihren Armen. »Aber im Ernst. Du bist mein Liebling und du musst das nicht tun.«

»Ich weiß es zu schätzen, dass du das sagst, aber ich tue es«, bestätigte er. »Das ist der einzige Weg, an die Münze zu kommen und ohne die wirst du Papa Creola nicht erlösen können.«

»Aber was wäre, wenn du diesen Raum nicht mit der Liebe deines Lebens betreten hättest?«, erkundigte sich Stefan. »Oder anders, wenn dein Handlanger nicht die Fähigkeit hätte, sich neben dir zu materialisieren?«

Liv und Plato warfen ihm beide einen verärgerten Blick zu.

»Dann hätte die Aufgabe anders gelautet. Sie richtet sich danach, wer die Kammer betritt«, gab Plato preis.

»Oh, die Aufgaben der anderen Räume wurden also speziell für die betretenden Personen entworfen?« Stefan strich über sein Kinn. »Sehr interessant.«

Der Lynx schaute zu Liv auf. »Bist du dir mit dem da sicher? Ich verstehe, dass er süß ist und so weiter, aber ein Blick von Medusa und du kannst ihn ohne das ganze Geschwätz anschauen.«

Liv lachte. »Nun, ich glaube, mit mir stimmt etwas nicht, aber ich mag seine Bemerkungen.«

»Wie du willst.« Plato sprang ihr aus den Armen auf den Altar. »Mach dir keine Sorgen um mich, Liv. Ich will das tun. Es wird schmerzhafter werden als das eine Mal, als ich deinen Freund aus den Fängen des Dämons gezogen habe, der sich in einem Vulkan versteckt hatte und bereit war, seine Seele auszusaugen.«

»Das warst du?«, fragte Stefan ungläubig.

Liv warf Stefan einen Blick über die Schulter zu. »Er ist eine sehr seltsame Kreatur.«

Er nickte. »Er nannte mich deinen Freund.«

Liv schüttelte den Kopf und deutete auf das Wappen über dem Altar. »Ich nenne dich noch ganz anders, es sei denn, du triffst das Ziel.«

Stefan zwinkerte ihr zu und hielt seinen Bogen bereit. »Danke, Plato. Du bist so ziemlich der Beste aller Zeiten.«

Liv lächelte ihren liebsten Freund an, der majestätisch und tapfer auf dem Altar vor ihnen saß. Sie trat einen Schritt zurück. »Du *bist* der Beste und ich liebe dich mehr als alles andere.«

»Dasselbe gilt für dich«, schnurrte Plato, als Stefan den Pfeil abschoss.

Liv drehte sich um, unfähig zuzusehen, wie das Feuer aufbrauste und alles verbrannte, was sich auf der steinernen Plattform befand.

Kapitel 40

»Oh, meine Götter«, fuhr Rudolf fort. Er hatte nicht aufgehört zu reden, seit sie den Marsch durch das Labyrinth begonnen hatten. »Lass mich dir versichern, Narziss sagte immer nur ›ich, ich, ich‹. Ich kam nicht einmal zu Wort! Kannst du dir das vorstellen?«

Rory stapfte weiter. »Wohl kaum.«

»Und erst Sisyphos«, fuhr Rudolf fort. »War der Typ ein Jammerlappen! Der war hart. ›Es ist schwierig. Ich bin müde. Muss ich das *noch mal* machen?‹«

»Ich bin sicher, dass dein Eindruck genau richtig war«, erklärte Rory.

»Lass mich dir noch von Daedalus erzählen. Der Typ hat sich selbst verirrt.« Rudolf wurde nach der dritten Biegung abrupt still. »Sieht aus, als wäre es Zeit für mich, wieder auf deine Schultern zu klettern, Ro-Ro.«

»Ich heiße Rory«, korrigierte er. »Und deine Geschichten über die Griechen bringen mich auf eine Idee.«

»Wenn du jetzt damit kommst, ich muss meine Cousine heiraten und einen Krieg mit meinem Vater beginnen, nun, das war zumindest im letzten Jahrhundert so«, erklärte Rudolf. »Dieses unreife Verhalten habe ich hinter mir gelassen.«

Rory atmete tief durch. Es war nicht so, dass er Rudolf nicht liebenswert fand. Ganz im Gegenteil, er mochte ihn. Der Fae hatte eine Weisheit, der nur wenige gewachsen waren und es fiel dem Riesen zunehmend schwerer, seine übliche Missbilligung zu zeigen. Liv war gut darin, sein hartes

Äußeres zu durchbrechen, aber bisher sonst niemand. Aber Rudolf? Nun, er war für Rory eine wahre Herausforderung, die er nicht erwartet hatte.

»Nein, deine Geschichte über Daedalus hat mich zum Nachdenken angeregt«, begann Rory. »In der Geschichte war er in dem von ihm geschaffenen Labyrinth gefangen. Er und Ikarus versuchten herauszufliegen, aber sein Sohn kam zu nah an die Sonne, daher vermutlich das Feuer, als wir betrügen wollten.«

»Ich verstehe, ich verstehe«, ermutigte Rudolf Rory, seine Gedanken mitzuteilen. »Aber wenn es nicht so wäre, wie könntest du es erklären, damit ich es besser verstehe?«

»Nun, das Problem mit Daedalus war, dass er …«

»War er nicht ausreichend bekleidet?«, schaltete sich Rudolf ein.

Rory schüttelte den Kopf.

»Ein Labyrinth für einen übermächtigen Diktator gebaut hat?«, schlug Rudolf vor.

Der Riese verdrehte seine Augen.

»Oh, ist es, dass er mit großen Flügeln zu viel erreichen wollte?«

»Nein«, antwortete Rory, überrascht, dass er lachen musste. »Es geht darum, dass Daedalus über alles ausführlich nachgedacht hat. Die einfachsten Lösungen sind immer die besten.«

Absichtlich stampfte Rory mit dem Fuß auf und ließ den Boden unter ihnen vibrieren. Ein Riss begann unter seinem Stiefel und schoss durch das Labyrinth, teilte die Heckenwände in zwei Hälften und gab ihnen eine einfache Möglichkeit zu erkennen, wohin sie gehen sollten. Es ging nicht so schnell wie ein Blick oben drüber, aber es würde sie durchbringen, ohne dass sie mit Feuer beschossen würden.

Rudolf betrachtete ihn mit weit geöffnetem Mund. »Rory Laurens, du bist ein absolutes Genie. Du erinnerst mich total an Athene, außer dass sie einen hübscheren Vorbau hatte und diese Sache mit einem Kirschstengel machen konnte.«

Rory lachte laut auf, ob vor Erleichterung, weil der Weg zum Ausgang gefunden war oder Rudolf ihn zermürbt hatte, spielte keine Rolle. »Komm schon, König, lass uns gehen.«

»Na klar«, strahlte Rudolf und hüpfte neben ihm her. »Ich schätze, ich hätte dich auch mit Poseidon vergleichen können, aber das ist im Tempel der Medusa keine gute Idee. Schließlich hat sie ihn gehasst und so weiter.«

Kapitel 41

"Nein!«, schrie Akio und versuchte sein Bestes, Trudy mit einem Zauberspruch über die Seite des Beckens herauszuziehen. Sein eigener Kampf mit dem unerbittlichen Schwanz machte das jedoch unmöglich. Die Kriegerin war verschwunden, nachdem sie über den Rand des Beckens gefegt worden war.

Der Schwanz und der Kopf des Monsters verschwanden unter dem Wasser, genau wie Trudy.

Das kann nicht gut gehen, dachte Akio, als er dorthin rannte, wo sie in den Pool gestürzt war. Große Blasen stiegen an die Oberfläche und er konnte gerade noch eine wirbelnde helle Gestalt erkennen, aber von Trudy war keine Spur zu sehen.

Sie war der Grund dafür, dass er noch am Leben war. Ohne Trudy hätte Akio die Reichweite des Schwanzes unterschätzt und wäre auf der Stelle getötet worden. Jetzt war sie selbst in Gefahr geraten. Er musste etwas unternehmen. Es war aber unmöglich, die Kreatur zu bekämpfen, solange sie sich unter der Wasseroberfläche befand. Deshalb beschloss er, dass es an der Zeit war, das Monster herauszulocken.

Er streckte seine freie Hand und murmelte eine Beschwörungsformel, die ihm sofort alle Kraft aus seinem Inneren saugte. Das war ein Risiko. Es tat ihm leid, Trudy das anzutun, aber er musste alles riskieren, um sie zu retten, auch wenn es bedeutete, sie bei lebendigem Leib leicht anzukochen.

✷ ✷ ✷

Trudy blieb so ruhig wie möglich und entdeckte, dass das Monster nur begrenzt sehen konnte. Wie viele Meerestiere konnte es hauptsächlich Bewegungen und Vibrationen wahrnehmen. In dem trüben Wasser, das es sein Zuhause nannte, war seine Sicht eingeschränkt.

Sie hielt den Atem an, weil sie wusste, dass ihr nur wenig Zeit blieb, bevor ihr die Luft ausging. Aber wenn sie genau jetzt versuchen würde, wieder nach oben zu schwimmen, hätte das Monster sie gefressen, bevor sie halb an der Oberfläche war. Stattdessen presste sie ihren Rücken an die Wand des Beckens und fühlte, wie die Algen über ihren Kopf und Hals tanzten.

Der Kopf des Ungeheuers hätte sie vor Schreck fast den Mund öffnen, ihre ganze Luft ausatmen und literweise Wasser schlucken lassen. Er kam aus der Dunkelheit und rammte sie beinahe. Trudy blieb jedoch mit weit aufgerissenen Augen stockstarr stehen und beobachtete, wie sich das Ungeheuer zur Seite drehte, kurz bevor es mit ihr kollidierte. Sein Körper bewegte sich schlangenhaft an ihr vorbei, der Stachelschwanz pendelte hin und her.

Trudy hielt ihr Schwert fest und versuchte es langsam vor sich zu bewegen.

Das Monster peitschte herum, seine schwarzen Augen glitten über sie, während es das Maul weit öffnete, seine rasiermesserscharfen Diamantzähne wie glühende Lichter im trüben Wasser. Es schlängelte sich in ihre Richtung. Es kannte ihren Standort. Sie war am Arsch. Das eiskalte Wasser veränderte sich plötzlich, es fühlte sich an, als würde Trudy statt in einem kalten, salzigen Becken ein Bad in einer blubbernden, heißen Wanne nehmen.

DIE GEBORENE ANFÜHRERIN

Das Monster schrie unter Wasser und das Geräusch brachte Trudys Zähne zum Vibrieren. Sie war kurz davor, dem Ungeheuer hinterher zu schwimmen, da sie wusste, dass sie keine andere Wahl hatte, als es seinen Kurs änderte und direkt Richtung Wasseroberfläche schoss.

***

Das Wasser im Tank begann zu blubbern, als die Temperatur immer heißer wurde. Akio wusste, dass Meeresbewohner kaltes Wasser bevorzugten, besonders solche wie dieser.

Trudy war bereits fast eine Minute lang unter Wasser. Er hatte nicht mehr viel Zeit. Akio musste das tun, wenn er sein Ziel erreichen wollte. Er beobachtete ängstlich, wie Dampf von der Oberfläche des erhitzten Wassers aufstieg. Er musste Trudy nicht nur aus dem Becken herausholen, sondern war auch nicht mehr in der Lage, das riesige Becken weiter zu erhitzen. Dieses Kunststück hatte seine magischen Reserven fast restlos erschöpft.

Akio wollte seinen Plan gerade verwerfen und nach Trudy tauchen, als ein Schrei die Luft erfüllte und das riesige Seeungeheuer mit dem Kopf voran in der Mitte des Beckens auftauchte. Es schoss so hoch, dass sein Maul gegen die hohe Decke stieß und den ganzen Raum erschütterte. Steine regneten herunter, sodass Akio mehrmals zur Seite ausweichen und seinen Kopf bedecken musste.

Das Monster brüllte weiter und schlug wie ein bockender Stier um sich. Akio suchte den Panzer nach Spuren von Trudy ab, als ihm etwas an der Seite der Kreatur auffiel. Hinter einer der stacheligen Flossen befand sich Trudy DeVries, die Beine gespreizt, das Schwert über dem Kopf, die Spitze nach unten gerichtet.

Akio erkannte, was sie vorhatte und wusste, dass er sie anschließend retten musste. Sie konnte das Monster angreifen, aber sie würde es nicht überleben, wenn er ihr nicht helfen würde. Akio hob die Hand, während weitere Steine von oben herabregneten, aber er blieb konzentriert, denn er nutzte seine letzten Reserven, um einen Zauber zu sprechen.

Trudy bohrte ihr Schwert tief in das Ungeheuer und Blut spritzte in alle Richtungen. Die Kreatur schrie lauter denn je, ihr Schwanz flog nach oben und prallte gegen die Seite des Panzers. Trudy drehte ihr Schwert mit einem Ruck, wodurch die Wunde weiter aufgerissen wurde.

Das Monster krümmte sich, aber Trudy gab nicht nach. Stattdessen zog sie ihr Schwert heraus, bereit erneut zuzustechen. Das Blut schoss in einer Fontäne aus dem klaffenden Loch in der Seite des Ungeheuers. Ein riesiger Steinbrocken fiel von der Decke, prallte auf den Schwanz und presste ihn auf den Boden.

Mit beiden Händen schwang Trudy ihr Schwert, schlitzte das Monster auf und trennte seinen Kopf vom Rest des Körpers ab.

Er plumpste in das Becken und färbte das Wasser rot. Der Rest des Monsters schwankte. Trudy hielt sich immer noch mit ihren Beinen daran fest, kippte aber fast nach hinten. Wie ein sinkendes Schiff bewegte sich der Körper des Seeungeheuers auf die Wasseroberfläche zu, bereit seinen Reiter mit sich zu reißen, der es getötet hatte.

Akio verstärkte die Worte seines Zaubers mit ausgestreckter Hand. Als der Körper des Monsters auf der Wasseroberfläche aufschlug, riss er seine Hand zur Seite. Trudys Körper und ihr Schwert folgten seiner Bewegung, trennten sich von der Kreatur und prallten gegen die Wand neben Akio.

Sie glitt die Steinmauer herunter und bedeckte ihren Kopf wegen der bröckelnden Decke. Der Raum drohte einzustürzen. Sie mussten raus.

Akio rannte zu ihr hinüber und half ihr hoch. Er bemerkte, dass sie an vielen Stellen blutbefleckt war, entweder von Wunden, die sie sich beim Reiten auf dem stacheligen Biest zugezogen hatte oder vom Blut des Monsters. Sie humpelte, aber er konnte sie zur Tür schleppen, bevor ein großer Felsbrocken herabstürzte, der ihnen Steinbrocken und Staub hinterher schickte.

»Danke, dass du mich gerettet hast«, meinte Trudy atemlos.

»Gleichfalls.« Akio drehte sich zu dem einstürzenden Raum um, wobei er bemerkte, dass das Becken nun wie ein tosendes Meer aussah, das jederzeit ein Boot zum Kentern bringen konnte.

Sie hatten die Bestie erschlagen, aber wo war die Münze?

Dann bemerkte er, dass zwischen den Steinbrocken und dem Wasser in zehn Metern Entfernung etwas Glänzendes funkelte.

Er traf eine spontane Entscheidung und schubste Trudy in Richtung Tür, bevor er sich zur Münze aufmachte. Er vollführte einen Handstandüberschlag, gefolgt von mehreren Rückwärtssalti, wobei er sein Bestes versuchte, den Hindernissen auszuweichen, während die Decke weiter einstürzte. Er hielt abrupt an und kniete nieder, als er bei der Münze ankam. Rasch schnappte er sie und warf sie Trudy zu. Sie fing sie auf, als die Decke vollständig herunterkam und Akio Takahashi unter Steinen begrub.

Kapitel 42

Liv war unendlich erleichtert, als Plato auf der anderen Seite der Tür im Hauptraum erschien. Sie war im Begriff etwas zu sagen, das an Sentimentalität grenzte, als Rudolf und Rory durch die zweite Tür donnerten und der Fae auf dem Riesen landete.

Liv eilte zu ihnen hinüber, machte sich Gedanken, dass sie verletzt sein könnten, fand sie aber beide lachend vor, als hätten sie einfach einen Mordsspaß gehabt. Sie fragte sich, ob die Beiden unter einem Lachzauber stehen würden. »Geht es euch gut?«, erkundigte sie sich. Es hörte sich danach an, aber man hatte ihr erzählt, dass es unglaublich quälend sein konnte, lachen zu müssen und keine Möglichkeit zu haben, damit aufzuhören. Man verhungerte oder dehydrierte schnell und das wäre ein schreckliches Ende. Die Person musste weiterlachen, als ob ihr Ableben witzig wäre.

Rudolf stieß sich von Rory ab und streckte dann eine Hand aus, um dem Riesen aufzuhelfen. Rory schüttelte den Kopf und beruhigte sich.

»Uns geht es gut, Liv«, antwortete Rory und streckte seine große Hand aus, eine glänzende Münze lag in seiner Handfläche. »Die haben wir für dich besorgt.«

Liv lächelte und nahm sie dem Riesen ab. »Vielen Dank. Großartige Arbeit.«

»Und ihr?«, fragte Rory, seine Augen glitten zu Stefan hinter ihr und Plato neben ihm.

Sie öffnete die andere Hand und enthüllte die Münze mit Medusas Porträt, die sie nach Platos Selbstopferung erhalten hatte. Der Geruch von brennendem Fleisch hing immer noch in ihrer Nase. »Ja, wir haben die Münze bekommen, dank der Tapferkeit von jemandem, den ich sehr liebe.«

»Am meisten«, korrigierte Plato und schaute Stefan selbstgefällig an.

»Trotzdem liebt sie mich auch«, meinte der Dämonenjäger. »Das kann sie nicht zurücknehmen. Was man im Kampf sagt, ist wahr und bindend.«

Liv schüttelte den Kopf, ihr war schwummerig, weil sie überlebt hatten.

Eine Wolke aus Staub und Stein schoss aus der ersten Tür, als sie sich öffnete. Trudy stürmte hindurch, warf sich zu Boden und bedeckte mit den Händen ihren Kopf. Die Tür schloss sich sofort hinter ihr.

»Trudy?«, fragte Liv vorsichtig.

Die Kriegerin hob den Kopf, ihr Gesicht war mit Blut und Schmutz überzogen. Sie hatte sie noch nie so zerschlagen gesehen.

»Wo ist Akio?«, wollte Liv wissen, aber als sie Trudy in die Augen sah, kannte sie die Antwort.

Tränen schossen in ihre Augen, sie schüttelte den Kopf und schnappte nach Luft, als würde der Schmerz sie an der Atmung hindern. »Neeeeiiin«, schrie Liv, weil sie es nicht fassen konnte.

»Es tut mir leid«, bedauerte Trudy, die mittlerweile aufgestanden war. »Ich habe versucht ihn zu retten. Das habe ich wirklich. Aber die Sache ist die: Man kann jemandes Tod nicht verhindern, habe ich festgestellt. Wenn die Zeit gekommen ist, selbst wenn er gewarnt ist, der Sensenmann findet einfach einen anderen Weg, sein Leben zu beenden.«

Die Seherin streckte ihre Hand aus. Liv hielt ihre Handfläche unter Trudys. Sie öffnete die Finger und die letzte Münze purzelte in Livs Hand neben die anderen.

Jetzt besaßen sie die erforderlichen drei Medusa-Münzen.

Kapitel 43

Liv wandte sich der steinernen Statue von Papa Creola zu und war überrascht, dass sie versteinert blieb. Sie hatte erwartet, dass er sich durch den Erhalt der Münzen erholen sollte. Sie betrachtete ihre Freunde, die sich auf der anderen Seite der Statue versammelt hatten und schüttelte den Kopf.

»Ich verstehe das nicht«, erklärte sie.

In ihrem Rücken fühlte sie heißen Wind. Etwas zischte. Da sie genau wusste, was noch fehlte, ließ sie sich auf den Marmorboden fallen und schrie: »Schaut weg!«

Sie hörte, wie sich ihre Freunde schnell umdrehten und hoffte, dass niemand die Kreatur angesehen hatte, die sie anstarrte.

»So, ihr seid also gekommen, um gegen mich zu kämpfen«, zischte eine Stimme höhnisch hinter Liv.

Sie erhob sich und entdeckte, dass Rudolf eine Eisschicht vor sich und Rory geschaffen hatte, die die Kreatur hinter ihr spiegelte. Medusa war nicht so hässlich, wie sie angenommen hatte. Sie war auch nicht das typische amerikanische Mädchen von nebenan. Diese Frau war ein exotischer Typ, mit ihrer geschuppten Bronzehaut und ihren langen Haaren, die aus bösartigen Kobras bestanden.

Medusa trug ein ärmelloses Gewand, das mit derselben Anmut an ihr herunterfloss wie die Schlangen, die sich um ihren Kopf wanden, aber noch bezaubernder war die Art und Weise, wie ihre Augen diesen durchdringenden Blick

203

hielten, der Liv fast dazu bewegte, sich umzudrehen, damit sie sie direkt ansehen konnte. Sie widerstand dem Drang und ihr wurde bewusst, dass dies das Heimtückische daran sein musste.

»Ich bin gekommen, um Vater Zeit zu befreien«, erklärte Liv mit geradem Rücken und blickte auf das Bild, das in der Reflexion auf der Eisschicht zu sehen war.

Medusa lachte und der Boden unter ihren Füßen begann zu beben. »Ihr habt euch das Recht verdient, ihn zu befreien, weil ihr die Münzen bekommen habt. Damit erhaltet ihr die Möglichkeit, gegen mich zu kämpfen. Herzlichen Glückwunsch, Kriegerin Beaufont. Ich hatte seit Ewigkeiten keinen guten Kampf mehr.«

Und sie hat noch keinen verloren, vermutete Liv, während sie beobachtete, wie Trudy neben Rudolf ihr großes Schwert vor sich hielt. Es ermöglichte einen Blick auf Medusa von der linken Seite. Rudolf und Rory deckten die Vorderseite ab.

Liv erkannte sofort, wie dieser Kampf ablaufen musste und rief Stefan zu: »Hey, vor deinen Füßen!« Sie warf Athenas Schild zu Boden und er rutschte direkt vor Stefans Stiefel.

Er hob ihn auf und hielt ihn so, dass sie Medusa von der rechten Seite sehen konnte. Jetzt hatten sie jeden Winkel abgedeckt, aber das Problem war, dass Liv sich umdrehen musste, um sich dem Feind zu stellen.

»Ich bin ausgesprochen glücklich, gegen dich anzutreten, Medusa«, rief Liv und riss ein Stück Stoff aus ihrem treuen schwarzen Umhang. Sie zwinkerte ihren Freunden zu, die sie in der Reflexion ihres Schwertes, Eises oder Schildes sehen konnten.

»Wenn ich dich und deine Freunde erst besiegt habe«, begann Medusa, »wirst du zu Stein werden und mir die Kraft geben, die ich brauche, um diesem Ort zu entkommen, an dem ich schon zu lange gefangen bin.«

Liv faltete das Stück Stoff, bis sie sicher war, dass sie nicht hindurchsehen konnte, legte es um ihre Augen und band es am Hinterkopf fest zusammen. »Und wenn ich gewinne, lässt du Vater Zeit frei und uns alle gehen.«

Medusas Lachen fehlte jegliche Freude. »Nun, es klingt, als hätten wir eine Abmachung. Ich lasse euch gehen, *wenn* du gewinnst.«

Liv zog Bellator aus der Scheide und wandte sich der Frau zu, die der Grund für so manche Albträume war.

Kapitel 44

Livs Freunde brauchten keine Anleitung für die weitere Vorgehensweise. Sie alle kannten den Plan, nachdem sie sich die Augen verbunden hatte. Sie fungierten jetzt als ihre Augen. Liv fühlte den Puls von Bellator in ihren Händen und wusste, dass auch das Schwert helfen würde, sie zu lenken.

Medusa zu besiegen würde bedeuten, ihren Freunden zu vertrauen und sich auf ihre Waffe zu verlassen, wie sie es noch nie zuvor getan hatte, so wie Akio es ihr beigebracht hatte. Der Gedanke an ihn schwächte sie keinesfalls. Stattdessen fühlte sie seinen Geist in ihrem Herzen anschwellen und wie er sie aus dem Jenseits anfeuerte.

Um Papa Creola zu befreien, müsste Liv ihr Vertrauen in die Personen setzen, die sie wie eine Familie zu lieben gelernt hatte. Vertrauen war die Prüfung eines wahren Kriegers. Wenn man sie bestand, verdiente man mehr als Reichtum und Ruhm. Man verdiente Liebe – das größte Geschenk von allen.

»Sie ist zu deiner Rechten«, sagte Trudy, während Liv mit Bellator in der Hand auf festen Beinen stand. Sie atmete stoßweise.

Liv drehte sich um und fühlte die Bewegung der Schlangen, die sich um Medusas Kopf wanden und zischten.

Sie schwang Bellator weit von rechts nach links, scheiterte aber. Also ging sie in die Hocke und wartete auf den nächsten Befehl ihres Teams.

»Sie hat zwei Klingen gezogen«, erklärte Stefan.

Liv nickte als Antwort.

»Und sie trägt ein superheißes Kleid«, erklärte Rudolf. »Dieser Schlitz reicht bis ganz nach oben.«

Seltsamerweise war Liv froh über den Spannungsbruch. Darin war Rudolf gut. Besser als alle anderen.

»An deiner linken Hüfte!«, schrie Rory.

Liv drehte sich in diese Richtung und streckte ihr Bein aus, traf auf etwas und drückte es nach unten.

Ein Schrei der Entrüstung ertönte aus dem Mund der Medusa.

»Der war gut«, bestätigte Rudolf. »Du hast der Verrückten in den Hintern getreten. Das hast du nun davon, dich mit meiner Freundin anzulegen!«

»Versuche sie nicht zu provozieren«, forderte Liv atemlos, während sie Bellator hin und her schwang, in der Hoffnung, Medusa einfach durch Glück zu treffen. Es war doch sehr beunruhigend, in einer Schlacht, in der sie hauptsächlich auf ihre Augen vertraute, nicht sehen zu können. Aber in diesem Moment war es wichtiger, sich auf ihre Freunde zu verlassen.

»Liv, sie hockt direkt vor dir«, verkündete Trudy.

Sie holte mit Bellator über dem Kopf aus und stieß es dann nach unten, aber es schnitt nicht durch Fleisch. Stattdessen versank es im Marmorboden. Liv versuchte es herauszuziehen, aber die Klinge blieb stecken.

»Zu deiner Linken«, erklärte Rory.

Liv wusste nicht, was sie ohne ihre Waffe machen sollte. Sie duckte sich und fühlte, wie etwas über ihren Kopf rauschte.

»Zu deiner …«

Eine Klinge stach in Livs Wade, als sie versuchte Bellator aus dem Marmor zu ziehen. Sie schrie und riss ihren Fuß hoch, dann schlug sie wie ein Esel mit dem Bein nach hinten aus. Sie fühlte, wie der Absatz ihres Stiefels auf etwas stieß und drückte ihn nach hinten.

»Zu deiner Rechten«, bemerkte Rudolf. »Das war es, was ich sagen wollte, aber jetzt ist es vorbei und erledigt. Weiter gehts.«

Alle schrien durcheinander, aber niemand sagte etwas Konkretes und als ihr etwas wie ein Ellbogen in den Oberkörper gestoßen wurde, fiel Liv gegen die Statue von Papa Creola. Sie rollte sich sofort ab und sprang auf die Beine. Noch mehrere Male rief ihr Team ihr zu, wohin sie springen sollte oder wo Medusa war.

Ständig fühlten sich ihre Hände von Bellator angezogen, aber jedes Mal, wenn sie versuchte die Klinge herauszuziehen, wurden ihr die Beine weggefegt.

Medusa schlug mit ihren kleinen, scharfen Klingen auf sie ein. Liv wich aus, bewegte sich blind und hoffte verzweifelt, den Angriffen zu entkommen.

»Sie ist hinter dir«, schrie Trudy.

Liv duckte sich, aber es passierte nichts. Dann schwang sie sich herum und griff etwas an der Taille. Sie wusste nicht, ob Trudy den Angriff in realer Zeit oder in der Zukunft gesehen hatte, aber Liv hatte das Gefühl, dass sie sich im Vorteil befand, als sie Medusas Körper umklammerte. Doch dann wusste sie nicht mehr, was sie mit ihr tun sollte.

Als die kleine Klinge in ihrem Unterarm versank, ließ sie die Bestie frei und griff mit der Hand an die Verletzung.

Liv fühlte Bellator vor sich und wusste, dass das der einzige Weg war, alles zu beenden. Unabhängig davon, wo im Tempel sie war, konnte sie Bellator mit verbundenen Augen finden.

Sie ließ ihre Hände auf das Heft sinken und versuchte erneut, das Schwert herauszuziehen. Sie riss daran, aber es steckte im Boden fest.

»Liv!«, schrie Rory verzweifelt.

»Mach dir darüber keine Sorgen!«, erwiderte Stefan und Liv hörte das Sausen eines Pfeils, der über ihre Schulter schoss und etwas traf.

Medusa schrie.

Noch einmal versuchte Liv Bellator herauszuziehen und dieses Mal erreichte sie ihr Ziel.

»Direkt vor dir!«, riefen ihre Freunde unisono.

In einer schnellen Bewegung hob Liv Bellator und schwang es ohne zu zögern herum, bis die Klinge auf Fleisch traf. Sie konnte fühlen, wie sie sauber durch den Hals des Biestes schnitt und einen Augenblick später landete das Geräusch von etwas Matschigem, das auf Marmor traf, in Livs Ohren.

Ihre Freunde freuten sich und aufgeregt nahm Liv die Augenbinde ab. Sie wandte sich der Statue von Papa Creola zu, wobei sie peinlich genau darauf achtete, den Blick nicht auf den Kopf zu ihren Füßen zu richten.

Wie ein Schneemann, der wieder zu einer echten Person auftaute, verwandelten sich Papa Creolas Gesichtszüge von grauem Stein in eine rosige Erscheinung. Es schien ein Jahrhundert her zu sein, seit Liv auf die rosigen Wangen oder die runde Nase des Mannes vor ihr gestarrt hatte. Sie wollte losrennen, um ihn zu umarmen, als er sich endlich zu bewegen begann, aber sie erinnerte sich, dass er sie wahrscheinlich töten würde, wenn sie das täte.

Stattdessen zog sie ihren Umhang aus und drapierte ihn über den Kopf der Medusa, um sicherzustellen, dass niemand sonst versteinert würde.

»Papa Creola, du bist wieder da«, rief Liv erleichtert.

Der Boden unter ihnen bebte und der Gnom schoss ihr einen besorgten Blick entgegen. »Noch nicht.«

Über ihren Köpfen sangen Frauenstimmen im Duett: »Sie wollte dich gehen lassen, *wenn* du gewinnst. Aber wir nicht.«

Papa Creola schüttelte den Kopf und sammelte seine Kräfte. »Die Gorgonenschwestern geben nicht auf.« Er streckte seine kurzen Arme aus. »Kommt alle her.«

Die Gruppe eilte nach vorn, alle versuchten sich in den Bereich um Papa Creola zu quetschen, während das Gebäude erbebte, als würde es gleich im Meer versinken. Die Welt verwandelte sich in eine Explosion heller Farben, als sie sich in einer Spirale drehten und geflügelte Tiere nach ihnen griffen. Eine der Schwestern versuchte sich Bellator zu schnappen, aber Liv zerrte das Schwert im Fliegen zurück.

Sie vernahm ein lautes Kichern in ihren Ohren, spürte aber auch die Magie eines Riesen, eines Fae und von Magiern und Liv wusste, dass sie sich ausruhen konnte. Sie schloss ihre Augen und entspannte sich, als Papa Creola sie von dem Ort, an dem er gefangen gewesen war, zu einem Ort brachte, an dem sie sicher waren – zumindest für eine Weile.

Kapitel 45

Liv erwachte und schaute an die Decke der *Fantastischen Waffen*, plötzlich erfüllt von derselben bösen Vorahnung, die sie beim letzten Mal hatte, als Plato gestorben war.

Keuchend setzte sie sich auf.

Stefan stand unmittelbar vor ihr und er strich mit den Händen über ihr Gesicht. »Hey. Du bist durch die Klingen der Medusa stark verletzt worden. Es wird heilen.«

»Sie hat überlebt«, rief Trudy von irgendwo in der Nähe.

Stefan schüttelte den Kopf und blickte nach rechts. »Spoiler-Alarm!«

Liv versuchte aufzustehen, aber sie brauchte eine Minute. Mit Stefans Hilfe kam sie auf die Beine. Direkt vor ihr stand der Mann, den sie so schmerzlich vermisst hatte.

Papa Creola hatte sich vor ihr aufgebaut, neben ihm Subner, sein Gehilfe. Bevor Liv ein Wort sagen konnte, machten sowohl Vater Zeit als auch der Mann, den er seinen besten Freund nannte eine tiefe Verbeugung und ehrten Liv Beaufont.

Sie wusste nicht, was sie sagen sollte, also wartete sie einfach, dass die beiden sich aufrichteten, da sie von Natur aus gar nicht so weit vom Boden entfernt waren.

»Kriegerin Beaufont«, begann Papa Creola, »du hast mich gerettet.«

Sie deutete auf Rory, Rudolf, Trudy, Plato und Stefan. »Das haben wir gemeinsam getan. Und ein weiterer Freund, der leider nicht mehr unter uns weilt, aber der beste Kämpfer war, den ich je gekannt habe.«

»Jemand, der nicht gezögert hat, zurückzugehen, denn das war es, was getan werden musste«, erklärte Trudy mit fester Stimme.

Papa Creola sah sich in der Gruppe um. »Ja, Akio Takahashi war ein großer Krieger und die Erinnerung an ihn wird weiterleben. Dafür werde ich sorgen. Aber ich wurde aus einem ganz bestimmten Grund von einem Bösewicht eingesperrt, der sich mir schon seit geraumer Zeit entzieht.«

»Talon Sinclair«, wusste Liv.

Papa Creola nickte. »Du bist geschwächt. Du brauchst Zeit, um dich zu erholen.«

Liv schüttelte den Kopf. »Nein, es geht mir gut. Wir ...«

»Oh, wow!«, rief Rudolf aus und fiel ihr ins Wort, als er sich im Laden umschaute. »Dieser Ort birgt solch liebevolle Erinnerungen.«

Papa Creola drehte sich um und schaute dem Fae entrüstet ins Gesicht. »Fass irgendetwas an und ich werde deine Kinder für den Rest der Zeit zu meinen Sklaven machen.«

Anstatt ängstlich zu werden, wie er es hätte tun sollen, wurden Rudolfs Augen groß. »Kinder? Ich habe Kinder! Ich frage mich, wer bekommt sie?«

»Vielleicht Serena?«, schlug Rory vor.

Rudolf zuckte die Achseln. »Vielleicht. Schwer zu sagen. Sie ist die Liebe meines Lebens, aber ich kenne mich aus, wenn du weißt, was ich meine.«

Liv rollte mit den Augen. »Ich denke, wir wissen alle, was du meinst.« Sie trat vor, die Verletzungen quälten sie. »Papa Creola, Talon muss aufgehalten werden. Das war einer der vielen Gründe, warum wir dich zurückbringen mussten.

Aber nur damit du es weißt, egal, was passiert, ich werde dich immer zurückbringen.«

Er zwinkerte ihr zu. »Dann behalte das Paket und überlass mir Talon.«

»Den Teufel werde ich tun. Wenn du ihn zu Fall bringen willſt, werde ich an deiner Seite sein«, sagte Liv und trat entschlossen neben den kleinen Mann.

Er warf einen Blick über die Schulter und nickte. »Sehr gut. Kriegerin Beaufont kann sich mir mit all ihren Freunden anschließen, die ihr Leben riskiert haben, um mich zurückzuholen. Aber wisset, dass es diesmal nicht so sein wird, wie Medusa gegenüberzutreten. Talon iſt ein neues Übel, eines, von dem selbſt ich nicht weiß, wie es zu besiegen iſt.«

Stefan trat an die Seite von Liv. »Ich bin dabei, egal, wie groß die Gefahr auch iſt.«

Rory lächelte tatsächlich. »Ich auch. Wo immer Liv iſt, was immer sie braucht, ich werde da sein.«

Trudy nickte ebenfalls. »Ich weiß auch nicht, wie der Gott-Magier besiegt werden kann, aber ich werde mein Schwert gegen ihn schwingen.«

»Du könnteſt damit beginnen, ihn nicht so zu nennen«, erklärte Papa Creola. »Diesen Titel hat er selbſt gewählt, um sich Macht zu verleihen, die er nicht verdient. Macht liegt in Worten. Nenne ihn Talon. Sei verächtlich. Aber bezeichne ihn mit nichts, was ihm Macht verleiht. Er iſt kein Gott.«

»Wie wäre es mit ›Arschgesicht‹?«, bot Rudolf an, während er mit etwas auf dem Tresen ſpielte.

»König Rudolf?«, schrie Papa Creola und erschreckte alle.

Rudolf drehte sich um. »Gut. Ich werde mit euch allen auf die Mission gehen. Ich bin für die Donuts verantwortlich.«

Liv schaute den Fae an und er huſtete, um seinen Fehler zu vertuschen.

»Ich-ich-ich meinte«, stotterte Rudolf. »Unterschätzt nicht meine Loyalität auf dieser Mission. Ich lasse niemanden zwischen meine Freunde und mich kommen.«

Liv wandte sich an Papa Creola. »Führe uns und wir werden folgen. Was immer du brauchst, um Talon zu besiegen, sei es meine Stärke oder Rudolfs Intelligenz, du bekommst es.«

Der Gnom lächelte sie an. »Zum Glück bin ich nicht auf Letzteres angewiesen, aber ich bin dankbar für deine Hilfe, Kriegerin Beaufont.«

Kapitel 46

Das Telefon klingelte und klingelte an Livs Ohr. Der Ausdruck auf Stefans Gesicht mit dem eigenen Telefon in der Hand, stimmte sie nicht zuversichtlich, dass er eine Antwort erhalten hatte.

»Glück gehabt?«, fragte sie, als Trudy in sauberer Rüstung in die *Fantastischen Waffen* zurückkehrte. Subner hatte sich um ihre Wunden gekümmert, ebenso wie um Livs.

Trudy schüttelte den Kopf. »Nein. Ich habe einen Beschwörungsstein für sie, aber er funktioniert nicht.«

Alle im Laden schwiegen. Rudolf, der mit Rory über Taktiken diskutiert hatte, blickte auf. Liv hatte einen Beschwörungsstein für ihn und egal, wo er auf der Welt war oder was er tat, er würde ihn zu ihr bringen, egal wie.

»Was kann das bedeuten?«, fragte Liv, als sie sich unter ihren Freunden umsah.

»Das bedeutet, dass sie tot ist«, antwortete Trudy kalt, obwohl ihr die Emotionen deutlich ins Gesicht geschrieben standen.

»Nicht unbedingt«, argumentierte Subner. »Wenn sie nicht mit dem Stein herbeigerufen wird, kann es auch bedeuten, dass etwas sehr Mächtiges sie gefangen hält.«

Liv warf einen Blick auf Stefan. »Glück gehabt?«

Sie wusste, dass es dumm war, diese Frage überhaupt zu stellen. Sie hätte es gesehen, wenn er Raina an die Strippe bekommen hätte. Er schüttelte den Kopf.

»Clark antwortet auch nicht«, erklärte Liv. Die Ratsmitglieder sollten zurück ins Haus gehen, ihre Rollen spielen und Talon glauben machen, sie täten alles, was er verlangt hatte. Aber irgendetwas musste furchtbar schiefgelaufen sein.

»Wir müssen zum Haus«, meinte Stefan mit der gleichen Sorge in seinen Augen, die Liv im Herzen fühlte.

»Okay, ich bin bereit«, sagte Liv und schnappte sich einen der Erdnussbutter-Schokoladenkekse, die Subner für sie vorbereitet hatte, zusammen mit einer großen Auswahl an kalorienreichem Gebäck und frischen Säften. Liv hatte keinen Appetit, wusste aber, dass ihre magischen Reserven dies dringend brauchten.

»Noch nicht ganz«, sagte Subner und hob einen Finger. »Ihr werdet auf Papa Creola warten müssen. Er macht sich gerade fertig.«

»Zieht er etwa seinen Gnom-Kampf-Catsuit an?«, fragte Rudolf.

Liv schoss ihm einen verächtlichen Blick zu.

Er warf seine Hände in die Luft. »Oh, gut. Keine Witze. Liv macht Witze, wenn der Stress zu viel wird und geliebte Menschen in Gefahr sind, aber wenn ich es tue, ist es ungehobelt.«

»Das trifft es«, bestätigte Stefan trocken.

»Während ihr wartet, möchte ich eure Waffen aufrüsten«, sagte Subner und streckte Trudy seine kurzen Hände entgegen. »Dein Schwert, Kriegerin DeVries.«

Als Trudy Liv zaghaft ansah, sagte sie: »Nur zu. Er hat meines bereits aufgerüstet, sodass es Schlösser öffnen kann.«

»Und im Kampf gegen einen Feind den Gründern als Vermittler dient«, ergänzte Subner, während er mit den Händen über Trudys Schwert strich.

Liv blinzelte ihm zu. »Du bist der Grund, dass Bellator ... Warum hast du mir nichts gesagt?«

»Ich sage es dir jetzt«, antwortete er einfach und streckte Stefan mit erwartungsvollem Gesichtsausdruck die Hand entgegen. »Ich bin fertig mit dem Schwert. Jetzt nehme ich deinen Bogen, Krieger Ludwig.«

»Was wird mein Schwert jetzt tun?« Trudy nahm ihre Waffe wieder in die Hand.

»Gar nichts! Das liegt nur an dir«, antwortete Subner. »Wenn es richtig eingesetzt wird, wird es Dinge durchtrennen, die ätherisch sind und denen es zuvor nichts anhaben konnte.«

»Warum sollte sie diese Fähigkeit brauchen?« Stefan beobachtete, wie der Gnom mit den Händen über den Bogen fuhr und ihn für einen Moment zum Leuchten brachte.

Subner starrte ihn ungeduldig an. »Gegen das zu kämpfen, was wir sehen können, ist viel leichter als gegen das, was für uns unsichtbar ist.«

Liv zuckte leicht mit den Achseln. Sie war an Subners kühle und rätselhafte Art gewöhnt und stellte diese kaum noch in Frage.

»Und mein Bogen?«, wollte Stefan wissen.

»Er wird die gleichen Dinge tun wie das Schwert von Kriegerin DeVries, zusätzlich allerdings auch zielen«, erklärte der Gnom.

»Warum klingt es so, als würdest du sie auf den Kampf gegen ätherische Kreaturen vorbereiten?«, erkundigte sich Rory.

»Nun, wenn etwas Ratsmitglied DeVries davon abhält, herbeigerufen zu werden, dann ergibt es am meisten Sinn, von Besessenheit auszugehen.« Subner ging nach hinten und drehte sich um, als er neben der Tür in den Keller zu Papa Creolas Büro stand, das mehrere Stockwerke unter ihnen lag.

»Was?«, fragte Trudy. »Bist du sicher?«

Subner schüttelte den Kopf. »Nein, ganz und gar nicht. Es gibt viele andere plausible Szenarien, aber da ich weiß, wie ich als Talon mit dem Haus umgehen würde, halte ich das für die beste Möglichkeit.«

»Wenn sie diese Dinge für ihre Waffen benötigen, solltest du dann Bellator nicht auch modifizieren?«, wunderte sich Liv.

»Nein«, antwortete Subner. »Das habe ich mit dem ersten Upgrade bereits erledigt.«

Liv rollte mit den Augen. »Oh, du und deine Überraschungen.«

»Außerdem«, machte sich Papa Creola bemerkbar, als er in der Türe erschien und genauso aussah wie sonst, ganz ohne Catsuit, »kannst du auf Feuerball-Magie zurückgreifen. Sie funktioniert perfekt bei vielen verschiedenen Arten von bösen Kreaturen. Vergiss das nie.«

Liv nickte und nahm an, es müsste von großer Bedeutung sein, wenn Papa Creola es gerade jetzt erwähnte.

Er trat vor und studierte die Gruppe um ihn herum. »Ihr habt die anderen Krieger benachrichtigt, dass wir uns im Haus treffen?«

»Ja«, antwortete Liv. »Wie du es gewünscht hast.«

»Sehr gut«, sagte Papa Creola. »Das ist eine Familienangelegenheit zwischen einem der ersten Royals und dem Haus. Ich denke, es ist angemessen, dass neben mir, dem Fae und dem Riesen, nur die Krieger dafür verantwortlich sind, ihr Haus von dieser Plage zu befreien.«

Kapitel 47

»Heilige Hölle, das kann nicht gut sein«, meinte Rudolf, als alle durch das Portal vor dem Handleseladen traten.

»Die Hölle kann schon per Definition nicht heilig sein«, korrigierte Papa Creola.

»Das war eine Art Redewendung, Pops«, betonte Rudolf. »Wurde für heute teilweise Bewölkung mit der Chance auf eine Apokalypse vorhergesagt?«

Eine runde, fast schwarze Wolke hing direkt über dem zweistöckigen Handleseladen, der den Eingang zum Haus der Vierzehn darstellte. Die Fenster waren zerbrochen und die Hälfte des Daches fehlte. Eigenartige schwarze Ranken wanden sich an den Seiten des Gebäudes hinauf, das an einigen Stellen große Risse aufwies.

Die Sterblichen auf der Promenade waren sich der Gefahr sehr wohl bewusst und gingen in einem großen Bogen an dem Gebäude vorbei, wenn sie die unheilvolle Wolke erblickten.

Livs Herz schlug schnell in ihrer Brust und sie dachte an Clark, der irgendwo im Haus gefangen war. Sie hoffte, er wäre *nur* gefangen; sie durfte keine andere Möglichkeit in Betracht ziehen. Da waren auch noch John und der Rest der Sterblichen Sieben, die in ein Koma versetzt worden waren, ihre Chimären waren ebenfalls handlungsunfähig. Die Zeit drängte nicht nur, es wurde eng!

Liv hob ihre Hand auf dieselbe Weise wie immer, um Zugang zum Haus zu erhalten, hielt inne und wandte sich Papa

Creola zu. »Ich weiß, dass du es kannst, aber werden Rudolf und Rory das Haus betreten können, obwohl sie keine Royals sind?«

»Ich glaube, dass jetzt alles und jeder eintreten kann«, antwortete Papa Creola, schritt an ihr vorbei und drückte die Tür auf. Schwärze verschlang den Gnom, als eine Staubwolke aus der Ladentür quoll.

Liv schaute Stefan vorsichtig an.

»Wir werden uns dem gemeinsam stellen«, versprach er und schenkte ihr ein sanftes Lächeln, mit dem sie sich geringfügig besser fühlte.

Nickend betrat Liv das Haus der Vierzehn und wusste, dass nach diesem Tag in der magischen Welt nichts mehr so sein würde wie vorher. In diesem Kampf ging es um die Zukunft aller. Einzig die Siegerseite würde in die Geschichte eingehen. Sie würde die Gesetze schaffen. Sie würde die magische Welt kontrollieren, was ganz klar gleichbedeutend damit war, die Welt als Ganzes zu kontrollieren.

Kapitel 48

Nichts, was Liv bis zu diesem Zeitpunkt gesehen hatte, hätte sie auf den Anblick innerhalb des Hauses der Vierzehn vorbereiten können. Zuletzt hatten der Eingang und der Korridor abrissreif ausgesehen, zerstört durch Vernachlässigung und Missbrauch. Jetzt sah alles eher nach einem Mordschauplatz aus.

Der Boden unter Livs Stiefel knirschte wegen der Knochen von Kleintieren, als sie neben Papa Creola trat, der das Gebäude vor ihr betreten hatte. Glassplitter lagen auf dem Boden und Scherben steckten in der Wand, Blut sickerte aus den Schnitten, als würde das Haus selbst bluten.

»*Es* blutet«, erklärte Papa Creola, als hätte er Livs Gedanken gelesen.

Schon lange daran gewöhnt, nicht mehr viel Privatsphäre im eigenen Kopf zu haben, schreckte sie nicht zurück. »Das Haus?«

Er nickte, als der Rest der Gruppe, zu der jetzt auch Emilio und Maria gehörten, hinter ihnen einmarschierte. Die meisten hielten sich die Nase wegen des Fäulnisgeruchs zu, der von der eisigen Brise, die den Korridor hinunterwehte, aufgewirbelt wurde. »Es ist lebendig, wie ihr wisst, erbaut mit der Magie und dem Blut der Gründer. Es scheint, dass Talon gegen das Haus kämpft, das offensichtlich nicht gewillt ist, sich seiner Kontrolle zu unterwerfen. Er würde wohl lieber eine der unglaublichsten magischen Schöpfungen der Geschichte zerstören, als zu verlieren.«

Schwarze, mit langen Dornen ausgestattete Reben schlängelten sich über die Wände im Korridor und verdeckten die Worte der Gründer – diejenigen, die vom Untergang sprachen. Liv konnte kaum ein oder zwei Symbole erkennen, da die Ranken schnell alles überwucherten.

Papa Creola wandte sich an die Gruppe. »König Rudolf Sweetwater und Rory Laurens, ihr bekämpft hier das Unrecht, das sich ausbreitet und versucht das Haus zu übernehmen. Der Eingangsbereich war immer einer der mächtigsten Teile dieses Bauwerks, weil er die Macht in die drei Teile lenkt.«

»Körper, Geist und Seele«, flüsterte Liv, ohne zu ahnen, woher sie das wusste.

»Ja«, bekräftigte Papa Creola. »Den Körper des Hauses bildet der Wohntrakt, in dem, so fürchte ich, die Ratsmitglieder festgehalten werden. Die Schwarze Leere war immer der Geist des Hauses, ein Ort, von dem wir einst dachten, er sei rein und ein Zufluchtsort, von dem wir aber jetzt wissen, dass er vor langer, langer Zeit korrumpiert wurde.«

»Was ist jetzt dort?«, fragte Trudy. »Hält sich Talon da versteckt?«

»Er versteckt sich nicht mehr«, antwortete Papa Creola, drehte sich zur Seite und schaute auf den Boden. »Wie du erwartet hast, hat das Haus seinen Verstand verloren. Ohne ihn gibt es keine Rettung mehr für diesen Ort.«

Liv fragte sich, mit wem Papa Creola sprach, aber als Plato auftauchte, wurde ihr klar, dass sie es hätte wissen müssen. Es war auch der Lynx gewesen, der geahnt hatte, dass die Schwarze Leere nicht verschwunden war, sie hatte sich vielmehr ausgebreitet. So wie negative Gedanken den Körper und den Geist des Menschen beherrschen, so erschütterte der Missbrauch durch Talon den Geist des Hauses in seinen Grundfesten.

»Kannst du tun, was getan werden muss?«, fragte Papa Creola Plato.

Der Lynx nickte, seine Augen wanderten zu Liv, eine seltsame Kühnheit in seinem Blick.

»Die Kammer des Baumes ist der Geist des Hauses, oder?«, nahm Stefan an.

»Ja, dort sind die Sterblichen Sieben im Koma gefangen oder was auch immer Talon mit ihnen gemacht hat«, erklärte Liv.

»Dort werden sie bleiben, bis dieser Krieg von uns gewonnen oder verloren wurde, denn es waren immer die Sterblichen, die den wahren Geist der Magie in sich trugen.« Papa Creola wandte sich wieder dem Korridor zu, ein ernster Ausdruck auf seinem normalerweise fröhlichen Gesicht. »Talon kann sie erst dann aus der Kammer entfernen, wenn er mehr vom Haus zerstört hat, weshalb ihr alle zügig arbeiten müsst. Andernfalls könnten meine Bemühungen, Talon zu bekämpfen, umsonst sein.«

»Aber …«, begann Liv, als der Gnom nach vorne trat.

Er sah sie erwartungsvoll an. »Ja, Kriegerin Beaufont?«

»Ich möchte dir helfen«, gestand sie in dem Wissen, dass dieser Kampf für sie eine mehr als persönliche Angelegenheit war.

Er nickte. »Das wirst du auch. Aber finde zuerst deinen Bruder.« Nach diesem letzten Befehl verschwand Vater Zeit.

Kapitel 49

Die fünf Krieger eilten die Treppe im Wohntrakt hinauf, zwei vorneweg und drei dahinter, wobei ihre Augen nach Bedrohungen Ausschau hielten. Breite Risse verliefen an den Wänden, durch die ein heulender Wind hereinwehte.

Schreie hallten aus jedem Korridor wider, den sie passierten, aber sie gingen weiter nach oben. Liv führte das Team an, Bellator zeigte ihr den Weg. Schwarzer Schimmel wuchs an den Wänden empor, scheinbar angespornt durch ihr Vorbeikommen.

»Woher weißt du, wohin du gehst?«, fragte Emilio, als sie den dritten Stock passierten.

»Ich kann es fühlen«, flüsterte Liv und entdeckte etwas Dunkles auf einem Treppenabsatz. »Macht euch bereit.«

Liv blieb stehen, versteinert durch den Anblick vor ihr. Da war einfach nur ein dunkler Schatten, aber das war es nicht, was sie mit solchem Schrecken erfüllte. Es war das Gefühl, das der Schatten ausstrahlte.

Ein Pfeil zischte an ihr vorbei, traf die dunkle Gestalt und ließ sie zu Licht werden. Liv schirmte ihren Kopf vor den Funken ab, die auf den Boden trafen und ihn versengten, bevor sie erloschen.

»Was war das?«, fragte Maria.

»Gespenster«, antwortete Trudy. »Sie überfallen wie Krebs einen Körper, nehmen jedes Organ in Besitz und fahren es herunter.«

»Oder in diesem Fall«, verdeutlichte Stefan, »übernehmen sie unseren Rat, wodurch das Haus praktisch zur Untätigkeit gezwungen wird.«

Bellator pulsierte zweimal in Livs Händen, als sie den nächsten Absatz erreichten. »Auf dieser Etage befinden sich zwei Ratsmitglieder.«

»Nochmals, woher weißt du das?«, wollte wieder Emilio wissen.

Sie nickte ihrem Schwert zu. »Akio hat mich gelehrt, meine Waffe wie einen Kompass zu benutzen.«

»Dann musst du seine Anweisungen sehr ernst genommen haben«, bemerkte Trudy, »denn das lernt man nicht so leicht.«

Liv nickte, die Zuneigung zu ihrem Kampfausbilder schmerzte. Jetzt war jedoch keine Zeit zum Trauern. Das musste warten.

»Emilio und Maria«, befahl Liv, »ihr übernehmt diesen Flur!«

Die beiden Krieger nickten, liefen vorsichtig auf den dunklen Gang zu und verschwanden sofort, von Schatten verschluckt.

Die drei übrigen Krieger stiegen die Treppe hinauf, die Schreie und der heulende Wind nahmen an Intensität zu.

Kapitel 50

ie sollen wir das nur wieder in Ordnung bringen?« Rudolf verzog das Gesicht wegen der blutbefleckten Wände.

»Wir müssen diesen Bereich vom Rest des Hauses trennen«, vermutete Rory. Mit Sicherheit konnte es niemand sagen, aber Papa Creola hatte recht damit, dass von hier aus die Energie ins Haus floss. Wenn man diesen Fülltrichter absperrte, konnte sich die Energie nicht mehr auf den Wohntrakt, die Schwarze Leere und die Kammer des Baumes ausbreiten.

»Und wie machen wir das?«, erkundigte sich Rudolf.

»Nun, ich glaube, wir beginnen mit Frost«, erklärte Rory, wiederum nicht ganz sicher. »So läuft es im Winter. Alles muss sterben, um wieder neu zu erblühen.«

»Ein Kinderspiel!« Rudolf streckte seine Hände aus, aber anders als im Medusentempel sprühte das Eis nicht aus seinen Fingern, um sein Ziel zu gefrieren. Er schaute auf seine Hände, als wären sie kaputt. »Das ist komisch. Denkst du, ich kann nichts tun, weil ich im Haus bin?«

»Nein, ich glaube, deine Kräfte sind blockiert, weil verhindert werden soll, dass dieser Bereich abgetrennt wird.«

Rudolf kratzte sich am Kopf. »Nun, du hast Erdmagie. Wird uns das etwas nützen?«

»Nur, wenn du möchtest, dass ich das gesamte Gebäude zum Einsturz bringe«, antwortete Rory.

»Oh ja, die Sache ist die, dass ich das nicht möchte«, lachte Rudolf.

Der Riese betrachtete die schwarzen Reben, die er noch nie zuvor gesehen hatte. Normalerweise reagierte Rory auf organisches Material auf besondere Art und Weise, weil es seine Magie hervorrufen und sie auffüllen konnte. Aber diese Reben waren wie Öl, das aus der Erde sprudelte und nichts anderem diente, als die Umwelt zu verschmutzen und Gier hervorzurufen.

»Wenn du nur etwas Unkrautvernichter hättest ...«, bemerkte Rudolf, während die Reben wuchsen und ein durchdringendes Kratzgeräusch von sich gaben, als sie immer mehr von den Wänden und der Decke überwucherten.

Überwältigt von dieser Offenbarung schlug Rory mit seiner großen Hand auf Rudolfs Brust und warf ihn fast um. »Das ist es! Du bist ein Genie!«

Der Fae schaute völlig schockiert. »Ich wusste, dass der Tag kommen wird, an dem ich diese Worte hören würde. Aber warum bin ich ein Genie?«

»Hass ist ein schnell wachsendes Unkraut«, sagte Rory langsam, während er die Theorie in seinem Kopf ausarbeitete. »Talon verabscheut nichts mehr als die anderen Rassen und deshalb versuchte er, das Haus vom Rest der Welt abzuspalten. Aber was wäre, wenn wir seinen Hass mit der einzigen Sache bekämpfen würden, die ihm wirklich den Rest geben kann?«

»Gewehre?«, riet Rudolf. »Ich bin mir nicht sicher, ob das eine gute Idee ist. Ich bin gegen Gewehre, nachdem ich im Revolutionskrieg von einer Muskete getroffen wurde.«

»Du warst ... Egal.« Rory winkte ab. »Nein, keine Waffen. Ganz im Gegenteil. Die Liebe. Talon erwartet, dass sein Hass bekämpft wird. Er erwartet, dass wir Gewalt oder elementare Magie anwenden. Aber wovor ein Monster wie er seine Zerstörungskraft nicht bewahren kann, ist die nicht kämpferische Form eines Angriffs. Wenn wir ...«

»Also, Liebe machen, keinen Krieg, dann wissen die Ranken nicht mehr, wie sie sich verteidigen können«, unterbrach der Fae voller Aufregung.

»Ja, obwohl ich hoffe, dass dir klar ist, dass Liebe machen in diesem Fall bildlich gemeint ist«, erklärte Rory.

Rudolf zwinkerte ihm zu. »Hey, wir sind nicht mehr in den Sechzigern. So ticke ich nicht mehr. Also, was machen wir jetzt?«

Rory atmete langsam aus. »Eines der schwierigsten Dinge für jede Rasse: einfach lieben. Schicke deine Liebe überall hin, ganz gleich, welche Angst du in deinem Herzen spürst. Wenn du Bedrohung oder Sorge verspürst, dann ist es umso wichtiger, Liebe aus deinem Wesen in den Raum zu schütten. Ich habe das Gefühl, dass es Widerstand geben wird.«

»Wir sollen uns also einfach hinsetzen und Positivität ausstrahlen?«, fragte Rudolf. »Das fühlt sich fast ein wenig zu einfach an.«

Rory schüttelte den Kopf. »Du darfst nicht außer Acht lassen, wie schwierig es wird, dem Bösen ins Auge zu sehen. Es ist verdammt schwierig, Liebe zu geben, anstatt sich dem Gegner anzugleichen, wenn man reinem Hass gegenübersteht. Daran musst du denken.«

Völlig unbedarft wegen der Knochen und Glassplitter, nahm Rudolf friedlich den Lotus-Sitz ein. »Okay, ich lasse mich nicht von den Kräften beeindrucken, die gegen das Haus kämpfen.«

Rory nickte und war überzeugt, wenn jemand die Liebe im Angesicht des reinen Bösen bewahren könnte, dann wäre es der Fae. Manche Wesen waren einfach von Natur aus gut.

Kapitel 51

»Sie ist hier in der Nähe«, flüsterte Trudy mit gedämpfter Stimme.

Liv wusste, dass sie sich auf ihre Schwester bezog und glaubte, dass die Seherin Hester, die Heilerin, spüren konnte.

»Auf dieser Etage?«, fragte Stefan, als sie zum nächsten Treppenabsatz kamen.

»Ja«, antwortete Trudy mit gesenktem Kinn, während sie in die Dunkelheit starrte. Die Gespenster flogen im Korridor vor ihr hin und her. Da böse Geister von den Ratsmitgliedern Besitz ergriffen hatten, beschloss das Team, dass es besser war nicht zu schießen, es sei denn, sie wären nahe genug, um zu erkennen, dass es sich nicht um einen der Royals handelte.

»Wir werden dich also hier zurücklassen.« Liv blickte Richtung oberster Etage des Hauses, wo mit Sicherheit Clark und Raina zu finden waren.

Trudy nickte einfach, während Liv und Stefan weiter die Treppen erklommen.

»Oh und Kriegerin Beaufont?«, sagte Trudy, als sie sich auf halber Höhe befanden.

Liv drehte sich um. »Bitte erzähle mir nicht, wie ich meinen Tod verhindern kann.«

Trudy lächelte doch tatsächlich. »Ich denke, wir alle wissen, dass das Geheimnis des Lebens nicht darin liegt, wie wir sterben. Es liegt darin, wie wir leben. Wenn die Zeit gekommen ist, zögere nicht, uns alle zu retten, denn du bist die Einzige, die es kann. Das war schon immer der Fall.«

»Aber es ist Papa, der …«

Das Wissen in Trudys Gesicht nahm Liv die Worte. »Du warst es schon immer, Liv. Alle Prophezeiungen seit Anbeginn waren in dieser Hinsicht eindeutig.«

»Also überleben wir? Ich rette … die Leute und alles?« Liv wusste nicht, wie sie sich ausdrücken sollte.

Trudy neigte den Kopf, ihr Lächeln verschwand. »Nein. Es gibt keine Gewissheit in unserer Zukunft, aber wenn wir gerettet *werden*, dann nur wegen dem, was du tust. Viel Glück, meine liebe Freundin.«

Liv nickte, als sie sich wieder zur Treppe umdrehte.

»Also gar kein Druck«, bemerkte Stefan.

»Nein, wirklich keiner«, meinte Liv herablassend und wünschte sich, sie hätte ihren Umhang, da der kalte Wind kräftig durch das Haus blies. Sie hatte ihn über den Kopf der Medusa gelegt, aber erst, nachdem sie Papa Creolas Paket an sich genommen hatte. »Ich kann das alles nicht ohne euch durchstehen und das wisst ihr. Ohne euer aller Unterstützung hätte ich Papa Creola nicht befreien oder gegen Medusa kämpfen können.«

»Ich kenne niemanden sonst, der diesem Monster mit verbundenen Augen begegnet wäre und sich auf die Hilfe anderer verlassen hätte, um es durchzustehen«, erklärte Stefan, als sie ins oberste Stockwerk kamen.

»Wir machen in diesem Leben gar nichts allein, Stefan, aber es hat lange gedauert, bis ich das erkannt habe.«

»Besser spät als nie«, sagte er mit einem Lächeln auf den Lippen, als sie den Flur betraten.

Liv fühlte, wie Bellator sie nach rechts in Richtung Bibliothek zog. Natürlich hatte ihr Bruder dort Zuflucht gesucht.

Sie hoffte, dass er dorthin gegangen war, um zu entkommen, nicht um gefangen gehalten zu werden.

Sie drehte sich um, Stefan stand ihr gegenüber. »Ich denke, Raina ist da drüben.« Er zeigte auf die linke Seite.

»Okay, dann überlasse ich es dir, deine Schwester zu holen.«

Der Dämonenjäger streckte die Hand aus, packte sie am Handgelenk und zog sie so nah zu sich, dass praktisch kein Blatt Papier zwischen sie gepasst hätte. Er glitt mit den Fingern an ihrem Kiefer entlang und sah ihr tief in die Augen. »Du sollst nur wissen, dass, egal was passiert, ich …«

»Sag es nicht«, unterbrach sie und fühlte den nahenden Abschied.

»Nicht sagen, dass ich dich liebe?«, wagte er zu fragen, ein wölfisches Grinsen im Gesicht. »Willst du mir die vielleicht letzte Gelegenheit nehmen, dir zu sagen, dass ich dich liebe, seit du durch die Tür der Reflexion gestolpert bist, zitternd und schreiend und du so die stickige Luft in der Kammer für immer verändert hast?«

Liv kniff die Lippen zusammen und ließ ein leises Knurren ertönen.

Stefan, unbeeindruckt von ihrem Einschüchterungsversuch, fuhr fort: »Erlaubst du mir nicht, dir zu sagen, dass, wenn ich eine Wahl gehabt hätte, mich zu verlieben oder nicht, es in dem Moment vorbei war, als du deine erste klugscheißerische Bemerkung gegenüber Adler Sinclair gemacht hast.«

Sie versuchte einen frustrierten Gesichtsausdruck auf ihr Gesicht zu pflastern, aber dieser Mann brachte ihr hartes Äußeres immer zum Schmelzen. Liv lächelte ihn trotz allem an.

Stefan sprach weiter: »Und bitte nimm mir nicht die Möglichkeit, dir zu sagen, dass ich dir absolut ergeben war, bevor du mich vor dem Biss eines Dämons gerettet hast. Der

Gedanke, mich im Stich zu lassen, kam dir nie in den Sinn. Es ist nicht schwer, dich zu lieben, Liv. Das Einzige, was mich jemals verwirrt hat, war, wie du alles Magische mit einer Anmut und Rätselhaftigkeit vollbringst, wie ich es noch nie erlebt habe.«

»Stefan«, sagte Liv und nahm seine Hände fester.

Er dehnte seinen Nacken. »Ich weiß. Wir haben Menschen zu retten und einen Krieg zu gewinnen. Ich weiß, der Zeitpunkt dafür ist …«

»Nein«, fiel Liv ihm ins Wort, »was du nicht verstehst, ist, dass ich keine andere Wahl hatte, als dich zu retten. Seit du schafsblutüberströmt im Korridor aufgetaucht bist, so getan hast, als würdest du unschuldige Magier jagen und später als F. Scott Fitzgerald verkleidet auf der Halloween-Party erschienen bist, konnte ich dir nicht mehr widerstehen. Es hätte für mich keine Wirklichkeit gegeben, in der ich zugelassen hätte, dass du durch einen Dämonenbiss oder irgendetwas anderes stirbst, also was auch immer in diesem Korridor geschieht, stirb nicht!«

Er lachte und drückte sie fester an sich. »Natürlich musstest du mich und meine Ansprache übertrumpfen. Mit dir kann ich es einfach nicht aufnehmen.«

Liv drückte ihr Gesicht an seine Schulter und atmete seinen Geruch ein. »Das Beste daran ist, dass du nie mit mir konkurrieren musst, denn du bist mir ebenbürtig. Das warst du schon immer.«

Diese letzten fünf Worte entfesselten einen Zauber, dessen sich die beiden Magier nicht bewusst waren. Einer, der ihnen innerhalb von Sekunden enthüllte, wie eng sie schon immer miteinander verbunden waren.

Stefans Finger fanden Livs Kinn an seiner Brust und hoben es sanft an, sodass sie ihm in die Augen sah. Der Kuss, der folgte, war nicht mehr wie die, die sie zuvor getauscht hatten. Er sprach nicht von ihren unterdrückten Begierden und unerfüllten Wünschen.

Es war ein Kuss, der Jahrhunderte überspannte und Erinnerungen wachrief, die tief in Liv lebten. Tief in Stefan. Es war der Zauber, den Livs Worte entfesselt hatten, der zeigte, wie ewig ihre Liebe zueinander war.

Liv fand sich in anderen Körpern, als Sterbliche, als Fae, in vielen anderen Rassen in verschiedenen Leben. Sie sah sich den Bau der Pyramiden überleben. Sie sah, wie sie gegen die Hungersnot kämpfte und sich auf den Straßen für das Frauenwahlrecht einsetzte. Schon in all diesen Leben hatte Livs Seele die von Stefan geliebt.

Es gab einige, die dazu bestimmt waren, zu allen Zeiten miteinander verbunden zu sein, egal in welchem Rahmen.

Liv und Stefan besaßen diese zeitlose Liebe, ohne Anfang und sicherlich ohne Ende.

Kapitel 52

Die Bibliothek, Livs Lieblingsplatz im Haus, war fast völlig zerstört. Das Dach war abgerissen, Buchseiten flogen herum und peitschten ihr ins Gesicht, während sie durch den großen Raum rannte.

Es fühlte sich an, als würde jeden Moment ein Tornado über den weitläufigen Boden der Bibliothek hinwegfegen und Liv mitnehmen. Sie kämpfte sich durch das Chaos und duckte sich vor Regalen, die sich gelöst hatten und herumgeschleudert wurden.

Vor ihr brüllte ein Gespenst wie ein Zug und stürmte in ihre Richtung. Liv hielt Bellator vor sich, ohne mit der Wimper zu zucken, als das Monster heulend den Raum durchquerte. Als es fast bei ihr war, schwang sie ihr Schwert und durchtrennte das Ungeheuer.

Es explodierte in einem Funkenregen und tauchte die ansonsten dunkle Bibliothek in Helligkeit.

Liv fing ein Bild direkt über ihr ein. Sie blinzelte und versuchte zu erkennen, was über ihr wirbelte. Ihr Herz rutschte in die Kniekehlen, als sie sah, wie Clark zwischen zwei Gespenstern schwebte und scheinbar in zwei Hälften gerissen werden sollte.

Er war bewusstlos, sein Kopf zur Seite geneigt, während sein gebügeltes Hemd im Wind flatterte. Die Monster waren wie Schatten, die wie bei einem Tauziehwettbewerb an ihrem Bruder zogen und zerrten. Es war nur eine Frage von Sekunden, bis sie ihn in zwei Hälften gerissen hatten.

DIE GEBORENE ANFÜHRERIN

Mit schulterbreit auseinander stehenden Beinen streckte Liv beide Arme in den dunklen Himmel. Mit einem stillen Gebet entfesselte sie zwei Feuerbälle. Zuerst dachte sie, sie hätte Clark getroffen und ihn aus dem Haus geschleudert, aber die Bälle wurden mehrfach durch den Wind vom Kurs abgebracht. Liv war längst noch nicht fertig mit dem Bösen, das ihr Haus infiziert hatte. Sie lenkte die Feuerbälle um, indem sie ihre Magie und so viel ihrer Konzentration wie nötig einsetzte, bis die Kugeln ihre Ziele gefunden hatten.

Die Feuerbälle trafen die Gespenster im Zentrum ihrer Schattengestalten, ließen sie explodieren und zu Funken werden wie ein Feuerwerk, während Clark zu Boden fiel. Liv zauberte eine Matratze unter ihn, die seinen Sturz abfangen sollte. Er landete auf ihr, schweißbedeckt und bewusstlos.

»Clark?« Liv schüttelte ihn an den Schultern und fühlte an seiner Brust, ob er atmete. Sein Atem ging langsam und flach, aber er war da. »Clark«, weinte sie.

Die Augen ihres Bruders flatterten, aber er schien wie die Sterblichen Sieben im Schlaf gefangen zu sein. Das durfte nicht sein. Das würde sie auf keinen Fall zulassen.

Liv beschwor einen Eimer Wasser und leerte ihn über seinem Kopf, wie sie es als Kind getan hatte. Er schoss in die Höhe, schüttelte seinen Kopf, schaute sich um und versuchte herauszufinden, was passiert war. Als er sich schließlich erholt hatte, lächelte Liv ihn an, während sie darauf wartete, dass er begriff, wo sie sich befanden.

Seine Brust hob und senkte sich in tiefen Atemzügen.

»Willkommen zurück«, begrüßte sie ihn.

Clark betrachtete den Sternenhimmel über ihnen und das Chaos, das sie noch immer umgab. »Liv ...«

»Ja, das Haus ist im Eimer«, stellte sie sachlich fest.

»Aber du bist hier«, keuchte er, während Hoffnung in seiner Stimme lag.

Liv legte ihre Hand auf seine. »Ich würde dich nie verlassen. Dieser Kampf ist noch nicht vorbei.«

Sie stand auf und ging rückwärts. »Aber ich muss gehen. Kannst du ... ich weiß nicht, diesem Ort wieder ein Dach verpassen? Ein paar Bücher in die Regale räumen. Es herrscht ein echtes Durcheinander.«

Immer noch desorientiert, schaute er auf, als würde ihm endlich klar, wo er war. »Oh, ja. Das wird etwas Arbeit erfordern, aber ich werde sehen, was ich tun kann. Wo willst du hin?«

»Ich habe das untrügliche Gefühl, dass jemand in letzter Minute meine Hilfe brauchen wird«, erklärte sie.

Clark nickte. »Sei vorsichtig, Liv. *Familia est Sempiternum.*« Er küsste zwei Finger und zeigte damit zu seiner kleinen Schwester.

Am Ausgang angekommen, küsste Liv ebenfalls zwei Finger und hob sie hoch. »*Familia est Sempiternum.*«

Kapitel 53

Liv nahm drei Stufen auf einmal und sandte Feuerbälle auf alle Gespenster, die in ihre Richtung rasten. Sie hoffte, Stefan oder einen der anderen Krieger zu sehen, aber offensichtlich fochten sie ihre eigenen Kämpfe aus und taten das, was sie am besten konnten.

Sie blieb nicht stehen, bis sie die unterste Etage des Hauses erreichte. Sie sprengte eine große Tür aus den Angeln und sprintete in den Raum, in dem sich die Schwarze Leere befunden hatte. Sie hatte angenommen, dort Plato zu finden, der das tat, was Papa Creola ihm aufgetragen hatte, aber er war nicht da und es gab kein Anzeichen von ihm in der sich windenden Dunkelheit.

Zu Livs Überraschung war das, was sie tatsächlich vorfand, der amüsanteste Anblick, den sie seit ... na ja, vielleicht ihr ganzes Leben lang gesehen hatte.

Im langen Korridor des Hauses saßen Rudolf und Rory im Schneidersitz. Die schwarzen Reben und Blutspritzer waren verschwunden. Die Wände waren nicht repariert, aber die Zerstörung schien zumindest aufgehalten worden zu sein. Liv glaubte sogar, ein wenig von dem Gold schimmern zu sehen, das die Wände normalerweise schmückte, als würde es versuchen, sich von der Dunkelheit zu befreien.

Der Fae und der Riese saßen sich gegenüber und pflückten Löwenzahn von einer Wiese neben ihnen.

»Weißt du, was mir an dir am besten gefällt?«, fragte Rudolf Rory und überreichte ihm eine Blume.

Der Riese nahm sie an. »Was?«

»Du hast ein erfrischendes Lächeln.«

Rory errötete tatsächlich und Liv fragte sich, ob das Haus sie zwang, zu halluzinieren.

»Weißt du, was mir an dir gefällt?«, fragte Rory den Fae.

Liv hustete und stellte fest, dass die beiden irgendetwas getrunken haben mussten, da sie sie nicht einmal bemerkten.

Unbekümmert blickten sie auf, ein träumerischer Glanz in ihren Augen. »Nun, da ist sie. Die schönste Kriegerin.« Rudolf klimperte mit den Wimpern.

»Seid ihr betrunken?«, fragte Liv.

Rory schüttelte den Kopf. »Wir töten die Negativität, die diesen Teil des Hauses infiziert hat.«

»Mit?«, wollte Liv wissen.

»Liebe«, antwortete Rudolf. Dann wagte er es tatsächlich, sie wegzuscheuchen. »Jetzt geh kämpfen, denn deine ängstliche Natur macht es uns schwer, uns auf Einhörner und kichernde Babys zu konzentrieren.«

»Ich denke gerne an über Wasser hüpfende Steine und an Herbsttage«, gestand Rory gedankenverloren.

Rudolf zeigte mit dem Finger auf ihn. »Gut gemacht, alter Freund.«

Liv nickte. »Okay. Gute Arbeit, Leute.«

Es schien, als würden der Riese und der Fae ihre Arbeit tun, obwohl sie unorthodoxe Mittel einsetzten. Sie erwartete nichts anderes von den beiden.

Nachdem Liv aus dem Korridor gerannt war, blieb sie atemlos wegen des Anblicks vor ihr stehen. Platos Gestalt war schwach zu erkennen, wurde aber von Sekunde zu Sekunde deutlicher.

Liv machte einen vorsichtigen Schritt nach vorn. »Plato, geht es dir gut?«

Der Lynx nickte. »Es geht mir gut. Ein paar Leben habe ich geopfert, aber ich habe getan, was Papa Creola verlangt hat.«

»Ein paar?«, fragte sie, ihr Herz hüpfte.

»Es ist in Ordnung, Liv«, sagte er. »Ich habe getan, was ich tun musste, um die Schwarze Leere zu schließen.«

Sie warf einen Blick auf die Mauer neben ihnen. Sie wirkte zum ersten Mal, seit sie sich erinnern konnte, solide. Als sie ihre Hand an die Wand legte, spürte sie einen sanften Herzschlag.

Bubumm. Bubumm.

Liv zog ihre Hand zurück, als wäre sie geschockt worden. »Du hast sie verschlossen? Ist das sicher?«

»Sie sollte ein Zufluchtsort für Verfolgte sein, aber sie wurde zu einem Ort, an dem Talon Winterschlaf gehalten hat«, erklärte Plato. »Die einzige Möglichkeit, die negativen Gedanken abzuschneiden, die er innerhalb des Hauses verwoben hatte, war, *sie* gänzlich abzutrennen.«

»Braucht das Haus keine Zuflucht mehr?«, fragte Liv.

Er schüttelte den Kopf. »Nicht, wenn die Leute, die es leiten, selbst denken und dafür sorgen, dass es keinen Bedarf mehr dafür gibt.«

»Oh.« Liv schaute auf die massive Wand und dann zu Plato. »Es ist schwer zu glauben, dass Talon an einem Ort bestehen konnte, der für das Gute bestimmt war. Dass er so geworden ist, wie er geworden ist. Dass irgendetwas davon so geschah, wie es geschah.«

Plato nickte. »Wie ein großer Mann, der meinen Namen trägt, einmal sagte: ›Dies und kein anderer ist die Wurzel, aus der ein Tyrann entspringt; wenn er zum ersten Mal erscheint, ist er ein Beschützer.‹«

Liv nickte und erkannte, dass Talon so lange durchgehalten hatte, weil er die Gründer, die Sterblichen Sieben und seine Nachkommen getäuscht hatte, damit sie genau das glaubten. Aber seine Tage waren gezählt. Zumindest hoffte sie, dass sie es waren.

Als sie einen Schritt in Richtung der Tür der Reflexion machte, riskierte sie einen Blick zu Plato. »Kommst du mit?«

Er lächelte. »Ich denke, wir wissen beide, dass ich immer an deiner Seite sein werde.«

Kapitel 54

Zum ersten Mal überhaupt gab es keine Vision in der Tür der Reflexion. Liv wusste, dass es daran lag, dass sie auf dem Weg zu ihrem bei weitem schlimmsten Albtraum war, aber sie ging bereitwillig hindurch.

Die Kammer des Baumes ähnelte dem Haus, mit heulendem Wind und blutenden Wänden. Alle Sterblichen Sieben waren auf der Bank zusammengesunken, ihre Chimären lagen in Tiergestalt neben ihnen. Livs Augen waren nicht in der Lage, John zu entdecken, bevor ihre Aufmerksamkeit durch den Kampf, der in der Mitte der Kammer stattfand, angezogen wurde.

Talon in seinen langen weißen Gewändern und passendem Haar schwebte vor dem Baum, seine strahlenden Augen waren auf Papa Creola gerichtet.

Vater Zeit huschte zur Seite, als ein grüner Lichtstrahl in seine Richtung schoss.

»Ich bin zu mächtig, um aufgehalten zu werden«, knurrte Talon. »Ich habe die Macht der Gründer und des Hauses an mich gerissen.«

Papa Creolas Kinn drehte sich zur Seite und seine Augen konnten Liv in seiner peripheren Sicht kaum erfassen. »Was du nie verstanden hast, ist, dass wahre Macht nicht aus den augenscheinlichsten Quellen entspringt.«

Talon lachte und schickte Papa Creola tosenden Wind entgegen, der ihn zur Seite schleuderte.

Liv wollte zu ihm eilen, als er gegen die Wand fiel, aber sie wusste, dass etwas sehr Wichtiges im Gange war. Also sah sie einfach zu.

»Wenn du verschwunden bist, werde ich endlich meinen rechtmäßigen Platz einnehmen und so regieren, wie es mir immer bestimmt war«, spuckte Talon aus und schickte dem Gnom eine Ladung Elektrizität nach. Sie erwischte ihn an der Schuhsohle, er kippte nach hinten und landete auf dem Kopf.

Liv hatte nicht erwartet, dass Papa Creola auf so unkonventionelle Weise kämpfen würde. Sie war verblüfft. Sie bemerkte jedoch, dass sich auf der Bank die Chimären der Sterblichen Sieben regten.

Talon lachte und genoss den Schaden, den er Papa Creola zugefügt hatte, als der Gnom auf seine Beine krabbelte und den Kopf schüttelte. An seiner Seite zuckten seine Finger und erinnerten Liv an die stillen Beschwörungsformeln, die sie verwendet hatte, wenn sie nicht wollte, dass ihre Feinde wussten, was sie tat.

»Wenn du regierst, Talon«, erklärte Papa Creola atemlos, »wird nichts mehr übrig bleiben.«

Der Mann, der sich selbst einen Gott nannte, schwebte über Vater Zeit. »Wenn ich der Letzte bin, der übrig bleibt, habe ich gewonnen. Sobald es keine Sterblichen mehr gibt, werde ich der Sieger sein.«

Er wischte mit dem Arm zur Seite und warf Papa Creola gegen die Wand, dabei war ein furchtbares Knacken zu hören.

Talons Augen glitten zu Liv, die stocksteif stehen geblieben war. »Bist du gekommen, um ihn sterben zu sehen?«

Liv sagte kein Wort, obwohl sie hinübereilen und dem zerschundenen Gnom, der auf dem Boden lag, aufhelfen wollte.

»Wenn ich fertig mit ihm bin, kümmere ich mich um dich, Olivia Beaufont«, erklärte Talon und wandte sich dem Ort zu, wo Papa Creola lag.

Wieder sah sie Pickles' Ohr zucken. Harrys Schwanz wackelte neben Ireland und Freya flatterte mit den Flügeln neben Cassie.

Liv hatte keine Ahnung, was geschah, aber etwas sagte ihr, dass es Teil von Papa Creolas Strategie war. Sie konnte es nur hoffen, denn Talon griff Vater Zeit um den Hals und begann, das Leben aus ihm herauszupressen. Liv wollte dazwischen gehen und ihn aufhalten. Sie hob ein Bein, hörte aber laut und deutlich ein *Nein!* in ihrem Kopf.

Das Blut rauschte in ihrem Kopf, als eine sehr deutliche Botschaft durch ihre Gedanken wanderte. »Wir können unsere Feinde mit einer Bewegung unserer Hand niederschlagen, aber der bessere Weg, der nachhaltigere Weg, ist der Aufbau von Streitkräften, die unsere Feinde niederschlagen und sie dort halten. Das ist es, was ein echter Anführer tut. Er baut andere Anführer auf, denn das ist es, was die Welt immer brauchen wird – mehr, die sich im Kampf einsetzen.«

Liv hörte sich die Nachricht ein weiteres Mal an und wusste, wem die Stimme gehörte. Papa Creola.

Sie sah zu, wie der Körper des kleinen Mannes durch die Angriffe von Talon gebrochen wurde. Er hörte nicht auf, als Blut aus Papa Creolas Nasenlöchern floss. Er machte keinen Rückzieher, obwohl Vater Zeit sich nicht zur Wehr setzte. Talon stellte sich nie die Frage, warum sein Gegner wehrlos blieb und deshalb bemerkte er nicht, wie sich jede einzelne Chimäre auf der Bank hinter ihm in ihre reinste Gestalt verwandelte.

Hinter Talon Sinclair standen sieben königliche lebensgroße Chimären, die Löwenköpfe hoch erhoben, ihre

Schlangenschwänze windend und ihre Ziegenaugen verengt vor Rachsucht.

Talon griff nach vorne, hob den fast schlaffen Körper von Papa Creola an und hielt ihn hoch. Liv konnte kaum zusehen, obwohl sie wusste, dass Wegschauen keine Option war.

»Jetzt ist deine Herrschaft zu Ende, Vater Zeit!«, schrie Talon, seine Stimme erschütterte die Kammer des Baumes. »Jetzt herrsche ich!«

Der Verräter des Hauses der Vierzehn, derjenige, der Livs Eltern und Geschwister getötet hatte, zerbrach den Körper, den er in seinen Händen hielt und beendete ein Leben, das die Saat dieses Planeten war. Es waren Papa Creola und Mutter Erde gewesen, die diese Welt auf ihre seltsame und schöne Reise geschickt hatten und nun ... war er verschwunden.

Doch diejenigen, die er mit seiner Kraft ausgestattet hatte, erhoben sich auf die Hinterbeine, die Zähne gefletscht, bereit zum Sprung.

Talon warf den Leichnam des Gnoms durch die Kammer und zeigte damit keinen Respekt vor dem Mann, der diese lange Zeit gelebt hatte. Dann richtete er seine Augen auf Liv, eine brutale Grimasse auf seinem Gesicht. »Bist du bereit, das gleiche Ende zu erleben wie dein Herr? Wie deine Familie, Olivia Beaufont?«

»Sicher«, meinte Liv beiläufig. »Aber zwei Dinge noch, ganz schnell. Erstens, mein Name ist Liv.« Wie zuvor, als sie die beiden Feuerbälle in den Himmel geschossen hatte, um Clark zu retten, hielt Liv ihre Arme weit ausgestreckt und sandte aus tiefster Seele einen Befehl aus. »Zweitens, erhebt euch, ihr Chimären, Beschützer der Sterblichen Sieben und greift den an, der die magische Welt zerstört hat. Denjenigen, der sich für einen Gott hält, aber auf ewig in die Gruben der Hölle verdammt werden muss, wo er hingehört!«

Wie zu Beginn eines Dragster-Rennens warf Liv beide Arme nach unten, den Kopf gebeugt und schoss sie dann wieder nach oben.

Talon war mehr als verwirrt, aber die Realität holte ihn schnell ein, als das Knurren eines ganzen Chores in seinem Rücken widerhallte. Der Magier schwebte und sank dann einige Zentimeter hinab, als ihm die Erkenntnis dämmerte. Er drehte sich um, seine strahlenden Augen verdunkelten sich leicht. Der Mann wich zurück. Er versuchte anzugreifen, aber er hatte seine ganze Kraft eingesetzt, um Papa Creola zu Fall zu bringen. Er war nicht gegen eine Chimäre gewappnet, aber gegen sieben von ihnen war er völlig hilflos.

Gleichzeitig starteten die Chimären mit weit aufgerissenen Schnauzen von der Ratsbank. Jede nahm sich einen anderen Teil Talons vor, riss und zerrte an ihm immer wieder, sodass er ein Geheul ausstieß, wie Liv es noch nie gehört hatte. Sie warfen die Gestalt aus weißer Haut, Gewändern und Haaren in der Kammer zu Boden und rissen sie in Stücke wie wilde Tiere auf der Jagd, von denen jedes verzweifelt seinen Anteil an der Tötung haben wollte.

Liv beobachtete alles, unfähig ihre Augen vom Untergang des schlimmsten Übels, das die Welt je gekannt hatte, abzuwenden. Sie musste wissen, dass Talon Sinclair verschwunden war. Sie musste wissen, dass Talon Sinclair tot war und dass es funktioniert hatte. Deshalb schaute sie nicht weg, bis jeder Teil von ihm auf die schlimmste Art und Weise verschwunden war – bei lebendigem Leib aufgefressen von Gegnern, die er unterschätzt hatte.

Kapitel 55

ls von Talon Sinclair nur noch Knochen übrig waren, erwartete Liv, dass die Sterblichen Sieben erwachen sollten. Sie erwachten aber nicht.

Die Chimären kreisten in der Kammer und schauten sie verwirrt an, als erwarteten sie, dass Liv ihre Herren aufwecken würde. Die Augen der Magierin schauten sich suchend in der Kammer um, bis sie schließlich den schlaffen Körper von Papa Creola entdeckten.

Sie begann zu zittern und erkannte dann, dass nicht nur sie bebte. Es war der Boden unter ihren Füßen. Die Kuppel über ihr. Alles um Liv herum bebte.

Sie drehte sich um ihre eigene Achse und untersuchte die Kuppel, während die Lichter, die die Magier darstellten, flackerten und verschwanden. Am Baum geschah dasselbe.

Liv verstand es nicht. »Wir haben Talon doch besiegt. Was jetzt?«

»Die Welt kann ohne *ihn* nicht existieren«, erklärte Plato an ihrer Seite, echtes Bedauern in seiner Stimme.

Liv starrte ihn an, ohne zunächst zu wissen, auf wen er sich bezog. Ihre Augen huschten zu dem geschundenen Körper des Gnoms. »Du meinst doch nicht …«

Plato antwortete nicht, aber sie wusste, was sein Gesichtsausdruck sagte.

»Aber …« Sie erkannte sofort, dass jede Ausrede, die ihr einfiel, keine Rolle mehr spielte. Ihr eigenes Ende war eine akzeptable Realität, wenn es den Fortbestand der Welt sicherte, die sie liebte.

Liv holte das versiegelte Paket heraus, das Papa Creola ihr hinterlassen hatte. Mit zitternden Fingern öffnete sie es, ihre Tränen flossen so stark und schnell, dass sie das Papier durchtränkten. Wie Essig auf Backpulver knisterten und blubberten ihre Tränen, als sie den glatten schwarzen Stein von der Größe eines Geldstücks benetzten, der sich in der Verpackung befand. Er war wie Papa Creola selbst: bescheiden, klein und perfekt.

Liv schaute Plato fragend an, während ihre Tränen wie ein Bach weiterflossen.

»Du weißt, was zu tun ist«, erklärte Plato. »Wenn du es nicht tust, ich kann es nicht, liebe Liv. Das funktioniert nur, wenn es von dir kommt.«

Sie hasste Rätsel. Sie hasste es, dass alle um sie herum die Antworten kannten, sie aber für sich behielten.

Auch Liv Beaufont liebte alles an dieser Welt. Sie war es wert, bewahrt zu werden, auch wenn sie kein Teil davon sein konnte. Ihr Herz pochte in ihren Fingern, die den Stein hielten und es war der Puls des Universums, das nur noch Minuten hatte, bevor es zerfiel, weil es ohne seine Quelle nicht länger bestehen konnte.

Ohne eine Sekunde zu zögern legte Liv beide Hände um den Stein und presste die Handflächen fest zusammen. Ihr Shirt war von Tränen durchnässt, aber das hielt sie nicht von dem ab, was sie als Nächstes tat.

Liv sandte all ihre Magie in den Stein, der die Essenz von Papa Creola enthielt und nährte damit den letzten verbliebenen Teil von Vater Zeit. Sie nährte ihn, erweckte ihn zum Leben, was nicht sein letztes wäre, aber sicherlich das letzte für Liv.

Der Stein explodierte in Livs Händen und stieß sie mit dem Rücken gegen die Wand der Kammer. Ihr Schädel und ihre Wirbelsäule brachen durch die Wucht des Aufpralls, aber sie hielt an dieser Welt fest. Auch schrie sie nicht, als sie ihre letzten Atemzüge tat, losgelöst von jeder Magie.

Stattdessen beobachtete sie, wie sich der schönste Anblick vor ihren Augen entfaltete. Der Urknall. Der Beginn der Zeit. Die Geburt von etwas Neuem.

Der Stein, der die Essenz von Papa Creola getragen hatte und von ihrer Magie angetrieben wurde, erhob sich in die Luft, Sternenstaub glitzerte, bevor er so hell leuchtete, dass er Livs Augen blendete und sie nichts mehr beobachten konnte.

Was auch immer als Nächstes geschah, Liv sah es nicht mehr, denn sie wurde von dieser Welt weggerissen in eine Welt, die sie nur aus ihren Träumen kannte.

Kapitel 56

Guinevere Beaufont lag so lange neben ihrer Tochter, wie sie konnte. Theodore küsste Olivia Beaufont auf die Stirn, seine Lippen berührten sie nie wirklich. Das Paar wachte über ihre Tochter, wohl wissend, dass sie nicht für ihre Welt bestimmt war oder zumindest nicht für die nächsten hundert Jahre.

Die größte Kriegerin, die das Haus der Vierzehn je gekannt hatte, war nicht gestorben und doch war sie nicht am Leben.

Sie war zerschunden, sicher. Sie hing fest zwischen Leben und Tod, ja. Aber das war nichts, was nicht gerade gebogen werden könnte, wenn man die richtigen Leute kannte – oder besser gesagt, die für einen arbeiten würden.

Die Geister wachten – wie jeden Tag seit ihrem Tod – über ihre Tochter und warteten auf den Moment, von dem die Prophezeiung gesprochen, aber niemand Olivia etwas erzählt hatte.

✳ ✳ ✳

Liv lag in der Mitte der Kammer des Baumes, die Sterblichen Sieben und die Ratsmitglieder blickten auf sie hinunter, ihre Chimären neben ihnen. Hinter ihr, auf ihren Plätzen, standen die verbliebenen Krieger, ohne Akio und Maria, die Opfer dessen waren, was später als der Letzte Krieg bezeichnet werden sollte.

Jude und Diabolos standen mit teilnahmslosen Gesichtern zu beiden Seiten der Bank. Direkt neben Liv befand sich ein Elf mit klaren blauen Augen, Pferdeschwanz und schiefem Kinn. Er trug Laufshorts, kein Shirt und ein Paar Ohrstöpsel und er fuhr summend mit den Händen über Livs Körper.

Rudolf stieß Rory immer wieder in die Seite und flüsterte ihm aus dem Mundwinkel etwas zu. Der Riese schlug einfach auf den Fae ein, als wäre er eine lästige Fliege.

»Sei endlich still«, forderte er.

»Aber wird sie aufwachen?«

»Ja, aber was sie sein wird, steht in den Sternen«, erklärte Rory. »Sie musste ihre Magie völlig ausbrennen, um Papa Creola zurückzubringen.«

Rudolf schüttelte den Kopf. »Wenn er sich regeneriert hat, warum ist er dann als alter Hippie-Marathonläufer zurückgekommen?«

Rory rollte mit den Augen, seine übliche Reaktion auf jede von Rudolfs Äußerungen. »Er wird seine Gründe haben.«

Der Riese hob seinen Blick, um zu erspähen, wie Clark seine Schwester mit den Augen fixierte, während Papa Creola mit ihrem Körper beschäftigt war. Rory wollte den Menschen schon immer ihren Schmerz nehmen, denn er war insgeheim ein Empath. Doch noch nie zuvor hatte er so viele Leute von ihrem Schmerz befreien wollen, einschließlich sich selbst. Er fühlte Clarks Verzweiflung und Stefans tiefe Trauer, es war zu viel. Die Kammer war mit mehr Trauer erfüllt, als Rory ertragen konnte.

Deshalb brach er zusammen, bedeckte sein Gesicht und weinte, ohne zu wissen, ob die Tränen jemals versiegen würden. Er hatte nicht einmal etwas dagegen, als Rudolf seine Arme um seine Taille schlang und ihn fest an sich zog.

»Ist schon gut, mein Großer.« Rudolf klopfte ihm auf den unteren Rücken, die höchste Stelle, die er erreichen konnte.

Kapitel 57

Liv wusste, dass sie nicht tot war, aber sie fühlte sich nicht annähernd so wie vorher. Noch, bevor sie ihre Augen öffnete, versuchte sie herauszufinden, was jetzt anders war.

Sie neigte ihr Kinn zur Seite. Ihr Schädelbruch war verheilt.

In der Kammer begann ein Flüstern. »Sie rührt sich.« »Sie bewegt sich.« »Schaut.«

Liv bewegte ihren Rücken und spürte den Kammerboden unter ihrem Körper.

Meine Wirbelsäule ist nicht mehr gebrochen, stellte sie fest.

So viel war ihr mit geschlossenen Augen klar, aber etwas stimmte immer noch nicht. Oder vielleicht war es einfach nicht ganz wie normalerweise.

Livs Stirn kribbelte plötzlich und ihre Augen sprangen auf, während sie hochschoss, um in eine sitzende Haltung zu gelangen.

In der Kammer, voller, als sie es je erlebt hatte, redeten alle durcheinander. Liv konnte ihnen keine Aufmerksamkeit schenken, weil sie husten musste und das Gefühl hatte, ihre Lungen wären flüssig und würden direkt aus ihrem Mund kommen.

»Da bist du ja wieder«, sagte ein Mann und klopfte ihr auf den Rücken. »Der erste Atemzug ist immer am schwersten.«

»Erste …«, stotterte Liv hustend und griff sich an die Brust, »Atemzug?«

DIE GEBORENE ANFÜHRERIN

Der Mann war ein Elf, das erkannte sie sofort, als sie seine spitzen Ohren sah. Was sie nicht verstehen konnte, war, warum er kein Shirt trug und aussah, als wolle er in seinen eng geschnürten Turnschuhen und verschwitzten Shorts laufen gehen.

»Nun, dein erster Atemzug in diesem Leben«, sagte der Mann und streckte ihr seine knorrigen Hände entgegen. »Vergleichbar mit einem Rehkitz ist es besser, wenn du versuchst, nach der Geburt so schnell wie möglich aufzustehen und zu laufen.«

»Geburt?« Liv schaute sich um und erkannte die Gesichter der Ratsmitglieder, der Sterblichen Sieben, der Krieger und ihrer Freunde. Plato stand zu ihrer Rechten, ein Piratenlächeln im Gesicht des Lynx, obwohl sie sich nicht sicher war, weshalb.

»Das Letzte, woran ich mich erinnere, ist …« Livs Augen weiteten sich. »Ich bin gestorben.«

Der Mann schüttelte den Kopf. »Nicht ganz. Du hast deine Magie ausgebrannt, um mich zurückzuholen.«

Liv neigte verwirrt den Kopf zur Seite, dann weiteten sich ihre Augen. »Papa Creola?«

Er musste es sein, denn der Elf nickte bestätigend. »Ja, du hast mir gegeben, was ich brauchte, um mich zu regenerieren.«

Liv war es egal, dass er sie dafür hassen würde, sie warf ihre Arme um seine Schultern und bemerkte, wie dünn er war. Er brauchte ein Steak und etwas Zeit auf dem Sofa.

Ihr zuliebe erwiderte er die Geste und klopfte Liv auf die Schulter. »Aufstehen, jetzt. Wir müssen aufstehen. Gehen.«

Liv tat, was ihr gesagt wurde und versuchte zeitgleich, sich an die Schlacht, Talon und die Chimären zu erinnern. »Ich habe meine Magie ausgebrannt?«, fragte sie und stellte fest, dass sie wackelige Beine hatte.

»Ja«, antwortete er sachlich. »Und du haſt viele Verletzungen erlitten, die dich hätten töten sollen.«

Immer noch verwirrt, hielt Liv die Hand des Elfen feſt, während er sie vorwärts führte. Sie fühlte sich eigenartig, da sie ihre erſten Schritte vor dem hauptsächlich schweigsamen Publikum machte. Es fühlte sich an, als sollten alle feiern, anſtatt ihr zuzuschauen. Sie sollten das Haus reparieren oder etwas anderes tun, aber sicherlich nicht daſtehen und ihr viel zu viel Aufmerksamkeit widmen.

Nachdem sie einige Schritte gemacht hatte, drehte sie sich um und richtete ihren Blick auf die neugierigen Gesichter. »Warum ſtarren die mich alle so an?«

Papa Creola, endlich auf Augenhöhe, beugte sich vor und flüſterte ihr ins Ohr: »Du haſt deine Magie ausgebrannt, um mich zurückzubringen.«

Erſt beim zweiten Mal, als er das erwähnte, konnte Liv es begreifen.

Es fühlte sich an, als wäre sie wieder geſtorben. Liv war keine Kriegerin mehr. Keine Magierin. Sie war ... sie selbſt.

Widerwillig, auf der Suche nach einem Ort der Akzeptanz, nickte Liv. »Okay.« Sie sah sich um und war dankbar, dass Stefan sie anstarrte mit dieser wunderbaren Ausstrahlungskraft in seinen Augen. Neben ihm stand Trudy, ihr Gesicht zerschunden, aber sehr lebendig. Sie widmete ihre Aufmerksamkeit wieder Papa Creola. »Talon ist weg?«

Er nickte.

»Und das Haus?«

»Es wird überleben«, antwortete er.

»Aber es war so furchtbar kaputt«, ſtellte sie feſt.

»Das Haus iſt ein organisches, lebendiges Geschöpf«, erklärte er. »Alles, was nötig iſt, um zu gedeihen oder wieder zu wachsen, ist Liebe und Nahrung. Gebt ihm das und es wird mit der Zeit zurückkommen.«

Liv schluckte, schaute sich um und entdeckte John, der sie anschaute. Und Raina und so viele andere freundliche Gesichter. »Nun, ich bin nicht tot. Ich bin nicht mehr das, was ich einmal war, aber solange diese Welt eine Chance auf Frieden hat, ist alles Bestens.«

Sie war überrascht, als Papa Creola, der nicht für Zuneigungsgesten bekannt war, ihre Hand in seine Hände nahm. Er senkte den Kopf, seine spitzen Ohren waren wie ein Geweih auf sie gerichtet. »Das ist genau das, was jeder Mensch auf dieser Welt wählen kann, wenn er sich einer Herausforderung stellt. Er kann das Gute sehen oder einen Verlust bedauern.« Ihre Hand in Papa Creolas Händen erglühte. Es war nicht schmerzhaft, aber sie war sich auch sicher, dass das Gefühl nicht normal war, das durch ihren Arm und ihre Wirbelsäule strahlte.

Als er ihre Hand freigab, blaffte Liv: »Was hast du getan?«

»Ich habe dich etwas verändert«, antwortete Papa Creola, ein Hauch von Unfug in seiner normalerweise neutralen Stimme. »Ich habe dich zu dem gemacht, was du bereits warst. Du, Liv Beaufont, bist der Stoff, aus dem Legenden sind und jetzt wirst du so lange wie eine leben.«

»Was?«, fragte sie, die Menschen in der Kammer keuchten.

»Ich habe deine Lebensspanne verdoppelt«, gestand Papa Creola augenzwinkernd. »Auf diese Weise wirst du so lange leben wie dein Seelenverwandter.«

Livs Gesicht glühte, als sie Stefans Augen auf sich spürte. »Ach du meine Güte. Aber warum?«

»Weil du dein Leben für andere aufgegeben hast, obwohl sich die meisten für eine andere Möglichkeit entschieden hätten«, antwortete er.

Liv konnte es nicht verstehen, aber sie wollte nicht mit dem Mann vor ihr diskutieren. Sie rieb ihre Finger aneinander und spürte eine Art Elektrizität. Mit gerunzelter Stirn hob sie die Hände und starrte sie an. »Papa, wenn ich all meine Magie verbrannt habe, warum …«

»Warum fühlt es sich stärker an denn je?«, fiel er Liv ins Wort und verbarg offensichtlich ein Lächeln. »Nun, wenn man der Boss dieser Welt ist, kann man tun, was man möchte und ich kann nicht zulassen, dass meine beste Agentin machtlos ist.«

»Einzige Agentin!«, korrigierte Rudolf. »Kann ich auch einen Job bekommen?«

Papa Creola schüttelte den Kopf wegen des Fae. »Keine Chance, König.«

»Du hast mir meine Magie zurückgegeben?« Liv starrte ungläubig auf den Mann vor ihr.

Er schüttelte den Kopf. »Oh, nein. *Du* hast dir deine Magie zurückverdient. *Du* hast dir ein langes Leben verdient. Keiner bekommt in seinem Leben etwas, das er nicht irgendwie verdient hat. Glaub mir, ich habe die Erfahrung, das aus erster Hand zu wissen.«

* * *

Und so erfüllte sich die Prophezeiung. Die rebellische Schwester war zum Stoff für Legenden geworden. Nicht, weil sie Macht wollte. Nicht, weil sie Ruhm wollte. Sondern weil ihr Gerechtigkeit, die Menschen und die Liebe auf der Welt am Herzen lagen.

Guinevere und Theodore Beaufont wussten, dass ihre Tochter auch künftig erstaunliche Dinge tun würde. Aber erst als sie ihr beim zweiten ersten Atemzug zusahen, wussten sie, dass sie tatsächlich die Welt gerettet und dafür gesorgt hatte, dass die Sonne noch einmal und für viele weitere Jahre aufgehen würde.

Kapitel 58

Wiedergeboren zu werden war schon seltsam. Liv erinnerte sich daran, dass sie nicht wirklich gestorben war, als sie versuchte, ihre begehbare Speisekammer neben ihrer großen Küche neu zu organisieren.

»Ich glaube, ich muss die Dinge wieder so gestalten, wie sie vorher waren«, sagte sie zu Plato und ging gute fünf Meter weiter, um das Himalaya-Salz zu den sechzehn anderen Salzarten in die Speisekammer zu stellen.

»Du bist nicht gern Verbraucher?«, fragte er von seinem Platz aus dem obersten Regal.

Sie schüttelte den Kopf. »Ich mochte meine kleine Atelierwohnung, die ich sauber halten konnte und in der ich ein überschaubares Regal mit Gewürzen hatte. Ein Zuviel bringt nur Komplikationen.«

»Möchtest du wirklich wieder in dieser Abstellkammer leben?«, erkundigte sich Plato.

Liv dachte einen Moment nach. »Nein, aber der goldene Mittelweg wäre schön. Nichts zu Kleines, aber auch nichts Unüberschaubares.«

»Genau diese Gedankengänge haben Papa Creola dazu gebracht, dir deine Magie zurückzugeben und dein Leben zu verlängern«, sagte Plato.

»Welche zum Beispiel?«

»Man nimmt nie mehr, als man braucht und gibt immer mehr, als man hat«, erklärte er.

Liv nahm ein Glas geschmolzenen Käse in die Hand und Ideen für Snackmöglichkeiten schossen ihr durch den Kopf. »Ja, ich bin immer noch sehr verwirrt über die ganze Sache. Ich habe mich gefühlt, als wäre ich gestorben.«

»Aber du bist es nicht.«

»Ich fühlte mich, als hätte ich alles verloren.«

»Wo du doch eigentlich alles gewonnen hattest.«

»Es wird wohl eine ganze Weile dauern, bis ich das verarbeitet habe. Deshalb bin ich froh, diese Zeit für mich zu haben«, erklärte sie, als sie zu dem Lynx aufblickte und feststellte, dass er verschwunden war.

Liv atmete aus, verärgert über Plato, aber auch wieder nicht.

»Vielleicht habe ich mir aufgrund deiner letzten Aussage einen ungünstigen Zeitpunkt für einen Besuch bei dir ausgesucht«, sagte ein Mann mit sonorer Stimme und hörbarem Akzent hinter Liv.

Sie verkrampfte sich, nicht nur, weil Bellator auf dem Wohnzimmertisch lag oder sie den ganzen Tag verschlafen hatte, sondern auch, weil sie lediglich Schlafshorts und ein Tank-Top trug.

Zaghaft wandte sie sich um und entdeckte einen Mann in der Tür zu ihrer Speisekammer, den sie als schottischen Krieger charakterisieren würde.

»Wenn du hier bist, um eine Pizza zu liefern, die ich bestellt habe, so muss ich gestehen, ich habe nichts bestellt«, erwiderte sie und bemerkte, dass die Hände des Mannes an dem Gürtel an seiner dicken Taille lagen. Er trug eine Rüstung und ein Pelz bedeckte seine Schultern. Sein dunkler Bart war üppig, sein Kopf an den Seiten rasiert und das Deckhaar war glatt nach hinten gekämmt. Er hatte viele Ringe an den Fingern, mit denen er leicht irritiert gegen das

Heft seines Schwertes klopfte. Um ihn noch interessanter zu machen, trug er einen blau-grünen Kilt, den Liv niemals mit schwarzen Leder-Wanderstiefeln und langen Strümpfen kombiniert hätte. Aber niemand fragte sie nach Modetipps, was wusste sie also schon?

Der Mann schüttelte den Kopf. »Ich bin nicht hier, um eine Pizza auszuliefern.«

Sag bloß, dachte Liv und versuchte das Alter des Mannes zu schätzen. Optisch schien er nicht älter als vierzig zu sein und doch hatte sie den Eindruck, er habe mehr Jahrhunderte auf dem Buckel als Rudolf, was beeindruckend war.

»Wer bist du?«, fragte Liv.

Er trat einen Schritt zurück und gab ihr den Weg aus der Speisekammer frei. »Mein Name ist Hiker. Ich bin der Anführer der Drachenelite.«

Liv war mit ihrem Käse losgelaufen, blieb aber stehen. »Hiker. Das ist ein cooler Name. Waren deine Eltern Hippies?«

Er verengte seine Augen. »Nein. Eigentlich Wikinger.«

Liv gab vor, in ihrer großen Küche nach einer Pfanne zu suchen und nickte. »Cool. Ich bin Französin. Warum bist du bei mir eingebrochen, Hiker?«

Der große Mann beobachtete sie, wie sie in verschiedene Schränke schaute und sie beinahe sofort wieder schloss. »Ich dachte, du könntest mir vielleicht bei etwas helfen.«

Liv blieb stehen. »Sicher, sicher.« Sie war kaum mehr in der Lage ihre Nervosität zu verbergen. Dieser Mann war wegen Sophia hier, aber er durfte sie nicht bekommen. Noch nicht. »Die Sache ist die, ich habe Urlaub, drei oder vier Tage. Ich habe gerade die Welt vor der Zerstörung gerettet, also habe ich ein paar Tage frei. Vielleicht könntest du mich danach anrufen?«

Dieser Kerl schätzte ihre Witze ebenso wie Papa Creola; das war seinem versteinerten Gesichtsausdruck anzusehen. »Ich werde nicht viel deiner Zeit in Anspruch nehmen.«

Liv tat so, als müsste sie gähnen. »Cool. Aber zuerst, wie bist du hier reingekommen?«, fragte sie. »Ich habe Schutzzauber, die Eindringlinge abhalten sollten.«

»Ich denke, wir wissen beide, dass das auf mich nicht wirkt«, sagte Hiker.

Schön, dachte Liv, während sie eine Schüssel aus einem Schrank fischte und den Käse hineinleerte. »Nun, da es mich definitiv nicht einschüchtert, wenn plötzlich ein bewaffneter Mann in meiner Küche steht, während ich den Queso aufwärmen möchte, warum sagst du mir nicht, warum du hier bist? Ich habe vor, mir die ganze Nacht Netflix reinzuziehen und muss bald damit anfangen, damit das auch klappt.«

Er zog eine Grimasse. »Was ist Netflix?«

Liv hielt sich zurück. Sophia würde zu diesem Typen passen wie ein iPhone zu Schreibmaschinen. »Nichts Wichtiges. Worin auch immer könnte wohl der Grund dafür liegen, dass ich mich wieder einmal in meiner eigenen Wohnung unwohl fühle? Ach ja, richtig, du hast mir noch nicht erzählt, warum du hier hereingekommen bist, obwohl ich keinen BH trage. Aber keine Sorge, ich bin eher der nachsichtige Typ.«

Hikers Schnurrbart flatterte, als er ausatmete. »Die Elite hat Mittel und Wege, um zu erfahren, wann neue Drachenreiter geboren wurden, erwachsen geworden sind oder sich mit einem Ei verbunden haben. Wir haben Grund zu der Annahme, dass alle drei Dinge geschehen sind und meine Hinweise besagen, dass sie in deiner Nähe passiert sind, Kriegerin Beaufont. Weißt du, wovon ich spreche?«

Liv tippte mit dem Finger an die Lippen und tat so, als würde sie überlegen. »Drachenreiter? Ei? Zusätzlich Guacamole? Nein, ich habe echt keine Ahnung, wovon du redest.«

Er verdrehte die Augen. »Ich glaube, ich habe nichts von Guacamole gesagt. Was ist das überhaupt?«

Liv schätzte den Mann vor ihr ein. »Die Elite wagt sich aus ihren Löchern, oder?«

Er wanderte mit den Augen hin und her, als verdiente ihre Frage keine Antwort.

»Okay, gut, Mister Hiker. Ich weiß nicht, worauf du hinaus möchtest. Ich habe einen bösen Magier besiegt, der kurz davor war, die Welt, wie wir sie kennen, zu zerstören.« Liv legte ihre Hände auf die Hüften. »Wo war eigentlich die Elite, als die Welt in ein schwarzes Loch gezogen wurde? Warum habt ihr nicht geholfen?«

Seine Augen blitzten ärgerlich. »Wir waren uns sehr wohl bewusst, dass alles zusammenbrechen würde, als Talon Sinclair versuchte, Kontrolle über das Haus zu erlangen.«

»Dann verfahrt ihr also nach dem Motto ›Einer für Alle‹?«, wagte Liv zu fragen.

»Wir haben das Haus verlassen, als wir erkannten, dass die Magier ihre Angelegenheiten selbst regeln mussten. Die Dinge auf eigene Faust lösen. Ihre Probleme konnten nicht unsere sein.«

Liv fühlte Hikers Magie, die mächtiger war als ihre, obwohl sie das dem Mann gegenüber nie zugeben würde. »Wie kommt es, dass du, ein Magier, deine eigene Rasse im Stich lassen konntest?«

Seine Ringe klimperten gegen den Griff seines Schwertes. »Ich bin ein Drachenreiter.«

»Richtig und dass diese Welt untergeht und Vater Zeit stirbt, betrifft dich nicht! Oh, warte, doch, das würde es absolut«, widerlegte sie.

»Hör zu, Kriegerin Beaufont, die Elite war nicht daran interessiert, über Angelegenheiten des Hauses abzustimmen, als dort Korruption herrschte. Wenn sich das geändert hat, dann werden wir es wieder in Betracht ziehen. Aber die Angelegenheiten, mit denen wir uns befassen, sind viel weitreichender als euer Zuständigkeitsbereich.«

»Zum Beispiel?«, fragte Liv.

Er starrte sie einfach an.

»Okay, wir müssen also noch etwas Vertrauen aufbauen«, sprach Liv weiter und warf ihre Hände in die Höhe. »Vielleicht sollten wir zusammen in einen Klettergarten gehen oder so etwas.«

»Du bist dir also keines Drachenreiters in deiner Nähe bewusst?«, fragte Hiker.

Liv schüttelte den Kopf. »Nein, ich war beschäftigt. Aber wenn ich von einem Drachenreiter höre, wie soll ich dich kontaktieren?«

»Ich werde mit *dir* in Kontakt bleiben«, erklärte Hiker. »Wenn du so viel Gefühl hast, dass du es merkst, wenn sich ein Drachenreiter in deiner Umgebung befindet, möchte ich von ihm erfahren. Das ist von höchster Wichtigkeit. Ich muss der Erste sein, der von ihm erfährt.«

Liv nickte. »Auf jeden Fall. Ich lasse dich wissen, wenn ich etwas über *ihn* höre. Bleibst du jetzt auf ein paar Nachos? Ich wollte mir Wiederholungen von *Parks and Recreation* ansehen. Bist du interessiert? Ich liebe Amy Poehler.«

Der Drachenreiter schüttelte den Kopf, als wäre sie eine Außerirdische, die ihm anbot, auf ihrem Raumschiff Eier zu braten.

Hiker ging einen Schritt näher an Liv heran, die vielen Talismane und Waffen an seinem Gürtel rasselten. »Nur damit du es weißt, Kriegerin Beaufont, das war ein Freundschaftsbesuch, aber ich warne dich, mach dir aus mir keinen Feind. Bisher hat das keiner überlebt.«

Liv zwang ein Lächeln auf ihr Gesicht. »Sicher. Absolut. Hier gibt es keine Feindschaft. Nur das Angebot, sich auf der Couch zusammenzurollen und Sitcoms anzuschauen mit geschmolzenem Käse.«

Hiker schüttelte nur den Kopf, bevor er verschwand.

Liv rollte mit den Augen. »Leute, die teleportieren können, sind so langweilig.«

Plato materialisierte sich neben ihr und schnippte mit dem Schwanz. »Dem kann ich nur zustimmen.«

Kapitel 59

Bermuda fand die Musik auf der Bühne viel zu laut, aber Rory hatte ihr versprochen, dass er und Maddie auf seinem Anwesen einen angemessenen Schalldämpfungszauber gewirkt hatten. Für diesen einen Abend war der Garten des Riesen so vergrößert worden, dass alle, die Liv zu dieser Feier eingeladen hatte, Platz fanden.

Sophias Drachenei war auf die Zentralinsel verlegt worden, wohin sich die meisten wegen der Lava und vieler anderer Hindernisse nicht wagen würden. Dennoch vertraute Liv jedem auf dieser Party. Sie war das Ereignis des Jahrhunderts. Es war die Feier des neuen Hauses der Vierzehn.

»Bist du sicher, dass die Musik nicht zu laut ist?«, fragte Bermuda und hielt sich die Ohren zu, als Roosters Band Moldy Oranges begann, ein weiteres Lied zu spielen.

Liv nickte mit dem Kopf zur Musik. »Laut ist es besser.«

Die Riesin schüttelte den Kopf. »Ich glaube, ein Ausflug ist überfällig.«

»Wohin werden deine Reisen dich diesmal führen?«, brüllte Liv, damit sie trotz der Musik verstanden wurde.

Die Riesin ließ einfach ihre Augen über den Hof schweifen.

»Weißt du«, vermittelte Liv, »Du bist in etwa so entgegenkommend wie dieser Drachenreiter, der in meine Wohnung eingedrungen ist.«

»Ach, das«, erklärte Bermuda.

»Ja?«, fragte Liv, ihre Hände an den Hüften.

Bermuda setzte den großen Hut auf ihren Lockenkopf. »Nun, nach dem, was du mir erzählt hast, hast du das gut gemeistert.«

»Also, du hast behauptet, die Drachenelite wäre so gut wie verschwunden.« Liv sah zu, wie Rooster mit seiner Gitarre rockte und bemerkte, wie viel Herz in seiner Darbietung steckte. Das machte sie sehr glücklich.

»Das haben wir angenommen«, erklärte Bermuda. »Aber sie sind offensichtlich irgendwo. Sophia wird es bald erfahren. Bei ihnen herrschen strenge Gesetze, die jeden Drachenreiter davon abhalten, jemandem von ihrer Gemeinschaft zu erzählen, weshalb ich in meinen Büchern nichts darüber erwähne.«

»Ja, Hiker war nicht wirklich der offene Typ, obwohl ich denke, dass ich ihn das nächste Mal vielleicht dazu bringen könnte, seine Beine hochzulegen und mit mir eine Sitcom anzuschauen«, meinte Liv und fügte dann hinzu: »Wenn ich es mir recht überlege, müsste ich ihm raten, die Beine unten zu lassen, wenn er den Kilt trägt.«

»Liv, ich weiß nicht viel über die Drachenelite, aber ich weiß, dass Technologie kein Teil ihres Lebens ist«, vermittelte Bermuda. »Sophia und ihr Ei passen vermutlich nicht wirklich gut dazu.«

Liv beobachtete aus der Ferne, wie sich ihre Schwester vor der Bühne drehte und mit ihren Freunden tanzte, während die Band rockte. Ihr Werwolf-Freund Fane und seine Tochter Alina tanzten abwechselnd mit Sophia. »Ich glaube, es wird ihr gut gehen. Sie könnte sogar den Unterschied machen.«

Bermuda beobachtete, wie Sophia neben der Bühne mit den Hüften wackelte. »Das ist genau das, was mir Sorgen bereitet.«

Liv wandte sich der Riesin zu. »Mir nicht. Manchmal ist jemand, der anders ist, genau das, was eine Organisation braucht.«

Bermuda schien nicht so sicher, aber als ihr Sohn an Livs Seite auftauchte, nickte sie. »Hast du meinen Reiseplan, falls du etwas brauchst?«

»Ja, Mum«, antwortete Rory.

»Und wenn du Hilfe bei Entscheidungen wegen der Geschäfte des Hauses brauchst …«

Liv schüttelte den Kopf und hob eine Hand, um Bermuda zum Schweigen zu bringen. »Es ist seine Stimme. Du hast ihn gut erzogen. Er wird die richtigen Entscheidungen treffen.«

Die Riesin blickte auf die Menge, durch die sich Rudolf tanzend drängte. »Du hast recht. Na ja, ob der König der Fae je die richtigen Entscheidungen treffen wird? Nun, das ist eine andere Geschichte.«

Rory lächelte zu Liv hinunter. »Ich weiß es nicht. Rudolf ist anders, aber am Ende des Tages stimmt er mit dem Herzen über Dinge ab. Ich habe Vertrauen in ihn.«

Was auch immer Rory und Rudolf im Tempel der Medusa oder im Haus während des Endkampfes durchgemacht hatten, es hatte sie mehr denn je zusammengeschweißt. Sie waren sich ziemlich nahe gekommen und das war für beide großartig.

»Rory, das ist mein Lieblingslied von den Moldy Oranges!«, rief Maddie fröhlich, stürmte los und zog den Riesen mit sich. Er winkte, als er nach vorne vor die Bühne geschleppt wurde, um neben vielen Menschen zu tanzen, die Liv in jenem Jahr durch wundersame Umstände kennengelernt hatte. Mortimer war mit Pricilla und Ticker dort, ebenso wie Renswick Shoshawnawalla. Natürlich waren auch die Sterblichen Sieben, die Ratsmitglieder und Krieger gekommen.

»Dann ist es also endgültig?«, fragte Bermuda. »Das Haus der Vierzehn wird jede Rasse über wichtige Gesetze abstimmen lassen?«

»Ja«, zwitscherte Liv. »Dein Sohn ist der erste Riese, der das Haus berät und Rudolf der erste Fae. Auch der König der Elfen, Dakota, wird seine Stimme abgeben. Auch Gillian ist mit von der Partie, ein Gnom, der seine Rasse vertreten wird. Das ist ein Fortschritt.«

»Das ist mehr als in einem ganzen Jahrhundert passiert ist.« Bermudas Lippen zuckten. »Und wenn man bedenkt, das ist alles nur wegen ... na ja, du weißt schon.«

Liv nickte, die Riesin brauchte nichts weiter zu sagen. Sie beobachtete die Tänzer vor der Bühne.

Schließlich seufzte Bermuda. »Nun, ich sollte jetzt gehen.«

Livs Mund sprang auf. »Möchtest du dich nicht von Rory verabschieden?«

Bermuda blickte sehnsüchtig zu ihrem Sohn, der mit Maddie tanzte, ein breites Grinsen im Gesicht. »Nein, das glaube ich nicht. Diesmal nicht.« Sie drehte sich zu Liv um. »Aber ich möchte dir etwas sagen.«

Liv richtete sich auf, was sie vor der Riesin wirklich albern aussehen ließ. »Ja?«

»Kriegerin Beaufont, du weißt, dass du geliebt wirst«, begann Bermuda. »Papa Creola ließ es die magische Welt wissen, als er dir diese Geschenke gewährte. Aber ich möchte, dass du weißt, dass ich hoffe, dass du all die anderen Dinge bekommst, die du dir in deinem Leben wünschst. Ich kenne niemanden, der es so sehr verdient wie du.«

Liv öffnete den Mund, um etwas zu sagen, aber sie wusste nicht, wie sie reagieren sollte.

Bermuda deutete durch die Menge auf den Dämonenjäger, der darauf zu warten schien, dass die Riesin ihn herüber winkte. Er stand neben Emilio, der seinen Arm um eine weibliche Fae gelegt hatte. »Gut, ich gehe dann mal. Pass auf dich auf bis wir uns wiedersehen.«

Liv fühlte sich verwirrt, als sie zwischen der sich zurückziehenden Bermuda und Stefan hin und her schaute, der sich mit der Fae und Emilio näherte. Sie neigte ihren Kopf zur Seite. »Was geht hier vor, Ludwig?«

Er ergriff ihre Hand, legte seine andere auf ihre Hüfte und wiegte sie im Takt der Musik. »Nichts. Em und ich wollten dir nur verkünden, dass der Rat eine Maßnahme verabschiedet hat, die rassenübergreifende Verabredungen bei Royals erlaubt.«

Liv jubelte und schaute Stefan über die Schulter. »Das ist fantastisch! Herzlichen Glückwunsch, Em!«

Der Kriegerkollege hob siegreich seine Faust, während er mit der bildschönen Fae in seinen Armen tanzte. »Danke. Herzlichen Glückwunsch auch dir.«

»Mir?«, fragte Liv und schaute Stefan von der Seite an.

»Oh, was das angeht.« Er beugte sich zu ihr, sein Gesicht nur Zentimeter von ihrem entfernt, dann sagte Stefan: »Sie haben auch die Gesetze über Verabredungen unter Kriegern abgeschafft. Es könnte die Dinge verkomplizieren, aber ich denke, wir kommen damit klar, weil wir jetzt sogar eine Katze, einen Terrier, eine Libelle und viele andere Tiere mit im Rat haben.«

Liv schlang ihre Hände um sein Gesicht und zog ihn zum ersten Mal zu sich heran, um ihn zu küssen, ohne sich darum zu kümmern, wer dabei zusah. Ob die Menge jubelte, weil Roosters Band fantastisch war oder weil ihr Kuss ein Feuerwerk in den Himmel schickte, wusste Liv nicht. Ihr war nur wichtig, dass sie mit den Menschen, die sie liebte und dem Job, der ihr wichtig war, glücklich sein durfte.

Es war ihr wieder eingefallen, als sie ihre Lippen auf Stefans Mund legte, dass sie, als sie als Kriegerin für das Haus angefangen hatte, dies nur tun wollte, bis Sophia übernehmen konnte und nun betete sie, dass sie es ein Leben lang tun dürfte. Nur wenige durften darauf hoffen, einen Job zu bekommen, der ihnen so viel Spaß machte.

Für Liv war der Schutz der Welt und derer, die sie liebte, das Einzige, was sie tun wollte.

Sie hatte nur Beides fast verlieren müssen, um es zu realisieren.

DIE GEBORENE ANFÜHRERIN

Kapitel 60

Niemand hatte etwas getrunken, aber alle auf der Party schienen betrunken zu sein. Vielleicht lag das daran, dass so viele Gefahren beseitigt worden waren. Das Haus war zwar noch nicht repariert, aber mit der Zeit würde es das werden. Im Rat herrschte Vielfalt und die Gesetze wurden zum Nutzen der Menschen und nicht des Systems geändert. Liv konnte nicht glücklicher sein.

»Du hast mir befohlen, ich solle hier auftauchen«, sagte Papa Creola mit gesenktem Kopf.

»Wer ist hier der Boss?«, fragte Liv lachend. Dann starrte sie den neuen Subner an.

Er sah Papa Creola sehr ähnlich, mit langen, strähnigen Haaren und Schweißbändern um die Handgelenke und die Stirn.

»Wo wollt ihr hin?«, erkundigte sich Liv. »Zum Boston-Marathon?«

Papa Creola seufzte. »Jede meiner Regenerationen ist anders. Ich weiß nie, welche Gestalt ich annehmen werde.«

Liv nickte. »Nun, das gefällt mir. Sind die *Fantastischen Waffen* auch anders?«

Subner schüttelte den Kopf. »Oh, nein. Der Laden ist derselbe. Er bleibt immer derselbe.«

»Es ist gut zu wissen, dass sich manche Dinge nicht ändern«, gestand Liv, während sie beobachtete, wie sich ihr Bruder durch die Menge näherte, den Arm um Sophia gelegt.

»Ich denke, wir sollten besser …«, setzte Subner an.

»Schau dich nach dem Bohnendip um«, erklärte Papa Creola.

Liv war sich nicht sicher, warum die beiden so plötzlich flüchteten oder warum sie Lust verspürte, zu ihren Geschwistern zu huschen und sie zu umarmen. Wahrscheinlich war es nur das Übermaß an Emotionen, die sie empfand, weil alle ihre Freunde zur gleichen Zeit am gleichen Ort waren.

»Also«, lächelte Clark, zur Musik tanzend.

Liv verzog ihr Gesicht. »Was tust du da?«

»Ich … nun, ich *versuche* zu tanzen.« Clark runzelte die Stirn.

»Nein, das war gut.« Sophia ergriff die Hand ihres Bruders und hüpfte neben ihm. Erst da wurde Liv klar, wie sehr ihre kleine Schwester doch gewachsen war. Sie wusste, dass sie gewachsen war. Sie hatte es beobachtet. Aber ihre kleine Schwester war nach Einbruch der Dunkelheit noch auf einer Party unterwegs. Es war an der Zeit, dass Liv sich eingestand, dass Sophia sich anderen Dingen zuwandte.

»Hey, Soph«, unterbrach Liv den Tanz ihrer Geschwister. »Wolltest du und Clark mit mir kommen?«

Die Beiden kamen Livs Bitte gerne nach. Sie führte sie dorthin, wo das Drachenei aufbewahrt wurde. Liv sah, wie John zu ihnen eilte. »Hey, da bist du ja! Ich habe die ganze Nacht nach dir gesucht.«

»Ich war hier«, antwortete Liv. »Wo warst du, John?«

In seinem Gesicht sprossen plötzlich rote Flecken. »Nirgendwo. Ich meine, na ja … Alicia und ich hätten vielleicht …«

»Neuigkeiten!«, schrie Rudolf und eilte herbei. »Ich habe Neuigkeiten!«

DIE GEBORENE ANFÜHRERIN

»Ja?«, fragte Liv.

»Nun, Serena und ich haben gerade herausgefunden, dass wir Drillinge bekommen. Also werden wir einen Captain, einen Captain und einen Captain haben.« Er lächelte, die Hände an den Hüften wie ein stolzer Superheld.

»Wow.« Clark schüttelte den Kopf.

»Ja, das ist doch total verrückt«, fügte Sophia hinzu.

Plato materialisierte sich neben Liv und schaute sich die Gruppe an. »Das ist wirklich verrückt.«

Johns Mund klappte auf, die Augen vor Schock geweitet. »Liv, die Katze hat gerade …«

Liv lächelte. »Ich habe es dir gesagt, John. Plato kann sprechen. Ziemlich cool, was?«

»Es ist nicht drillings-cool«, meinte Rudolf und hatte die Arme über die Schultern von Liv und Sophia gelegt, da die beiden gleich groß waren.

»Nein, das schießt definitiv den Vogel ab«, bestätigte Liv und blickte vorbei an dem Fae zu ihrer kleinen Schwester, die schöner war, als sie es je für möglich gehalten hatte.

»Ich freue mich wirklich für dich, Rudolf.« John klopfte dem Fae auf die Schulter.

Rudolf ließ Liv und Sophia los und legte seinen Arm um den ersten der Sterblichen Sieben. »Danke, Kumpel. Kann ich dir einen Drink ausgeben?«

»Nun, ich glaube, die Getränke sind frei«, sagte John.

»Ja, aber der Schnaps hier ist ziemlich billig, wenn du mich fragst«, flüsterte Rudolf zu laut. »Wie wäre es, wenn ich ein paar richtige Drinks bestelle?«

»Klingt gut, mein Freund«, sagte John und ließ sich vom König der Fae wegführen.

Liv beobachtete, wie sie loszogen und war schockiert darüber, wie anders und wunderbar ihr Leben doch geworden war.

»Was ist los, Liv?« Clark las den Ausdruck auf ihrem Gesicht.

Sie schüttelte den Kopf. »Es ist einfach so großartig. Wir sind alle zusammen und alles fühlt sich richtig an. Ich will nicht, dass sich etwas ändert, obwohl ich weiß, dass Veränderungen unvermeidlich sind und zum Fortschritt führen.«

Sophia lächelte so breit, dass Liv Freudentränen in die Augen traten und dann die Wange herunterliefen. Das schien bei Clark etwas auszulösen. Er nahm die beiden Mädchen in eine Umarmung und hielt sie fest in seinen Armen. »Mom und Dad wären stolz. Ian und Reese auch.«

Liv nickte und dachte liebevoll an die Familie, die sie verloren hatten und die ihnen den Weg geebnet hatte. »Egal, was passiert, *Familia est Sempiternum*.«

»Egal was«, stimmten Clark und Sophia gemeinsam zu.

Liv drückte sie fest, bevor sie ihren Bruder und ihre Schwester losließ. Sie wischte sich die Tränen aus den Augen und schaute auf die Menschenmenge, die noch immer in Rorys Garten feierte. »Nun, wir sollten zurückgehen und uns der Party anschließen?«

»Ja«, stimmte Sophia zu.

»Solange mir jemand beibringt, wie man tanzt«, bat Clark.

Liv hakte sich bei Sophia und Clark unter: »Keine Sorge, wir haben dich im Griff, Bruder.«

Die drei gingen zurück in Richtung Bühne, aber sie kamen nicht weit, bis ein Ton die nächste große Veränderung in ihrem Leben einleitete.

KNACK.

Das Geräusch hallte so laut durch den Garten trotz der Musik, dass keine Chance bestand, dass die Drachenelite es überhören könnte.

FINIS

—

Wie hat Dir das Buch gefallen? Schreib uns eine Rezension oder bewerte uns mit Sternen bei Amazon. Dafür musst Du einfach ganz bis zum Ende dieses Buches gehen, dann sollte Dich Dein Kindle nach einer Bewertung fragen.

Als Indie-Verlag, der den Ertrag weitestgehend in die Übersetzung neuer Serien steckt, haben wir von LMBPN International nicht die Möglichkeit große Werbekampagnen zu starten. Daher sind konstruktive Rezensionen und Sterne-Bewertungen bei Amazon für uns sehr wertvoll, denn damit kannst Du die Sichtbarkeit dieses Buches massiv für neue Leser, die unsere Buchreihen noch nicht kennen, erhöhen. Du ermöglichst uns damit, weitere neue Serien parallel in die deutsche Übersetzung zu nehmen.

Am Endes dieses Buches findest Du eine Liste aller unserer Bücher. Vielleicht ist ja noch ein andere Serie für Dich dabei. Ebenso findest Du da die Adresse unseres Newsletters und unserer Facebook-Seite und Fangruppe – dann verpasst Du kein neues, deutsches Buch von LMBPN International mehr.

Wie geht es weiter?

*Sophia Beaufonts Abenteuer starten in
»Die außergewöhnliche Drachenreiterin«*

Die außergewöhnliche Reiterin
als E-Book jetzt vorbestellen.

DIE GEBORENE ANFÜHRERIN

Astrids Übersetzernotizen

Liv Beaufont ... was soll ich sagen? Ich werde sie vermissen! Ursprünglich war ich für den Stahldrachen – Kristen Hall – zuständig. Zu Liv kam ich eher wie die Jungfrau zum Kind. Als Betaleserin kannte ich die Magierin natürlich. Irgendwann hat mich Jens – mein Boss – gefragt, ob ich nicht zusätzlich Liv übernehmen wollte. Natürlich wollte ich! Ich war ja schon durch die ersten drei Bücher angefixt, wie man so schön sagt. Na ja, bei regelmäßigem Zuckerbrot durch euch Leser und Peitsche (meine eigene Neugier) war ich ganz scharf darauf zu erfahren, wie die Geschichte weitergeht. Meine ›Arbeitswut‹ ging sogar so weit, dass ich im Sommer darum gebeten habe, Liv fertigstellen zu dürfen. Und ja, ich durfte – Gott sei Dank.

Ich war immer mit dem Herzen dabei, denn ich bin in der glücklichen Lage, die Bücher zu bearbeiten, die ich ohnehin lesen würde. Manche Passagen haben mich nicht schlafen lassen – viele Ideen habe ich in der Nacht, das ist schon so seit ich denken kann! Ein ums andere Mal habe ich zurückgeblättert und Texte umformuliert. Im letzten Band brauchte ich auch noch einen Reim, eher ein Pumuckl-Gedicht, falls ihr den kleinen Kerl kennt (Er steht auf dem Standpunkt ›alles, was sich reimt, ist gut‹). Eine große Runde mit dem Hund im dichten Nebel brachte ein passables Ergebnis.

Was soll ich noch sagen, ich habe mit Liv geschimpft und geflucht. Ich war heulend am PC gesessen – nein ich bin ganz sicher kein Sensibelchen, denn das ist mir noch nie vorher passiert! Ich habe den Bildschirm kopfschüttelnd angestarrt, weil ich mir dachte: Das tut sie jetzt nicht!

Mehr als einmal habe ich laut gelacht! Wer würde es nicht tun, wenn Rudolf gefragt wird: »Hast du eine Waffe dabei?«

Und er darauf antwortet: »Die tödlichste überhaupt! Mein Gehirn!«

Ich bleibe den Beaufonts auf jeden Fall treu, bald gibt es die Geschichte von Sophia Beaufont und ihrem Drachen. Ich freue mich darauf, ihr Leser hoffentlich auch!

Bis bald
Astrid

Sarahs Autorennotizen

Ein riesengroßes Dankeschön an alle, die diese Serie unterstützt haben. Zwölf-verdammte-Bücher! Ich kann es nicht glauben. Ich meine, ich kann es. Aber Mensch, wie verdammt geil. Ich danke euch!

Okay, irgendwann möchte ich über Michaels Amish-Verhalten sprechen, aber dazu kommen wir gleich noch. Zuerst muss ich Akios Tod ansprechen.

Es tut mir leid, dass Akio in diesem Buch gestorben ist. Und es tut mir mehr als jedem anderen leid, wenn du mir das glaubst. Wenn du denkst, ich hätte Akio Takahashi sterben sehen, dann liegst du völlig falsch. Sorry, das war nicht wörtlich gemeint.

Aber im Ernst, ich schreibe gerade die Medusa-Szene und dann tippe ich: »...und die Decke stürzte ein und zerquetschte Akio.« Ich dachte nur: »ABER warte! Was ist mit Akio passiert?!« Ich machte einen Rückzieher. Versuchte ein anderes Ende für dieses Kapitel. Machte einen Spaziergang. Genehmigte mir einen Drink. Ging wieder spazieren. Hatte einen weiteren Drink. Ja, ich weiß, dass Spazierengehen meine Probleme nicht lösen wird. Deshalb trinke ich ja auch.

Wie auch immer, erst nach vielen Qualen wurde mir klar, dass es kein anderes Ende gab. Das war das einzige. Und es tat weh. Ich weiß, ihr denkt alle, ich sei eine böse Autorin, die nach euren Tränen dürstet. Das tue ich in der Tat und ich bin eine böse Autorin. Ich bin die Erste, die es zugibt, aber ich habe noch Gefühle. Okay, eigentlich nur das eine. Ich habe ein Gefühl. Und dieses Gefühl tat wirklich weh, als Akio starb.

Ich erinnere mich daran, dass ich danach zu Taco Bell gegangen bin... okay, das klingt jetzt schlecht. Nennen wir es

Bio-Hippie-Café...mit Tacos. Wie auch immer, ich war dort. Und ich heule wie ein verdammtes Baby im Drive-In...ich meine, in der Schlange. Da ich nie irgendwo hingehen würde, wo mein Auto im Leerlauf Abgase an die Ozonschicht abgibt.

Ich fahre also an den Drive-In heran und der Teenager fragt: »Was ist los, Miss?«

Ich dachte: »Abgesehen davon, dass ich keine Miss bin und nicht alt genug, um deine Mutter zu sein, außer ... okay, ich bin alt genug, um deine Mutter zu sein, aber halt die Klappe. Und hast du einen älteren Bruder? Oh, warte ... diese interne Konversation wandert eindeutig in die falsche Richtung.«

Wie auch immer, was ich tatsächlich sagte war: »Akio ist gestorben!«

Er wusste nicht, wer Akio war, weil er ein Langweiler ist und vermutlich nur von der Schule vorgegebene Bücher wie das blöde ›Herz der Finsternis‹ liest. Mann, ich habe das Buch von Joseph Conrad im Englischunterricht gehasst.

Was ich mit dieser langen Tirade sagen will ist, dass Akios Tod weh tut. Es tat verdammt weh. Die meiste Zeit plane ich solche Dinge nicht. Aber wenn sie passieren, muss ich sie respektieren. Akio musste sterben. Aber was für eine selbstlose Art, dies zu tun. Ich liebe diesen verdammten Krieger.

Okay, weiter geht's, bevor ich wieder anfange zu weinen.

Ich weiß, dass ihr alle denkt, dass ich nur Halluzinogene nehme und mir die zufälligen Verrücktheiten in den Büchern ausdenke. Nichts könnte weiter von der Wahrheit entfernt sein. Ich träume sie. Ohne Drogen.

Neulich wache ich also auf, nachdem ich geträumt habe, dass Jack Nicholson und ich bei Target einkaufen waren. Ich erzähle Lydia (meiner Tochter) davon und sie fragt: »Was hast du gekauft?« Ich schaue sie an und frage: »Ist das deine einzige Frage?« Wollte sie nicht wissen, worüber Jack und ich geredet haben oder wohin wir danach zum Eis essen gegangen sind?

Und so kommen zufällige Seltsamkeiten in meine Bücher. Meine Freundin, als ich ihr von dem Traum erzählte, meinte: »Wir müssen dich da rausholen, Sarah. Du musst von Zack Efferon träumen, nicht von Jack Nicholson.« Recht hat sie. Aber kein Ausgehen für mich. Ich muss Sophias Buch schreiben. Dazu später mehr.

Einige von euch wissen, wie diese ganze Liv-Serie zustande kam. Michael und ich waren in einer Videokonferenz und er meinte: »Du solltest eine Serie über ein blondes Mädchen in LA schreiben, das frech und klein ist.« Ich sagte: »Das bin ich.« Und MA war ein Genie, denn es hat funktioniert. Und hier sind wir zwölf Bücher später. Ich konnte Liv keine Tochter geben, aber ich habe ihr eine jüngere Schwester gegeben. Aus meiner Lydia wurde Sophia, der sie den Namen gab. Und ganz nebenbei haben wir uns mit jemandem angefreundet, der eine Liv und Sophia als Töchter hat. Kannst du das glauben?

Jedenfalls glaube ich, dass diese Serie so gut gelungen ist, weil ich nicht darüber nachdenken musste wie Liv spricht. Sie sprach wie ich. Sie reagierte wie ich. Sie ist mutiger. Cooler. Knallharter. Aber am Ende des Tages ist sie wirklich einfach ich. Und Sophia, na ja, die ist auch viel von mir, weil Lydia ein Teil von mir ist. Aber anders. Ich fange morgen mit ihrer Serie an und ich bin so aufgeregt. Und nervös. Und dankbar. Danke fürs Lesen.

Also zurück zu Michael, der ein Amish ist. Wir haben das Cover für dieses Buch bestellt und Michael hat den ersten Versuch unserer wunderbaren Designerin zurückgewiesen, weil er meinte, dass Liv ›zu viel Haut zeigt‹. Hatte sie einen kurzen Rock und ein Neckholder-Top an? Oh nein. Hatte sie einen Tanga-Bikini an? Nö. War sie wie eine Stripperin gekleidet und trug Nuttenschuhe? Wieder nein. Liv hat einfach ihre nackten Arme gezeigt.

Gasp! Oh, ich weiß! Ich weiß!

Ich sagte natürlich: »Wenn es bei dir nicht funktioniert, dann funktioniert es bei dir nicht. Wir werden etwas anderes ausprobieren.« Aber insgeheim, in meinem Hinterkopf, dachte ich: »Mann, ich werde ihn dafür zur Hölle reizen.« Und so sind wir hier. Unser furchtloser Anführer, der so viele verschiedene Bücher mit Soldaten geschrieben hat, die mit Schwertern und Gewehren in die Schlacht ziehen, zuckt zusammen, wenn er ein paar nackte Arme sieht. Ich weiß, ich habe ihn in den letzten Notizen Vogelmörder genannt (obwohl ich die Rezension liebe, die sagte, dass er Vogelassassine heißen sollte). Ich nehme den Namen zurück. Wir nennen ihn jetzt Amish Michael.

Und zu guter Letzt, bevor ich Schluss mache. Für diejenigen, die sich für die Melodien interessieren, die die Liv Serie inspiriert haben, hier sind sie:

https://open.spotify.com/playlist/3blVJMokv1MZsen23VyFgZ

Und nun, ohne weitere Umschweife, übergebe ich an Amish Michael, aka Vogelassassine, aka MA, aka Manderle, aka Bitte-feuer-mich-nicht-nur-weil-ich-dich-ärgere-Michael.

Sarah Noffke
26. September 2019

Michaels Autorennotzien

DANKE, dass du dieses zwölfte und letzte Buch der Serie gelesen hast, es war eine tolle Reise!

Also, ich finde Sarahs Persönlichkeit (der Teil, der NICHT damit beschäftigt ist, sich Bosheiten für mich auszudenken) zufällig sehr lustig. Die ganze ›Taco Bell wird Bio-Restaurant mit Tacos‹-Situation ist urkomisch.

Das mit dem ›Bitte-feuer-mich-nicht-nur-weil-ich-dich-ärgere-Michael‹ fand ich witzig, aber ein bisschen verwirrend.

Warum sollte ich sie feuern? Ich habe sie einfach in das richtige Genre eingeordnet und sie hat die tollste Zeit ihres Lebens.

Ich schaue ja auch gerne mal hinter die Kulisseen, ein gutes Beispiel ist der folgende Chatmitschnitt vor zwei Tagen. Die Situation: Sarah hat nach dem nächsten Cover gefragt, das wir machen müssen...

Hier sind unsere Texte:

---------- *START DES MITSCHNITTS* ----------
sarahnoffke [1:18 PM]
Okay, irgendwelche Ideen für das Cover, die ich dem Künstler mitteilen soll? Ich frage mich, ob der Drache auf dem zweiten Cover größer sein sollte? Und die Positionen?
michael [2:34 PM]
Der Drache schaut nach unten, ein halber Körper (Beine) ragt aus dem Maul, sie zeigt auf ihn und züchtigt ihn mit den Worten »DU SPUCKST IHN BESSER AUS«?
sarahnoffke [3:20 PM]
lol...nein.
[3:21 PM]
Vielleicht schießt der Drache Feuer über deinen Namen?

[3:23 PM]
Aber die Idee mit der Szene, in der sie ihn züchtigt, finde ich eigentlich toll. Er kann murmeln: »Was ausspucken?«

michael [10:22 PM]
»Waff aufpucken?«

sarahnoffke [10:18 PM]
OMG. Das hat mich schon mehrfach laut lachen lassen, wenn ich darüber nachgedacht habe.

michael [4:41 PM]
Ich sage dir, das muss in der Geschichte vorkommen! Es könnte ein langlaufender Witz werden.... »Wo ist Fido?« »Es war nur ein kleiner Snack«

sarahnoffke [6:27 PM]
LOL das kommt auf jeden Fall in das Buch! Ich liebe es. Allein heute habe ich Lydia schon zwanzig Mal murmeln hören: »Waff aufpucken?«

Und seit heute versucht der Drache, Sophia zu <zensiert> zu überreden. »Das Leben ohne <zensiert> ist sinnlos.«

michael [9:27 PM]
HAHAHAHAHAHAHA

----------- ***ENDE DES MITSCHNITTS*** -----------

Ja, unsere typischen Gespräche bei der Arbeit sind genau so seltsam, wie du vielleicht denkst.

Michael Anderle
26. September 2019

Danksagungen von Sarah Noffke

Mein Lieblingsteil beim Schreiben eines Buches ist die Erstellung der Seite mit den Danksagungen. Es erinnert mich daran, dass das Schreiben eines Buches keine Einzelleistung ist. Ich sitze vielleicht allein und schreibe, aber das fertige Produkt ist das Ergebnis der Unterstützung und Ermutigung eines Stammes von Menschen.

Vielen Dank an die Leser, die die Bücher kaufen, lesen, rezensieren und empfehlen. SIE sind es, die uns am Schreiben halten. Ich bin immer inspiriert von den Botschaften, die ich von den Lesern erhalte. Ich danke euch, dass Ihr meine Schreibarbeit unterstützt und meinem Leben so viel Reichtum bietet – aber nicht auf das Geld bezogen, sondern auf Erfahrungen und Erlebnisse, die mein Leben als Autorin erst möglich machen. Danke an meine LBMPN-Familie für die Unterstützung. Steve, Michael, Lynne, Moonchild, Jennifer und so viele andere, die sich für die Veröffentlichung des Buches und darüber hinaus einsetzen.

Ich danke meinen Freunden und meiner Familie. Das Schreiben ist ein seltsamer Beruf. Ich arbeite zu seltsamen Zeiten, führe Selbstgespräche, habe eine fragwürdige Ernährung, werde unruhig wegen der Fristen. Aber die wunderbaren Menschen in meinem Leben zeigen weiterhin ihre Ermutigung und Nachdenklichkeit, egal was passiert. Es ist für mich nie verloren, denn ich weiß, dass ich nicht das tun würde, was ich liebe, wenn mich nicht mit all diese wunderbaren Menschen anfeuern würden.

Wie bei allen meinen Büchern geht der letzte Dank an meine Muse Lydia. Ich habe mein erstes Buch geschrieben, damit ich meine Tochter stolz machen konnte und es hat nie aufgehört. Ich schreibe jedes Buch für dich, meine Liebe.

SOZIALE MEDIEN

Möchtest Du mehr?
Abonnier unseren Newsletter, dann bist Du bei neuen Büchern, die veröffentlicht werden, immer auf dem Laufenden:
https://lmbpn.com/de/newsletter/

Tritt der Facebook-Gruppe und der Fanseite hier bei:
https://www.facebook.com/groups/ZeitalterderExpansion/
(Facebook-Gruppe)
https://www.facebook.com/DasKurtherianischeGambit/
(Facebook-Fanseite)

Die E-Mail-Liste verschickt sporadische E-Mails bei neuen Veröffentlichungen, die Facebook-Gruppe ist für Veröffentlichungen und ›hinter den Kulissen‹-Informationen über das Schreiben der nächsten Geschichten. Sich über die Geschichten zu unterhalten ist sehr erwünscht.

Da ich nicht zusichern kann, dass alles was ich durch mein deutsches Team auf Facebook schreiben lasse, auch bei Dir ankommt, brauche ich die E-Mail-Liste, um alle Fans zu benachrichtigen wenn ein größeres Update erfolgt oder neue Bücher veröffentlicht werden.

Ich hoffe Dir gefallen unsere Buchserien, ich freue mich immer über konstruktive Rezensionen, denn die sorgen für die weitere Sichtbarkeit unserer Bücher und ist für unabhängige Verlage wie unseren die beste Werbung!

Jens Schulze für das Team von LMBPN International

**DEUTSCHE BÜCHER VON
LMBPN PUBLISHING**

Das kurtherianische Gambit
(Michael Anderle – Paranormal Science Fiction)

Erster Zyklus:
Mutter der Nacht (01) · Queen Bitch – Das königliche Biest (02) · Verlorene Liebe (03) · Scheiß drauf! (04) · Niemals aufgegeben (05) · Zu Staub zertreten (06) · Knien oder Sterben (07)

Zweiter Zyklus:
Neue Horizonte (08) · Eine höllisch harte Wahl (09) · Entfesselt die Hunde des Krieges (10) · Nackte Verzweiflung (11) · Unerwünschte Besucher (12) · Eiskalte Überraschung (13) · Mit harten Bandagen (14)

Dritter Zyklus:
Schritt über den Abgrund (15) · Bis zum bitteren Ende (16) · Ewige Feindschaft (17) · Das Recht des Stärkeren (18) · Volle Kraft voraus (19)

Kurzgeschichten:
Frank Kurns – Geschichten aus der Unbekannten Welt

In Vorbereitung:
...die restlichen Bücher bis Band 21

**Aufstieg der Magie
(CM Raymond, LE Barbant &
Michael Anderle – Fantasy)**
Unterdrückung (01) · Wiedererwachen (02) · Rebellion (03) · Revolution (04)
In Vorbereitung sind die restlichen Bücher bis Band 12 aus dem Kurtherian-Gambit-Universum

**Das zweite Dunkle Zeitalter
(Michael Anderle & Ell Leigh Clarke
– Paranormal Science Fiction)**
Der Dunkle Messias (01) · Die dunkelste Nacht (02)
In Vorbereitung sind die restlichen Bücher bis Band 4
aus dem Kurtherian-Gambit-Universum

**Der unglaubliche Mr. Brownstone
(Michael Anderle – Urban Fantasy)**
Von der Hölle gefürchtet (01) · Vom Himmel verschmäht (02) ·
Auge um Auge (03) · Zahn um Zahn (04) ·
Die Witwenmacherin (05) · Wenn Engel weinen (06) ·
Bekämpfe Feuer mit Feuer (07)
In Vorbereitung sind die restlichen Bücher dieser
Oriceran-Serie

**Die Schule der grundlegenden Magie
(Martha Carr & Michael Anderle – Urban Fantasy)**
Dunkel ist ihre Natur (01)
In Vorbereitung sind die restlichen Bücher bis Band 8
diese Oriceran-Serie

**Die Schule der grundlegenden Magie: Raine Campbell
(Martha Carr & Michael Anderle – Urban Fantasy)**
Mündel des FBI (01)
In Vorbereitung sind die restlichen Bücher bis Band 9
diese Oriceran-Serie

**Die Chroniken des Komplettisten
(Dakota Krout – LitRPG/GameLit)**
Ritualist (01) · Regizid (02) · Rexus (03) ·
Rückbau (04) · Rücksichtslos (05)
In Vorbereitung sind die derzeit verfügbaren Teile

Die Chroniken von KieraFreya
(Michael Anderle – LitRPG/GameLit)
Newbie (01)
Anfängerin (02)
In Vorbereitung sind die restlichen Bücher bis Band 6

Die guten Jungs
(Eric Ugland – LitRPG/GameLit)
Noch einmal mit Gefühl (01)
Heute Erbe, morgen Schachfigur (02)
In Vorbereitung sind die restlichen Bücher der Serie

Die bösen Jungs
(Eric Ugland – LitRPG/GameLit)
Schurken & Halunken (01) in Vorbereitung
In Vorbereitung sind die restlichen Bücher der Serie

Die Reiche
(C.M. Carney – LitRPG/GameLit)
Der König des Hügelgrabs (01)
In Vorbereitung sind die restlichen Bücher der Serie

Stahldrache
(Kevin McLaughlin & Michael Anderle –
Urban Fantasy)
Drachenhaut (01) · Drachenaura (02) ·
Drachenschwingen (03) · Drachenerbe (04) ·
Dracheneid (05) · Drachenrecht (06) ·
Drachenparty (07) · Drachenrettung (08)
In Vorbereitung sind die restlichen Bücher bis Band 15

Animus
(Joshua & Michael Anderle – Science Fiction)
Novize (01) · Koop (02) · Deathmatch (03) ·
Fortschritt (04) · Wiedergänger (05) · Systemfehler (06) ·
Meister (07)
In Vorbereitung sind die restlichen Bücher bis Band 12

Opus X
(Michael Anderle – Science Fiction)
Der Obsidian-Detective (01)
Zerbrochene Wahrheit (02)
Suche nach der Täuschung (03)
In Vorbereitung sind die restlichen Bücher bis Band 12

Unzähmbare Liv Beaufont
(Sarah Noffke & Michael Anderle – Urban Fantasy)
Die rebellische Schwester (01)
Die eigensinnige Kriegerin (02)
Die aufsässige Magierin (03)
Die triumphierende Tochter (04)
Die loyale Freundin (05)
Die dickköpfige Fürsprecherin (06)
Die unbeugsame Kämpferin (07)
Die außergewöhnliche Kraft (08)
Die leidenschaftliche Delegierte (09)
Die unwahrscheinlichsten Helden (10)
Die kreative Strategin (11)
Die geborene Anführerin (12)

Die einzigartige S. Beaufont
(Sarah Noffke & Michael Anderle – Urban Fantasy)
Die außergewöhnliche Drachenreiterin (01)
Das Spiel mit der Angst (02)

In Vorbereitung sind die restlichen Bücher bis Band 24

**Die Geburt von Heavy Metal
(Michael Anderle – Science Fiction)**
Er war nicht vorbereitet (01)
Sie war seine Zeugin (02)
Hinterhältige Hinterlassenschaften (03)
In Vorbereitung sind die restlichen Bücher bis Band 8

**Weihnachts-Kringle
(Michael Anderle –
Action-Adventure-Weihnachtsgeschichten)**
Stille Nacht (01)